LE

CHANCELLOR

SUIVI DE

MARTIN PAZ

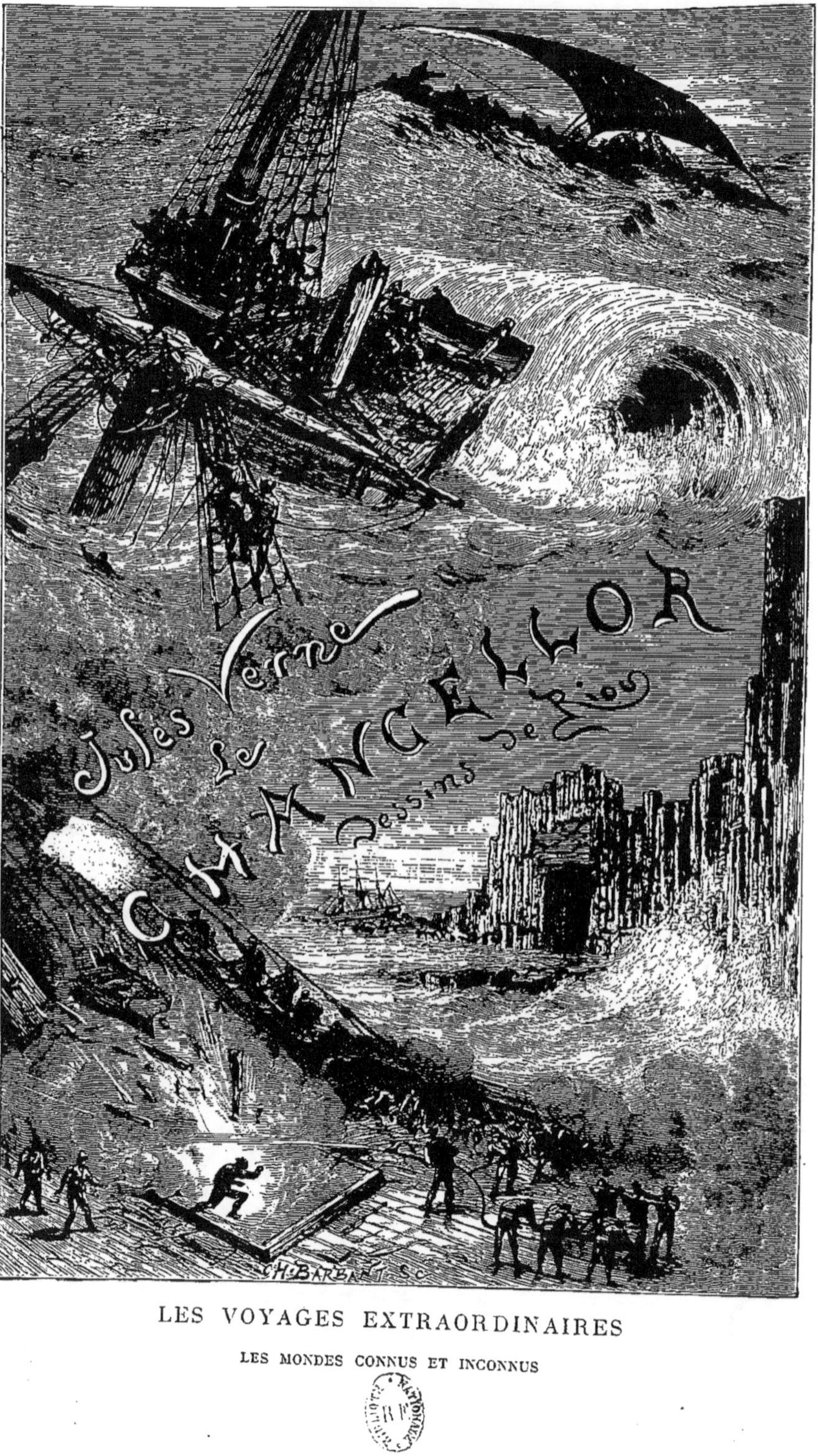
Jules Verne
Le
CHANCELLOR
Dessins de Riou
CH. BARBANT sc

LES VOYAGES EXTRAORDINAIRES

LES MONDES CONNUS ET INCONNUS

LES VOYAGES EXTRAORDINAIRES

COURONNÉS PAR L'ACADÉMIE

LE

PAR

JULES VERNE

ILLUSTRÉ PAR RIOU

SUIVI DE MARTIN PAZ

ILLUSTRÉ PAR FÉRAT

COLLECTION HETZEL

18, RUE JACOB

PARIS (VIᵉ)

Tous droits de traduction et de reproduction réservés.

TABLE DES MATIÈRES

————

SAINT-CLOUD. — IMPRIMERIE BELIN FRÈRES.

La brise du nord pousse le *Chancellor*. (Page 1.)

JOURNAL DU PASSAGER J.-R. KAZALLON

1

— CHARLESTON. — 27 *septembre* 1869. — Nous quittons le quai de la Batterie à trois heures du soir, à la pleine mer. Le jusant nous porte rapidement au large. Le capitaine Huntly a fait établir les hautes et basses voiles, et la brise du nord pousse le *Chancellor* à travers la baie. Bientôt le fort Sumter est doublé, et les batteries rasantes de la côte sont laissées sur la gauche. A quatre heures, le goulet, d'où s'échappe un rapide courant de reflux, livre passage au navire. Mais la haute mer

est encore loin, et, pour l'atteindre, il faut suivre les étroites passes que le flot
a creusées entre les bancs de sable. Le capitaine Huntly s'engage donc dans le
chenal du sud-ouest et met le phare de la pointe par l'angle gauche du fort
Sumter. Les voiles du *Chancellor* sont alors orientées au plus près, et, à sept
heures du soir, la dernière pointe sablonneuse de la côte est rangée par notre
bâtiment, qui, tout dessus, se lance sur l'Atlantique.

Le *Chancellor*, beau trois-mâts carré de neuf cents tonneaux, appartient à la riche
maison Leard frères, de Liverpool. C'est un navire de deux ans, doublé et chevillé
en cuivre, bordé en bois de teck, et dont les bas mâts, sauf l'artimon, sont en fer,
ainsi que le gréement. Ce solide et fin bâtiment, coté première cote au *Veritas*,
accomplit en ce moment son troisième voyage entre Charleston et Liverpool.
Au sortir des passes de Charleston, le pavillon britannique a été amené, mais à
voir ce navire, un marin ne pourrait pas se tromper sur son origine : il est bien
ce qu'il paraît être, c'est-à-dire anglais depuis la ligne de flottaison jusqu'à la
pomme des mâts.

Voici pourquoi j'ai pris passage à bord du *Chancellor*, qui retourne en
Angleterre.

Il n'existe aucun service direct de navire à vapeur entre la Caroline du Sud
et le Royaume-Uni. Pour prendre une ligne transocéanienne, il faut, soit
remonter au nord des États-Unis, à New-York, soit redescendre au sud, à la
Nouvelle-Orléans. Entre New-York et l'ancien continent fonctionnent plusieurs
lignes, anglaise, française, hambourgeoise, et un *Scotia*, un *Pereire*, un *Holsatia*
m'auraient conduit rapidement à destination. Entre la Nouvelle-Orléans et
l'Europe, les bateaux de *National Steam navigation Co.*, qui rejoignent la ligne
française transatlantique de Colon et d'Aspinwall, font de rapides traversées.
Mais, en parcourant les quais de Charleston, je vis le *Chancellor*. Le *Chancellor* me
plut, et je ne sais quel instinct me poussa à bord de ce navire, dont les aménage-
ments étaient confortables. D'ailleurs, la navigation à la voile, quand elle est
favorisée par le vent et la mer, — presque aussi rapide que la navigation à vapeur, — est préférable à tous égards. Au commencement de l'automne, sous ces
latitudes déjà basses, la saison est encore belle. Je me décidai donc à prendre
passage sur le *Chancellor*.

Ai-je bien ou mal fait? Aurai-je à me repentir de ma détermination? L'avenir
me l'apprendra. Je rédige ces notes jour par jour, et, au moment où j'écris, je
n'en sais pas plus que ceux qui lisent ce journal, — si ce journal doit jamais trouver de lecteurs

II

— 28 *septembre*. — J'ai dit que le capitaine du *Chancellor* se nomme Huntly, — de ses prénoms John-Silas. C'est un Écossais de Dundee, âgé de cinquante ans, qui a la réputation d'un habile routier de l'Atlantique. Sa taille est moyenne, ses épaules sont étroites, sa tête est petite et par habitude un peu inclinée à gauche. Sans être un physionomiste de premier ordre, il me semble que je puis déjà juger le capitaine Huntly, bien que je ne le connaisse que depuis quelques heures.

Que Silas Huntly ait la réputation d'être un bon marin, qu'il sache parfaitement son métier, je n'y contredis pas ; mais qu'il y ait en cet homme un caractère ferme, une énergie physique et morale à toute épreuve, non ! cela n'est pas admissible.

En effet, l'attitude du capitaine Huntly est lourde, et son corps présente un certain affaissement. Il est nonchalant, et cela se voit à l'indécision de son regard, au mouvement passif de ses mains, à l'oscillation qui le porte lentement d'une jambe sur l'autre. Ce n'est pas, ce ne peut être un homme énergique, pas même un homme entêté, car ses yeux ne se contractent pas, sa mâchoire est molle, ses poings n'ont pas une tendance habituelle à se fermer. En outre, je lui trouve un air singulier, sur lequel je ne saurais m'expliquer encore, mais je l'observerai avec l'attention que mérite le commandant d'un navire, celui qui s'appelle « le maître après Dieu ! »

Or, si je ne me trompe, entre Dieu et Silas Huntly, il y a à bord un autre homme qui me paraît destiné, le cas échéant, à prendre une place importante. C'est le second du *Chancellor*, que je n'ai pas encore suffisamment étudié, et dont je me réserve de parler plus tard.

L'équipage du *Chancellor* se compose du capitaine Huntly, du second Robert Kurtis, du lieutenant Walter, d'un bosseman, et de quatorze matelots, anglais ou écossais, soit dix-huit marins, — ce qui suffit à la manœuvre d'un trois-mâts de neuf cents tonneaux. Ces hommes ont l'air de bien connaître leur métier. Tout ce que je puis affirmer jusqu'ici, c'est que, sous les ordres du second, ils ont habilement manœuvré dans les passes de Charleston.

Je complète l'énumération des personnes embarquées à bord du *Chancellor*, en citant le maître d'hôtel Hobbart, le cuisinier nègre Jynxtrop, et en donnant la liste des passagers.

Ces passagers sont au nombre de huit, en me comptant. Je les connais à peine, mais la monotonie d'une traversée, les incidents de chaque jour, le coudoiement quotidien de gens resserrés dans un étroit espace, ce besoin si naturel d'échanger des idées, la curiosité innée au cœur de l'homme, tout cela nous aura bientôt rapprochés. Jusqu'ici, tracas de l'embarquement, prise de possession des cabines, arrangements que nécessite un voyage dont la durée peut être de vingt à vingt-cinq jours, occupations diverses, nous ont tenus éloignés les uns des autres. Hier et aujourd'hui, tous les convives n'ont même pas encore paru à la table du carré, et peut-être quelques-uns sont-ils éprouvés par le mal de mer. Je ne les ai donc pas tous vus, mais je sais qu'au nombre des passagers il y a deux dames qui occupent les cabines de l'arrière, dont les fenêtres sont percées dans le tableau du bâtiment.

Au surplus, voici la liste des passagers, telle que je l'ai relevée sur les rôles du navire :

Mr. et Mrs. Kear, Américains, de Buffalo ;

Miss Herbey, Anglaise, demoiselle de compagnie de Mrs. Kear ;

M. Letourneur et son fils, André Letourneur, Français, du Havre ;

William Falsten, un ingénieur de Manchester, et John Ruby, négociant de Cardiff, Anglais tous deux ;

J.-R. Kazallon, de Londres, — l'auteur de ces notes.

III

— 29 *septembre*. — Le connaissement du capitaine Huntly, c'est-à-dire l'acte qui constate le chargement des marchandises sur le *Chancellor* et les conditions du transport de ces marchandises, est conçu en ces termes :

« BRONSFIELD & Co., COMMISSIONNAIRES. CHARLESTON.

« Je, John-Silas Huntly, de Dundee (Écosse), commandant le navire *Chan-« cellor*, jaugeant neuf cents tonneaux ou environ, étant de présent à Charleston, « pour, du premier temps convenable, aller en droite route, sous la garde de « Dieu, jusqu'au-devant de la ville de Liverpool, là où sera ma décharge, — « reconnais avoir reçu dans mondit navire et sous son franc tillac, de vous, « MM. Bronsfield & Co., commissionnaires en marchandises à Charleston, dix-

« sept cents balles de coton allant pour vingt-six mille livres (1), le tout entier
« et bien conditionné, marqué et numéroté comme en marge ; lesquels effets
« je promets de conduire en bon état, sauf les périls et fortunes de mer, à Li-
« verpool, et là les délivrer à MM. Leard frères ou à leur ordre, en me payant
« pour mon fret la somme de deux mille livres (2), sans plus, suivant charte-
« partie, en outre, les avaries suivant les us et coutumes de mer. Et pour l'ac-
« complissement de ce que ci-dessus, j'ai obligé et oblige ma personne, mes
« biens et mondit bâtiment, avec toutes ses dé| e idances.

« En foi de quoi, j'ai signé trois connaissements d'une même teneur, l'un
« accompli, les autres seront de nulle valeur.

« Fait à Charleston, le 13 septembre 1870.

« J.-S. Huntly. »

Ainsi donc, le *Chancellor* porte à Liverpool dix-sept cents balles de coton.
Expéditeurs : Bronsfield & Co., de Charleston. Destinataires : Leard frères, de
Liverpool.

Ce chargement a été fait avec le plus grand soin, le bâtiment étant spécialement construit pour le transport du coton. Les balles occupent toute la cale,
sauf une petite partie qui est spécialement réservée aux colis des passagers, et
ces balles, dont le tassement a été obtenu au moyen de crics, ne forment plus
qu'une masse extrêmement compacte. Donc, pas une place de la cale n'est
perdue, — avantage considérable pour un navire qui peut ainsi prendre son
plein de marchandises.

IV

— *Du 30 septembre au 6 octobre.* — Le *Chancellor* est un rapide marcheur, qui
rendrait sans peine les perroquets à plus d'un navire de même taille, et, depuis
que la brise a fraîchi, un long sillage, nettement tracé, s'étend à perte de vue
à l'arrière. On dirait une longue dentelle blanche, étendue sur la mer comme
sur un fond bleu.

L'Atlantique n'est pas très-tourmenté par le vent. Personne, à bord, que je

(1) 650,000 francs environ.
(2) 50,000 francs environ.

sache, n'est plus incommodé ni par le roulis ni par le tangage du navire. D'ailleurs, aucun des passagers n'en est à sa première traversée, et tous sont plus ou moins familiarisés avec la mer. Aussi, pas de place inoccupée autour de la table, à l'heure des repas.

Les relations entre les passagers commencent à s'établir, et la vie du bord devient moins monotone. Le Français, M. Letourneur, et moi, nous causons souvent ensemble.

M. Letourneur est un homme de cinquante-cinq ans, de haute taille, les cheveux blancs, la barbe grisonnante. Il paraît certainement plus vieux que son âge, — ce qui tient à ce qu'il a beaucoup souffert. De profonds chagrins l'ont éprouvé, et, j'ajoute, l'éprouvent encore. Cet homme porte évidemment en lui une source intarissable de tristesse, et cela se voit à son corps un peu affaissé, à sa tête le plus souvent inclinée sur sa poitrine. Jamais il ne rit, il sourit à peine, et seulement à son fils. Ses yeux sont doux, mais il me semble que leur regard n'apparaît qu'à travers un voile humide. Sa figure offre un mélange caractérisé d'amertume et d'amour, et l'expression générale de sa physionomie est celle d'une bonté caressante.

On dirait que M. Letourneur a quelque malheur involontaire à se reprocher.

En effet! mais qui ne sera profondément touché en apprenant quels sont les reproches exagérés, à coup sûr, que ce « père » se fait à lui-même!

M. Letourneur est à bord avec son fils André, âgé de vingt ans environ, de figure douce et intéressante. Ce jeune homme est le portrait un peu effacé de M. Letourneur, mais — et c'est là l'incurable douleur de son père — André est infirme. Sa jambe gauche, misérablement déjetée en dehors, l'oblige à boiter, et il ne peut marcher sans s'appuyer sur une canne.

Le père adore cet enfant, et on sent que toute sa vie est à ce pauvre être. Il souffre de l'infirmité native de son fils plus encore que son fils n'en souffre lui-même, et il lui en demande peut-être pardon! Son dévouement pour André est de tous les instants. Il ne le quitte pas, il guette ses moindres désirs, il épie ses moindres actes. Ses bras appartiennent plus à son fils qu'à lui-même, et ils l'entourent, ils le soutiennent, pendant que le jeune homme se promène sur le pont du *Chancellor*.

M. Letourneur s'est plus spécialement lié avec moi et me parle toujours de son enfant.

Aujourd'hui je lui dis :

« Je viens de quitter M. André. Vous avez là un bon fils, monsieur Letourneur. C'est un jeune homme intelligent et instruit.

— Oui, monsieur Kazallon, me répond M. Letourneur, dont les lèvres ébauchent un sourire, c'est une belle âme renfermée dans un misérable corps, — l'âme de sa pauvre mère, morte en le mettant au monde!

— Il vous aime, monsieur.

— Le cher enfant! murmure M. Letourneur en baissant la tête. Ah! reprend-il, vous ne pouvez pas comprendre ce que souffre un père à la vue de son enfant infirme... infirme de naissance!

— Monsieur Letourneur, ai-je répondu, dans le malheur qui a frappé votre enfant, et vous, par suite, vous ne faites pas la part égale à chacun. M. André est à plaindre, sans doute, mais n'est-ce donc rien d'être aimé de vous comme il l'est? Une infirmité physique se supporte mieux qu'une douleur morale, et la douleur morale est surtout pour vous. J'observe attentivement votre fils, et si quelque chose l'affecte particulièrement, je crois pouvoir affirmer que c'est votre propre affliction..

— Je ne la lui laisse pas voir! répond vivement M. Letourneur. Je n'ai qu'une occupation : le distraire à tous les instants de sa vie. J'ai reconnu que, en dépit de son infirmité, mon enfant avait la passion des voyages. Son esprit a des jambes et même des ailes, et, depuis plusieurs années, nous voyageons ensemble. Nous avons visité toute l'Europe, d'abord, et nous venons de parcourir les principaux États de l'Union. J'ai moi-même fait l'éducation d'André, que je ne voulais pas envoyer dans un collége, et cette éducation, je la complète par les voyages. André est doué d'une intelligence vive, d'une imagination ardente. Il est sensible, et, quelquefois, je me plais à penser qu'il oublie, en se passionnant devant les grands spectacles de la nature !

— Oui, monsieur, ... sans doute..., dis-je.

— Mais s'il oublie, reprend M. Letourneur en me serrant la main, je n'oublie pas, moi! et je n'oublierai jamais! Monsieur, monsieur, croyez-vous que mon fils pardonne à sa mère et à moi de l'avoir créé infirme? »

La douleur de ce père, s'accusant d'un malheur dont la responsabilité n'était à personne, me navre. Je veux le consoler, mais son fils paraît en ce moment. M. Letourneur court à lui, et il l'aide à monter l'escalier un peu raide qui aboutit à la dunette.

Là, André Letourneur s'assied sur un des bancs disposés au-dessus des cages à poules, et son père se place près de lui. Tous deux causent, et je prends part à leur conversation. Elle a pour objet la navigation du *Chancellor*, les chances de la traversée, le programme de la vie à bord. M. Letourneur s'est fait, comme moi, une médiocre idée du capitaine Huntly. L'indécision de cet homme,

ROBERT KURTIS, le second du bord.

son apparence endormie, l'ont désagréablement impressionné. L'opinion de M. Letourneur est, au contraire, très-favorable au second, Robert Kurtis, homme de trente ans, bien constitué, d'une grande force musculaire, toujours dans l'attitude de l'action, et dont la volonté vivace semble sans cesse prête à se manifester par des actes.

Robert Kurtis vient de monter en ce moment sur le pont. Je l'observe attentivement, et je suis frappé des symptômes que présentent sa puissance et son expansion vitale. Il est là, le corps droit, l'allure aisée, le regard superbe, les muscles sourciliers à peine contractés. C'est un homme énergique, et il doit posséder ce froid courage qui est indispensable au vrai marin. C'est en même

Les passagers du *Chancellor.* (Page 4.)

temps un être bon, car il s'intéresse au jeune Letourneur et s'empresse de lui être utile en toute occasion.

Après avoir examiné l'état du ciel et la voilure du bâtiment, le second s'approche de nous et prend part à notre entretien.

Je vois que le jeune Letourneur aime à causer avec lui.

Robert Kurtis nous donne quelques détails sur ceux des passagers avec lesquels nous n'avons encore établi que des relations fort imparfaites.

Mr. et Mrs. Kear sont deux Américains du North-Amérique, qui ont fait de gros bénéfices dans l'exploitation de sources de pétrole. On sait, en effet, que là est l'origine des grandes fortunes modernes des États-Unis. Mais ce Mr. Kear, homme de cinquante ans, qui paraît être plutôt enrichi que riche, est un triste commensal, ne cherchant et ne voulant que ses aises. Un bruit métallique sort à chaque instant de ses poches, dans lesquelles ses deux mains sont incessamment plongées. Orgueilleux, vaniteux, contemplateur de lui-même et contempteur des autres, il affecte une suprême indifférence pour tout ce qui n'est pas lui. Il se rengorge comme un paon, « il se flaire, il se savoure, il se goûte », pour employer les termes du savant physionomiste Gratiolet. Enfin, c'est un sot doublé d'un égoïste. Je ne m'explique pas pourquoi il a pris passage à bord du *Chancellor*, simple navire de commerce, qui ne peut lui offrir le confortable des Transatlantiques.

Mrs. Kear est une femme insignifiante, nonchalante, indifférente, que la quarantaine a déjà touchée aux tempes, sans esprit, sans lecture, sans conversation. Elle regarde, mais elle ne voit pas; elle écoute, mais elle n'entend pas. Pense-t-elle? je ne saurais l'affirmer.

L'unique occupation de cette femme est de se faire servir à tout propos par sa demoiselle de compagnie, miss Herbey, jeune Anglaise de vingt ans, douce et calme, qui ne gagne pas sans humiliation les quelques livres que lui jette le marchand de pétrole.

Cette jeune personne est fort jolie. C'est une blonde avec des yeux bleus très-foncés, et sa physionomie gracieuse n'a pas cette insignifiance qui se rencontre chez certaines Anglaises. Sa bouche serait charmante, si elle avait jamais le temps ou l'occasion de sourire. Mais à qui, à propos de quoi sourirait la pauvre fille, en butte aux incessantes taquineries, aux caprices ridicules de sa maîtresse? Toutefois, si miss Herbey souffre au dedans, elle se soumet, du moins, et paraît résignée à son sort.

William Falsten, lui, est un ingénieur de Manchester, qui a l'air très-anglais. Il dirige une vaste usine hydraulique dans la Caroline du Sud et va chercher en Europe de nouveaux appareils perfectionnés, entre autres les moulins à force centrifuge de la maison Cail. C'est un homme de quarante-cinq ans, une sorte de savant qui ne pense qu'aux machines, que la mécanique ou le calcul absorbent tout entier et qui ne voit rien au delà. Lorsqu'il vous tient dans sa conversation, il n'est plus possible de se dégager, et on y passe tout entier comme dans un engrenage.

Quant au sieur Ruby, il représente le négociant vulgaire, sans grandeur, sans originalité. Depuis vingt ans, cet homme n'a rien fait qu'acheter et vendre, et, comme il a généralement vendu plus cher qu'il n'a acheté, sa fortune est faite. Ce qu'il en fera, il ne saurait le dire. Ce Ruby, dont toute l'existence s'est abrutie dans le commerce de détail, ne pense pas, ne réfléchit plus ; son cerveau est désormais fermé à toute impression, et il ne justifie en aucune façon ce mot de Pascal : « L'homme est visiblement fait pour penser. C'est toute sa dignité et tout son mérite. »

V

— 7 *octobre*. — Voilà dix jours que nous avons quitté Charleston, et il me semble que nous avons fait bonne et rapide route. Il m'arrive souvent de causer avec le second, et une certaine intimité s'est établie entre nous.

Aujourd'hui, Robert Kurtis m'apprend que nous ne devons pas être très-éloignés du groupe des Bermudes, c'est-à-dire au large du cap Hatteras. Le point par observation a donné 32° 20′ en latitude nord et 64° 50′ en longitude à l'ouest du méridien de Greenwich.

« Nous aurons connaissance des Bermudes et plus particulièrement de l'île Saint-Georges avant la nuit, me dit le second.

— Comment, ai-je répondu, nous rallions les Bermudes? Mais je croyais qu'un navire qui sort de Charleston, à destination de Liverpool, devait faire le nord et suivre le courant du Gulf-Stream !

— Sans doute, monsieur Kazallon, répond Robert Kurtis, c'est la direction que l'on prend généralement, mais il paraît que, cette fois, le capitaine n'a pas été d'avis de la suivre.

— Pourquoi ?

— Je l'ignore, mais il a donné la route à l'est, et le *Chancellor* va à l'est.

— Et vous ne lui avez pas fait observer ?...

— Je lui ai fait observer que ce n'était pas la route habituelle, et il m'a répondu qu'il savait ce qu'il avait à faire ! »

En parlant ainsi, Robert Kurtis fronce plusieurs fois le sourcil, il passe machinalement sa main sur son front, et je crois comprendre qu'il ne dit pas tout ce qu'il voudrait dire

« Cependant, monsieur Kurtis, ai-je repris, nous sommes déjà au 7 octobre, et ce n'est pas le cas d'essayer des routes nouvelles. Nous n'avons pas un jour à perdre, si nous voulons arriver en Europe avant la mauvaise saison!

— Non, monsieur Kazallon, pas un jour !

— Monsieur Kurtis, serais-je bien indiscret en vous demandant ce que vous pensez du capitaine Huntly?

— Je pense, me répond le second, je pense que... c'est mon capitaine ! »

Cette évasive réponse ne laisse pas de me préoccuper.

Robert Kurtis ne s'est pas trompé Vers trois heures. le matelot de vigie annonce la terre au vent à nous, dans le nord-est, mais elle n'apparaît encore que comme une vapeur.

A six heures, je monte sur le pont en compagnie de MM. Letourneur, et nous regardons ce groupe des Bermudes, îles relativement peu élevées, que défend une chaîne formidable de brisants.

« Voilà donc cet archipel enchanté, dit André Letourneur, ce groupe pittoresque, que votre poëte, Thomas Moore, monsieur Kazallon, a célébré dans ses odes ! Déjà, en 1643, l'exilé Walter avait fait une enthousiaste description de ces îles, et, si je ne me trompe, les dames anglaises, pendant quelque temps, ne voulurent plus porter que des chapeaux faits d'une certaine feuille de palmier bermudien.

— Vous avez raison, mon cher André, ai-je répondu, et l'archipel des Bermudes a été fort à la mode au dix-septième siècle; mais, maintenant, il est tombé dans l'oubli le plus complet.

— D'ailleurs, monsieur André, dit alors Robert Kurtis, les poëtes qui parlent avec enthousiasme de cet archipel ne seront pas d'accord avec les marins, car ce séjour dont l'aspect les a séduits est difficilement abordable aux navires, et les écueils, à deux ou trois lieues de la terre, forment une ceinture semi-circulaire, noyée sous les eaux, qui est particulièrement redoutée des navigateurs. J'ajouterai que la sérénité du ciel, que vantent les Bermudiens, est le plus souvent troublée par les ouragans. Leurs îles reçoivent la queue de ces tempêtes qui désolent les Antilles, et cette queue, comme la queue d'une baleine, c'est ce qui est le plus redoutable. Je n'engage donc point les routiers de l'Océan à se fier aux récits de Walter et de Thomas Moore !

— Monsieur Kurtis, reprend en souriant André Letourneur, vous devez avoir raison ; mais les poëtes sont comme les proverbes : l'un est toujours là pour contredire l'autre. Si Thomas Moore et Walter ont célébré cet archipel comme un séjour merveilleux, au contraire, le plus grand de vos poëtes, Shakespeare, qui le connaissait mieux sans doute, a cru devoir y placer les plus terribles scènes de sa *Tempête!* »

En effet, ce sont de dangereux parages que ceux qui avoisinent l'archipel bermudien. Les Anglais, auquel ce groupe a toujours appartenu depuis sa découverte, ne l'utilisent que comme un poste militaire, jeté entre les Antilles et la Nouvelle-Écosse. D'ailleurs, il est destiné à s'accroître, et probablement sur une vaste échelle. Avec le temps, — ce principe du travail de la nature, — cet archipel, déjà composé de cent cinquante îles ou îlots, en comptera un plus grand nombre, car les madrépores travaillent incessamment à construire de nouvelles Bermudes, qui se relieront entre elles et formeront peu à peu un nouveau continent.

Ni les trois autres passagers ni Mrs. Kear n'ont pris la peine de monter sur le pont pour examiner ce curieux archipel. Quant à miss Herbey, elle n'était pas arrivée à la dunette, que la voix traînante de Mrs. Kear se faisait entendre et obligeait la jeune fille à venir reprendre sa place près d'elle.

VI

— *Du 8 au 13 octobre.* — Le vent commence à souffler du nord-est avec une certaine violence, et le *Chancellor*, sous ses huniers au bas ris et sa misaine, a dû se mettre en cape courante.

La mer est très-houleuse et le navire fatigue beaucoup. Les cloisons du carré gémissent avec un bruit qui finit par agacer. Les passagers se tiennent pour la plupart sous la dunette.

Quant à moi, je préfère rester sur le pont, bien qu'une pluie fine me pénètre de ses molécules pulvérisées par le vent.

Pendant deux jours, nous courons ainsi au plus près. De « grand frais », le déplacement des couches atmosphériques est passé à l'état de « coup de vent ». Les mâts de perroquet sont calés. Le vent fait, en ce moment, de cinquante à soixante milles à l'heure (1).

Malgré les excellentes qualités du *Chancellor*, sa dérive est considérable, et nous sommes entraînés dans le sud. L'état du ciel, obscurci par les nuages, ne permet pas de prendre hauteur, et le point n'étant pas établi, force est de ne s'en rapporter qu'à l'estime.

Mes compagnons de voyage, auxquels le second n'en a rien dit, ne peuvent

---

(1) Environ 30 mètres par seconde.

savoir que nous faisons une route absolument inexplicable. L'Angleterre est dans le nord-est, et nous courons dans le sud-est! Robert Kurtis ne comprend rien à l'obstination du capitaine, qui devrait, au moins, changer ses amures, et, en poussant au nord-ouest, aller reprendre les courants favorables. Mais non! Depuis que le vent a halé le nord-est, le *Chancellor* s'enfonce encore plus dans le sud.

Ce jour-là, me trouvant seul sur la dunette avec Robert Kurtis :

« Est-il donc fou, votre capitaine? lui ai-je dit.

— Je vous le demanderai, monsieur Kazallon, me répond Robert Kurtis, puisque vous l'avez attentivement observé déjà.

— Je ne sais trop que vous répondre, monsieur Kurtis, mais j'avoue que sa physionomie singulière, ses yeux quelquefois hagards !.... Est-ce que vous avez déjà navigué avez lui ?

— Non, c'est la première fois.

— Et vous lui avez renouvelé vos observations à propos de la route que nous faisons ?

— Oui, mais il m'a répondu que c'était la bonne.

— Monsieur Kurtis, ai-je repris, que pensent le lieutenant Walter et le bosseman de cette manière d'agir ?

— Ils pensent comme moi.

— Et si le capitaine Huntly voulait conduire son navire en Chine?

— Ils obéiraient comme moi.

— Cependant, l'obéissance a des limites ?

— Non, tant que la conduite du capitaine ne met pas le navire en perdition.

— Mais s'il est fou ?

— S'il est fou, monsieur Kazallon, je verrai ce que j'aurai à faire. »

Voilà une complication à laquelle je ne m'attendais guère, en embarquant sur lo *Chancellor*.

Cependant, le temps est devenu de plus en plus mauvais, et un véritable coup de vent se déchaîne sur cette partie de l'Atlantique. Le navire a été forcé de prendre la cape sous son grand hunier au bas ris et son petit foc, c'est-à-dire qu'il fait pour ainsi dire tête au vent en présentant ses fortes joues à la mer. Mais, ainsi que je l'ai dit, sa dérive est considérable, et nous sommes de plus en plus rejetés dans le sud.

Et cela est bien évident, lorsque, dans la nuit du 11 au 12, le *Chancellor* donne en grand dans la mer de Sargasses.

Cette mer, enserrée par le tiède courant du Gulf-Stream, est une vaste étendue d'eau, couverte de ces varechs que les Espagnols appellent « sargasso », et les vaisseaux de Colomb n'y naviguèrent pas sans peine, pendant leur première traversée de l'Océan.

Quand le jour vient, l'Atlantique s'offre à nos yeux sous un singulier aspect, et MM. Letourneur viennent l'observer, malgré les bruyantes rafales qui font résonner les haubans métalliques comme de véritables cordes de harpe. Nos vêtements, collés à notre corps, s'en iraient en lambeaux, s'ils donnaient la moindre prise à l'air. Le navire bondit sur cette mer, épaissie par cette prolifique famille des fucus, vaste plaine herbeuse que son étrave tranche comme un soc de charrue. Quelquefois, de longs filaments, enlevés par le vent, se contournent aux cordages ainsi que des sarments de vigne folle, et forment un berceau de verdure tendu d'un mât à l'autre. De ces longues algues, — interminables rubans qui ne mesurent pas moins de trois ou quatre cents pieds, — il en est qui vont s'enrouler jusqu'à la pomme des mâts comme autant de flammes flottantes. Pendant quelques heures, il faut lutter contre cette invasion de varechs, et, à de certains moments, le *Chancellor*, avec sa mâture couverte d'hydrophytes reliées par ces lianes capricieuses, doit ressembler à un bosquet mouvant au milieu d'une prairie immense.

VII

— *14 octobre*. — Le *Chancellor* a enfin quitté cet océan végétal, et la violence du vent a beaucoup diminué. Il est revenu à « bon frais », et nous marchons rapidement avec deux ris dans les huniers.

Le soleil a paru aujourd'hui et brille d'un vif éclat. La température commence à devenir très-chaude. Le point, établi dans de bonnes conditions, donne $21°33'$ de latitude nord et $50°17'$ de longitude ouest. Le *Chancellor* a donc descendu de plus de dix degrés dans le sud.

Et sa route est toujours au sud-est !

J'ai voulu me rendre compte de cette inconcevable obstination du capitaine Huntly, et j'ai plusieurs fois causé avec lui. A-t-il son bon sens ou ne l'a-t-il pas ? je ne sais que croire. En général, il parle raisonnablement. Est-il donc sous l'influence d'une folie partielle, d'une sorte « d'absence » qui porte précisément sur les choses de son métier ? On a déjà observé quelques-uns de ces cas phy-

Il faut lutter contre cette invasion de varechs. (Page 15.)

siologiques, et j'en parle à Robert Kurtis, qui m'écoute froidement. Le second me l'a dit et me le répète encore : il n'a pas le droit de démonter son capitaine tant que le navire n'est pas en perdition par suite d'un acte de folie bien constaté. C'est, en effet, une mesure grave et qui engagerait sérieusement sa responsabilité.

J'ai regagné ma cabine vers huit heures du soir, et, à la clarté de ma lampe de roulis, j'ai passé une heure à lire et à réfléchir aussi. Puis, je me suis couché et endormi.

Je suis réveillé, quelques heures après, par un bruit inaccoutumé. Des pas pesants résonnent sur le pont, et de vives interpellations se font entendre. Il me

« Oui, me dit-il, le feu est à bord. » (Page 22.)

semble que les gens de l'équipage courent avec une certaine précipitation. Quelle est donc la cause de cette agitation extraordinaire? Sans doute, un brassiage de vergues, nécessité par quelque virement de bord... Mais non! Ce ne peut être cela, car le bâtiment continue de donner la bande sur tribord, et, par conséquent, il n'a pas changé ses amures.

Je songe un instant à monter sur le pont, mais le bruit cesse bientôt. J'entends alors le capitaine Huntly rentrer dans sa cabine, placée à l'avant de la dunette, et je me blottis de nouveau dans mon cadre. C'est sans doute une manœuvre qui a motivé ces allées et venues. Toutefois, les mouvements du navire n'ont pas augmenté. Donc, il ne survente pas.

Le lendemain, 14, je monte sur la dunette à six heures du matin, et je regarde le bâtiment.

Rien n'est changé à bord, — en apparence. Le *Chancellor* court, bâbord amures, sous ses basses voiles, ses huniers et ses perroquets. Il est bien appuyé et se comporte admirablement sur cette mer que soulève une brise fraîche et maniable. Sa vitesse est considérable, en ce moment, et ne doit pas être inférieure à onze milles à l'heure.

Bientôt M. Letourneur et son fils paraissent sur le pont. J'aide le jeune homme à monter sur la dunette. André vient respirer avec bonheur cet air matinal si vivifiant et tout chargé de senteurs marines.

Je demande à ces messieurs s'ils n'ont pas été réveillés cette nuit par un bruit de pas qui dénotait une certaine agitation à bord.

« Non, pour mon compte, répond André Letourneur, et je n'ai fait qu'un somme.

— Cher enfant, dit M. Letourneur, tu dormais bien alors, car, moi aussi, j'ai été réveillé par ce bruit dont parle M. Kazallon. Il m'a semblé même surprendre ces paroles : « Vite ! vite ! aux panneaux ! aux panneaux ! »

— Ah ! dis-je. Quelle heure était-il ?

— Trois heures du matin environ, répond M. Letourneur.

— Et vous ne connaissez pas la cause de ce bruit ?

— Je l'ignore, monsieur Kazallon. mais elle ne peut être grave, puisqu'aucun de nous n'a été appelé sur le pont. »

Je regarde les panneaux, ménagés à l'avant et à l'arrière du grand mât, qui donnent accès dans la cale du navire. Ils sont fermés, comme d'habitude, mais j'observe que d'épais prélarts les recouvrent, et qu'on a pris toutes les précautions nécessaires pour obtenir une fermeture hermétique. Pourquoi a-t-on condamné si soigneusement ces ouvertures? Il y a là un motif que je ne puis deviner. Robert Kurtis me l'apprendra, sans doute. J'attends donc que le tour de quart du second soit venu, et je garde pour moi les remarques que j'ai faites, préférant ne pas les communiquer à M. Letourneur.

La journée sera belle, car le soleil est magnifique à son lever, et il a l'air bien sec, — ce qui est un bon présage. On voit encore, au-dessus de l'horizon opposé, le disque de la lune à demi rongé, qui ne se couchera pas avant dix heures cinquante-sept du matin. C'est dans trois jours le dernier quartier, et, le 24, la nouvelle lune. Je consulte mon annuaire, et je vois que, ce jour-là, nous aurons une belle marée de syzygie. Peu nous importe, à nous, qui, flottant en plein Océan, ne pourrons voir les effets de cette marée ; mais, sur toutes les côtes des continents et des îles, le phénomène sera curieux à observer, car la lune nouvelle soulèvera les masses d'eau à une hauteur considérable.

Je suis seul sur la dunette. MM. Letourneur sont descendus pour le thé, et j'attends le second.

A huit heures, Robert Kurtis vient prendre le quart, que lui cède le lieutenant Walter, et je vais lui serrer la main.

Avant de me souhaiter le bonjour, Robert Kurtis jette rapidement un regard sur le pont du navire, et ses sourcils se froncent légèrement. Puis, il examine l'état du ciel et la voilure du bâtiment.

Se rapprochant ensuite du lieutenant Walter :

« Le capitaine Huntly? demande-t-il.

— Je ne l'ai pas encore vu, monsieur.

— Rien de nouveau?

— Rien. »

Puis, Robert Kurtis et Walter s'entretiennent pendant quelques instants à voix basse.

A une question qui lui est posée, Walter répond par un signe négatif.

« Envoyez-moi le bosseman, Walter, » dit le second, au moment où le lieutenant le quitte.

Le bosseman ne tarde pas à paraître, et Robert Kurtis lui fait quelques demandes, auxquelles celui-ci répond à voix basse, mais en hochant la tête. Puis, sur un ordre du second, le bosseman appelle la bordée de quart et fait arroser les prélarts qui recouvrent le grand panneau.

Quelques instants après, je m'approche de Robert Kurtis, et notre conversation porte d'abord sur des détails insignifiants. Voyant que le second n'aborde pas le sujet que je veux traiter, je lui dis :

« A propos, monsieur Kurtis, que s'est-il donc passé cette nuit à bord? »

Robert Kurtis me regarde attentivement sans répondre.

« Oui, ai-je repris, j'ai été réveillé par un bruit inaccoutumé, qui a aussi interrompu le sommeil de M. Letourneur. Que s'est-il passé?

— Rien, monsieur Kazallon, répond Robert Kurtis. Un faux coup de barre du timonier a failli masquer le navire, et il a fallu brasser subitement, ce qui a causé une certaine agitation sur le pont. Mais le mal a été promptement réparé, et le *Chancellor* a repris immédiatement sa route. »

Il me semble que Robert Kurtis, si droit d'ordinaire, ne me dit pas la vérité.

VIII

— *Du 15 au 18 octobre.* — La navigation continue dans les mêmes conditions, le vent tenant toujours au nord-est, et, pour un esprit non prévenu, il
ne semble pas qu'il y ait rien d'anormal à bord.

Cependant, « il y a quelque chose ! » Les matelots, souvent groupés, causent
entre eux et se taisent à notre approche. Plusieurs fois, j'ai saisi le mot « panneau » qui a déjà frappé M. Letourneur. Qu'y a-t-il donc dans la cale du *Chancellor* qui exige tant de précautions ? Pourquoi les panneaux sont-ils si hermétiquement condamnés ? Véritablement, nous aurions un équipage ennemi, prison-
nier dans l'entrepont, que nous ne prendrions pas de mesures plus sévères pour
l'y garder étroitement !

Le 15, en me promenant sur le gaillard d'avant, j'entends le matelot Owen
dire à ses camarades :

« Vous savez, vous autres ? Je n'attendrai pas au dernier moment ! Chacun
pour soi.

— Mais que feras-tu, Owen ? lui demande le cuisinier Jynxtrop.

— Bon ! a répondu le matelot ! Les chaloupes n'ont pas été inventées pour les
marsouins !... »

Cette conversation a été brusquement interrompue, et je n'ai pu en apprendre
davantage.

Se trame-t-il donc quelque conspiration contre les officiers du navire ? Robert
Kurtis a-t-il surpris des symptômes de révolte ? On a toujours lieu de craindre le
mauvais vouloir de certains matelots, et il faut leur imposer une discipline de
fer.

Trois jours se sont écoulés, pendant lesquels je n'ai rien de nouveau, en apparence, à signaler.

Depuis hier, j'observe que le capitaine et le second ont fréquemment des
entretiens. Des mouvements d'impatience échappent à Robert Kurtis, — ce qui
m'étonne toujours de la part d'un homme aussi maître de lui, — mais il me
semble qu'à la suite de ces conversations le capitaine Huntly s'entête plus que
jamais dans ses idées. En outre, il me paraît en proie à une surexcitation nerveuse dont la cause m'échappe.

MM. Letourneur et moi, nous avons remarqué, pendant les repas, la taciturnité du capitaine et l'inquiétude de Robert Kurtis. Quelquefois, le second essaye d'entraîner la conversation, mais presque aussitôt elle retombe, et ni l'ingénieur Falsten, ni Mr. Kear ne sont gens à la relever. Ruby, pas davantage. Cependant, ces passagers commencent à se plaindre, non sans raison, des longueurs de la traversée. Mr. Kear, en homme devant lequel les éléments doivent plier, semble rendre le capitaine Huntly responsable de ces retards, et il le prend de très-haut avec lui.

Pendant la journée du 17, et à partir de ce moment, conformément à l'ordre du second, on arrose le pont plusieurs fois par jour. Ordinairement, cette opération ne se fait que le matin ; mais, sans doute, elle est motivée, maintenant, par la température élevée que nous subissons, car nous avons été considérablement rejetés dans le sud. Les prélarts qui recouvrent les panneaux sont maintenus dans un état constant d'humidité, et leur tissu resserré en fait des toiles absolument imperméables. Le *Chancellor* est pourvu de pompes qui rendent facile ce lavage à grande eau. Je crois bien que le pont des plus luxueuses goëlettes du yacht-club n'est pas soumis à un nettoyage plus complet. Jusqu'à un certain point, l'équipage du navire pourrait se plaindre de ce surcroît de besogne, mais « il ne se plaint pas ».

Pendant la nuit du 23 au 24, la température des cabines et du carré m'a semblé presque étouffante. Bien que la mer fût troublée par une forte houle, j'ai dû laisser ouvert le hublot de ma cabine, percé dans les parois de tribord du navire.

Décidément, on voit bien que nous sommes sous les tropiques !

Je suis monté sur le pont dès l'aube. Phénomène assez inexplicable, je n'ai pas trouvé que la température extérieure fût en rapport avec la température intérieure du bâtiment. La matinée est plutôt fraîche, car le soleil est à peine élevé au-dessus de l'horizon, et cependant je ne me suis pas trompé, il faisait réellement très-chaud dans la dunette.

En ce moment, les matelots sont occupés à cet incessant lavage du pont, et les pompes cinglent l'eau, qui, suivant l'inclinaison du navire, s'échappe par les dalots de tribord ou de bâbord.

Les marins, pieds nus, courent dans cette nappe limpide qui écume par petites lames. Je ne sais pourquoi, l'envie me prend de les imiter. Je me déchausse donc, je retire mes bas, et me voilà pataugeant dans cette fraîche eau de mer.

A ma très-grande surprise, je trouve le pont du *Chancellor* sensiblement chaud sous mes pieds, et je ne puis retenir une exclamation.

Robert Kurtis m'entend, se retourne, vient à moi, et, répondant à une demande que je n'ai pas encore formulée :

« Eh bien, oui ! me dit-il. Le feu est à bord ! »

IX

— 19 *octobre*. — Tout s'explique, les conciliabules des matelots, leur air inquiet, les paroles d'Owen, l'arrosage du pont, que l'on veut maintenir dans un état permanent d'humidité, et enfin cette chaleur qui se répand déjà dans le carré et qui devient presque intolérable. Les passagers en ont souffert comme moi et ne peuvent rien comprendre à cette température anormale.

Après m'avoir fait cette grave communication, Robert Kurtis est resté silencieux. Il attend mes questions, mais j'avoue qu'au premier moment un frisson m'a saisi tout entier. C'est là, de toutes les éventualités, la plus terrible qui puisse se produire dans une traversée, et pas un homme, si maître qu'il soit de lui-même, n'entendra sans frémir ces mots sinistres : « Le feu est à bord. »

Cependant, je recouvre mon sang-froid presque aussitôt, et ma première demande à Robert Kurtis est celle-ci :

« Depuis quand cet incendie ?...

— Depuis six jours !

— Six jours ! me suis-je écrié. C'est donc dans cette nuit ?..

— Oui, me répond Robert Kurtis, cette nuit pendant laquelle l'agitation a été grande sur le pont du *Chancellor*. Les matelots de quart avaient aperçu une légère fumée qui s'échappait à travers les interstices du grand panneau. Le capitaine et moi, nous avons été prévenus immédiatement. Pas de doute possible ! Les marchandises avaient pris feu dans la cale, et il n'y avait plus aucun moyen de parvenir jusqu'au foyer de l'incendie. Nous avons fait la seule chose qui fût à faire, en pareille circonstance, c'est-à-dire que nous avons condamné les panneaux, de manière à empêcher l'air de pénétrer à l'intérieur du navire. J'espérais que nous parviendrions ainsi à étouffer ce commencement d'incendie, et, en effet, pendant les premiers jours, j'ai cru que nous en étions maîtres ! Mais depuis trois jours, on a malheureusement constaté que le feu faisait de nouveaux progrès. La chaleur développée sous nos pieds s'accroît sans cesse, et sans la précaution que j'ai prise de conserver le pont toujours mouillé, il ne serait déjà plus tenable. — J'aime mieux, après tout, que vous sachiez ces choses, monsieur Kazallon, ajouta Robert Kurtis, et voilà pourquoi je vous les dis. »

J'ai écouté en silence le récit du second. Je comprends toute la gravité de la situation, en présence d'un incendie dont l'intensité s'accroît de jour en jour, et que, peut-être, aucune puissance humaine ne peut enrayer.

« Savez-vous comment le feu a pris ? ai-je demandé à Robert Kurtis.

— Très-probablement, me répond-il, il est dû à une combustion spontanée du coton.

— Cela arrive-t-il souvent ?

— Souvent, non, mais quelquefois, car, lorsque le coton n'est pas très-sec au moment où on l'embarque, la combustion peut se produire spontanément dans les conditions où il se trouve, au fond d'une cale humide qu'il est difficile de ventiler. Or, il est certain pour moi que l'incendie qui a éclaté à bord n'a pas eu d'autre cause.

— Qu'importe la cause, après tout ? ai-je répondu. Y a-t-il quelque chose à faire, monsieur Kurtis ?

— Non, monsieur Kazallon, me répond Robert Kurtis, et je vous répète que nous avons pris toutes les précautions voulues en pareille circonstance. J'avais pensé à saborder le navire à sa ligne de flottaison pour y introduire une certaine quantité d'eau que les pompes auraient épuisée ensuite, mais nous avons cru reconnaître que l'incendie s'est propagé dans les couches intermédiaires de la cargaison, et il aurait fallu noyer entièrement la cale pour l'atteindre. Cependant, j'ai fait percer le pont en certains endroits, et, pendant la nuit, on verse de l'eau par ces ouvertures, mais cela est insuffisant. Non, il n'y a véritablement qu'une chose à faire, — ce que l'on fait toujours en pareil cas, — procéder par étouffement, en fermant toute issue à l'air extérieur, et obliger, faute d'oxygène, l'incendie à s'éteindre de lui-même.

— Et l'incendie s'accroît toujours ?

— Oui ! ce qui prouve que l'air pénètre dans la cale par quelque ouverture que, malgré toutes nos recherches, nous n'avons pu découvrir.

— Cite-t-on des exemples de navires qui aient résisté dans ces conditions, monsieur Kurtis ?

— Sans doute, monsieur Kazallon, et il n'est pas rare que des bâtiments, chargés de coton, arrivent à Liverpool ou au Havre avec une partie de leur cargaison consumée. Mais, dans ce cas, l'incendie a pu être éteint ou tout au moins contenu pendant la traversée. J'ai connu plus d'un capitaine qui est ainsi arrivé au port avec un pont brûlant sous ses pieds. Le déchargement était alors rapi-

Les matelots de quart avaient aperçu une légère fumée. (Page 22.)

dement opéré, et la partie saine des marchandises était sauvée en même temps que le navire. En ce qui nous concerne, c'est autre chose, et je sens bien que le feu, loin d'être arrêté, fait de nouveaux progrès chaque jour! Il faut nécessairement qu'il existe quelque trou qui ait échappé à notre investigation, et que l'air extérieur vienne activer cet incendie!

— N'y aurait-il donc pas lieu de revenir sur nos pas et de gagner la terre la plus rapprochée?

— Peut-être, me répond Robert Kurtis, et c'est une question que le lieutenant, le bosseman et moi, nous allons discuter aujourd'hui même avec le capitaine. Mais, je vous le dis, à vous, monsieur Kazallon, j'ai déjà pris sur moi de

Le malheureux est pris d'une peur convulsive. (Page 30.)

modifier la route suivie jusqu'ici, et nous sommes vent arrière, courant dans le sud-ouest, c'est-à-dire vers la côte.

— Les passagers ne savent rien du danger qui les menace ? ai-je demandé au second.

— Rien, et je vous prie de tenir secrète la communication que je viens de vous faire. Il ne faut pas que la terreur de femmes ou de gens pusillanimes accroisse encore nos embarras. Aussi l'équipage a-t-il reçu l'ordre de ne rien dire. »

Je comprends les raisons graves qui font ainsi parler le second, et je lui promets un secret absolu.

X

— 20 *et* 21 *octobre.* — C'est dans ces conditions que le *Chancellor* continue à naviguer en faisant autant de toile que sa mâture en peut supporter. Quelquefois les mâts de perroquet plient au point que leur rupture est imminente, mais Robert Kurtis veille. Posté près de la roue du gouvernail, il ne veut pas laisser l'homme de barre livré à lui-même. Par de petites embardées adroitement ménagées, il cède à la brise, quand la sécurité du bâtiment pourrait être compromise, et, autant que possible, le *Chancellor* ne perd rien de sa vitesse sous la main qui le gouverne.

Pendant cette journée du 20 octobre, les passagers sont tous montés sur la dunette. Ils ont évidemment dû remarquer l'élévation anormale de la température à l'intérieur du carré, mais, ne pouvant soupçonner la vérité, ils ne s'inquiètent point. D'ailleurs, leurs pieds, convenablement chaussés, n'ont pas ressenti cette chaleur qui pénètre les planches du pont, malgré l'eau que l'on y verse presque continuellement. Cette manœuvre des pompes aurait pu, au moins, provoquer quelque étonnement de leur part. Il n'en est rien, cependant, et la plupart, étendus sur les bancs, se laissent bercer au roulis du navire, dans un état de parfaite quiétude.

M. Letourneur, seul, a paru surpris et s'aperçoit bien que l'équipage se livre à un excès de propreté peu ordinaire aux navires de commerce. Il me dit quelques mots à cet égard, et je réponds d'un ton indifférent. Cependant, ce Français est un homme énergique, je pourrais tout lui apprendre, mais j'ai promis à Robert Kurtis de me taire et je me tais.

Puis, lorsque je me mets à réfléchir sur les conséquences de la catastrophe qui peut se produire, mon cœur se serre. Nous sommes vingt-huit personnes à bord, vingt-huit victimes peut-être, auxquelles la flamme ne laissera bientôt plus une planche intacte !

Aujourd'hui a eu lieu la conférence du capitaine, du second, du lieutenant et du bosseman, conférence de laquelle dépend le salut du *Chancellor*, de ses passagers, de son équipage.

Robert Kurtis m'a fait connaître la détermination prise. Le capitaine Huntly est absolument démoralisé, — ce qui était facile à prévoir. Il n'a plus ni sang-froid ni énergie, et, tacitement, il laisse le commandement du navire à Robert Kurtis.

Les progrès de l'incendie à l'intérieur du navire sont maintenant indiscutables, et déjà, dans le poste de l'équipage situé à l'avant, il est difficile de demeurer. Il est évident que le feu ne peut être maîtrisé, et que, tôt ou tard, il éclatera avec violence.

Dans ce cas, que convient-il de faire ? Il n'y a qu'un seul parti à prendre : gagner la terre la plus rapprochée. Cette terre, après relèvement, est celle des Petites-Antilles, et on peut espérer de l'atteindre assez promptement avec ce vent persistant du nord-est.

Cet avis ayant été adopté, le second n'a eu qu'à maintenir la route suivie depuis vingt-quatre heures. Les passagers, sans point de repère sur cet immense Océan, et peu familiarisés avec les indications du compas, n'ont pu reconnaître le changement de direction dans la marche du *Chancellor*, qui, tout dessus, cacatois et bonnettes, tend à se rapprocher des atterrages des Antilles, dont il est encore éloigné de plus de six cents milles.

Cependant, sur une interpellation que M. Letourneur lui fait, au sujet de ce changement de route, Robert Kurtis répond que, ne pouvant gagner au vent, il va chercher dans l'ouest des courants plus favorables.

C'est la seule observation qu'ait provoquée la modification apportée à la direction du *Chancellor*.

Le lendemain, 21 octobre, la situation est la même. Aux yeux des passagers, la navigation s'accomplit dans les conditions ordinaires, et rien n'est changé au programme de la vie du bord.

D'ailleurs, les progrès de l'incendie ne se manifestent pas à l'extérieur, et c'est bon signe. Les ouvertures ont été si hermétiquement bouchées, que pas une fumée ne trahit la combustion intérieure. Peut-être sera-t-il possible de concentrer le feu dans la cale, et peut-être enfin, faute d'air, s'éteindra-t-il ou couvera-t-il sans se propager à travers toute la cargaison. C'est l'espoir de Robert Kurtis, et, par surcroît de précaution, il a même fait tamponner avec soin l'orifice des pompes, dont le tuyau, se prolongeant jusqu'à fond de cale, pouvait donner passage à quelques molécules d'air.

Que le ciel nous vienne en aide, car, véritablement, nous ne pouvons rien par nous mêmes !

Cette journée se serait passée sans incident, si le hasard ne m'eût livré quelques mots d'une conversation, desquels il résulte que notre situation, si grave déjà, va devenir épouvantable.

On en jugera.

J'étais assis sur la dunette, et deux des passagers causaient à voix basse, sans se douter que quelques-unes de leurs paroles arriveraient à mon oreille. Ces deux passagers étaient l'ingénieur Falsten et le négociant Ruby, qui s'entretenaient souvent ensemble.

Mon attention est d'abord attirée par un ou deux gestes expressifs de l'ingénieur, qui semble faire à son interlocuteur des reproches assez vifs. Je ne puis me retenir de prêter l'oreille, et j'entends les propos suivants :

« Mais c'est absurde ! répète Falsten ! On n'est pas plus imprudent !

— Bah ! répond Ruby avec insouciance, il n'arrivera rien !

— Il peut, au contraire, arriver de grands malheurs ! reprend l'ingénieur.

— Bon ! réplique le négociant, ce n'est pas la première fois que j'agis de la sorte !

— Mais il suffit d'un choc pour provoquer une explosion !

— La bonbonne est solidement enveloppée, monsieur Falsten, et je vous répète qu'il n'y a rien à craindre !

— Pourquoi n'avoir pas prévenu le capitaine ?

— Eh ! parce qu'il n'aurait pas voulu prendre ma bonbonne ! »

Le vent ayant calmi pendant quelques instants, je n'entends plus rien, mais il est clair que l'ingénieur continue d'insister, tandis que Ruby se borne à hausser les épaules.

En effet, bientôt de nouvelles paroles parviennent jusqu'à moi.

« Si ! si ! dit Falsten, il faut avertir le capitaine ! Il faut jeter cette bonbonne à la mer. Je n'ai pas envie de sauter ! »

Sauter ! Je me relève à ce mot. Que veut dire l'ingénieur ? A quoi fait-il allusion ? Il ne connaît pas, cependant, la situation du *Chancellor*, et il ignore qu'un incendie en dévore la cargaison !

Mais un mot — mot « épouvantable » dans les conjonctures actuelles — me fait bondir ! Et ce mot, ou plutôt ces mots, « picrate de potasse », sont répétés à plusieurs reprises.

En un instant, je suis près des deux passagers, et, involontairement, avec une force irrésistible, je saisis Ruby au collet.

« Il y a du picrate à bord ?

— Oui ! répond Falsten, une bonbonne qui en contient trente livres.

— Où cela ?

— Dans la cale, avec les marchandises ! »

XI

— *Suite du* 21 *octobre.* — Je ne peux raconter ce qui se passe en moi, en entendant la réponse de Falsten. Ce n'est pas de l'épouvante, et j'éprouve plutôt une sorte de résignation ! Il me semble que cela complète la situation, et même que cela peut la dénouer ! Aussi, est-ce très-froidement que je vais trouver Robert Kurtis sur le gaillard d'avant

En apprenant qu'une bonbonne renfermant trente livres de picrate — c'est à-dire de quoi faire sauter une montagne — est déposée à bord, à fond de cale, dans le foyer même de l'incendie, et que le *Chancellor* peut faire explosion d'un instant à l'autre, Robert Kurtis ne sourcille pas, et c'est à peine si son front se ride, si sa pupille se dilate.

« Bien ! me répond-il. Pas un mot de ceci. Où est ce Ruby ?

— Sur la dunette.

— Venez avec moi, monsieur Kazallon. »

Nous gagnons ensemble la dunette, où l'ingénieur et le négociant discutent encore.

Robert Kurtis va droit à eux.

« Vous avez fait cela ? demande-t-il à Ruby.

— Eh bien, oui ! je l'ai fait ! » répond tranquillement Ruby, qui se croit tout au plus coupable d'une fraude.

Il me semble, un instant, que Robert Kurtis va écraser le malheureux passager, qui ne peut comprendre la gravité de son imprudence ! Mais le second parvient à se contenir, et je le vois qui serre ses mains derrière son dos pour n'être point tenté de saisir Ruby à la gorge.

Puis, d'une voix calme, il interroge Ruby. Celui-ci confirme les faits que j'ai rapportés. Parmi les colis de sa pacotille se trouve une bonbonne renfermant environ trente livres de la dangereuse substance. Ce passager a agi, dans cette occasion, avec cette imprudence qui, il faut bien l'avouer, est inhérente aux races anglo-saxonnes, et il a introduit ce mélange explosif dans la cale du navire comme un Français eût fait d'une simple bouteille de vin. S'il n'a pas déclaré la nature de ce colis, c'est qu'il savait parfaitement bien que le capitaine aurait refusé de le prendre.

« Après tout, ajoute-t-il en haussant les épaules, il n'y a pas là de quoi pendre

3

un homme, et si cette bonbonne vous gêne tant, vous pouvez la jeter à la mer ! Ma pacotille est assurée ! »

A cette réponse, je ne puis me retenir, car je n'ai pas le sang-froid de Robert Kurtis, et la colère m'emporte. Je me précipite sur Ruby avant que le second ait pu m'en empêcher, et je m'écrie :

« Misérable ! Vous ne savez donc pas que le feu est à bord ! »

Ces mots à peine prononcés, je les regrette, mais il est trop tard ! L'effet qu'ils produisent sur Ruby est indescriptible. Le malheureux est pris d'une peur convulsive. Le corps paralysé par une raideur tétanique, les cheveux hérissés, l'œil ouvert démesurément, la respiration haletante comme celle d'un asthmatique, il ne peut parler, et l'épouvante est chez lui portée à son comble. Tout à coup, ses bras s'agitent ; il regarde ce pont du *Chancellor* qui peut sauter d'un instant à l'autre ; il s'élance en bas de la dunette, se relève, parcourt le navire, gesticulant comme un fou. Puis, la parole lui revient, et ces sinistres mots s'échappent de sa bouche :

« Le feu est à bord ! Le feu est à bord ! »

A ce cri, tout l'équipage accourt sur le pont, croyant, sans doute, que l'incendie fait irruption au dehors et que l'heure est venue de fuir dans les embarcations. Les passagers arrivent, Mr. Kear, sa femme, miss Herbey, les deux Letourneur. Robert Kurtis veut imposer silence à Ruby, mais celui-ci n'a plus sa raison.

En ce moment, le désordre est extrême. Mrs. Kear est tombée sans connaissance sur le pont. Son mari ne s'occupe pas d'elle et laisse miss Herbey lui donner ses soins. Les matelots ont déjà croché les palans de la chaloupe afin de la lancer à la mer.

Pendant ce temps, je fais connaître à MM. Letourneur ce qu'ils ignorent, c'est-à-dire que la cargaison est en feu, et la pensée du père s'est aussitôt portée sur André, qu'il entoure de ses bras. Le jeune homme conserve un grand sang-froid et rassure son père, en lui répétant que le danger n'est pas immédiat.

Cependant, Robert Kurtis, aidé du lieutenant, est parvenu à arrêter ses hommes. Il leur affirme que l'incendie n'a pas fait de nouveaux progrès, que le passager Ruby n'a ni conscience de ce qu'il fait, ni de ce qu'il dit, qu'il ne faut pas agir avec précipitation, que, lorsque le moment en sera venu, on quittera le navire...

La plupart des matelots s'arrêtent à la voix du second, qu'ils aiment et respectent. Celui-ci obtient d'eux ce que le capitaine Huntly n'aurait pu obtenir, et la chaloupe reste sur ses chantiers.

Très-heureusement, Ruby n'a pas parlé de ce picrate enfermé dans la cale. Si l'équipage connaissait la vérité, s'il apprenait que ce navire n'est plus qu'un volcan, prêt, peut-être, à s'entr'ouvrir sous ses pieds, il se démoraliserait, on ne pourrait le retenir, et il fuirait coûte que coûte.

Le second, l'ingénieur Falsten et moi, seuls, nous savons de quelle terrible façon l'incendie du navire est compliqué, et il faut que nous soyons seuls à le savoir.

Lorsque l'ordre est rétabli, Robert Kurtis et moi, nous rejoignons Falsten sur la dunette. L'ingénieur est resté là, les bras croisés, songeant peut-être à quelque problème de mécanique au milieu de l'épouvante générale. Nous lui recommandons de ne pas dire un mot de cette complication nouvelle, due à l'imprudence de Ruby.

Falsten promet de garder le secret. Quant au capitaine Huntly, qui ignore encore l'extrême gravité de la situation, Robert Kurtis se charge de la lui apprendre.

Mais, auparavant, il faut s'assurer de la personne de Ruby, car le malheureux est en complète démence. Il n'a plus conscience de ses actes, et il court à travers le pont, criant toujours : « Au feu ! au feu ! »

Robert Kurtis donne l'ordre aux matelots de s'emparer du passager, que l'on parvient à bâillonner et à attacher solidement. Puis, il est transporté dans sa cabine, où il sera désormais gardé à vue.

Le mot terrible ne s'est pas échappé de sa bouche !

XII

— 22 *et* 23 *octobre.* — Robert Kurtis a tout appris au capitaine Huntly. Le capitaine Huntly, de droit sinon de fait, est son chef, et il ne pouvait lui cacher la situation.

A cette communication, le capitaine n'a pas répondu un seul mot, et, après avoir passé la main sur son front comme un homme qui veut chasser une idée importune, il est tranquillement rentré dans sa cabine, sans donner aucun ordre.

Robert Kurtis, le lieutenant, l'ingénieur Falsten et moi, nous tenons conseil, et je suis étonné du sang-froid que chacun apporte dans la circonstance. Toutes

Il court à travers le pont en criant : « Au feu! » (Page 31.)

les chances de salut sont discutées, et Robert Kurtis résume ainsi la situation :

« L'incendie ne peut être arrêté, dit-il, et déjà la température du poste de l'avant est devenue insoutenable. Le moment arrivera donc, bientôt peut-être, où l'intensité du feu sera telle, que les flammes se feront jour à travers le pont. Si, avant cette nouvelle forme de la catastrophe, l'état de la mer nous permet d'utiliser nos embarcations, nous fuirons le navire. Si, au contraire, il ne nous est pas possible de quitter le *Chancellor*, nous lutterons contre le feu jusqu'au dernier moment. Qui sait si nous n'en aurons pas raison, lorsqu'il se sera fait jour au dehors ! Peut-être combattrons-nous mieux l'ennemi qui se montre que l'ennemi qui se cache !

Une longue langue de flamme... (Page 39.)

— C'est mon avis, répond tranquillement l'ingénieur.

— C'est aussi le mien, ai-je répliqué. Mais, monsieur Kurtis, ne tenez-vous pas compte de cette circonstance que trente livres d'une substance explosive sont enfermées à fond de cale ?

— Non, monsieur Kazallon, répond Robert Kurtis, ce n'est qu'un détail, je n'en tiens aucun compte ! Et pourquoi m'en préoccuperais-je ? Puis-je aller rechercher cette substance au milieu d'une cargaison en feu, et dans une cale où nous ne devons pas permettre à l'air de s'introduire ? Non ! Je n'y veux même pas songer ! Avant que la phrase que je prononce soit achevée, ce picrate peut-il avoir produit son effet ? Oui. Donc, ou le feu l'atteindra, ou il ne l'atteindra pas. Par conséquent, cette circonstance dont vous parlez n'existe pas pour moi. C'est l'affaire de Dieu, et non la mienne, de nous épargner cette suprême catastrophe ! »

Robert Kurtis a prononcé ces paroles d'un ton grave, et nous baissons la tête sans répondre. Puisque, vu l'état de la mer, la fuite immédiate est impossible, nous devons oublier cette circonstance.

« L'explosion n'est pas nécessaire, dirait un formaliste, elle n'est que contingente. »

Cette observation est faite par l'ingénieur avec le plus beau sang-froid du monde.

« Une question à laquelle je vous prie de répondre, monsieur Falsten, ai-je dit alors. Est-ce que le picrate de potasse peut s'enflammer, quand il n'y a pas choc ?

— Certainement, répond l'ingénieur. Dans les conditions ordinaires, le picrate n'est pas plus inflammable que la poudre ordinaire, mais il l'est autant. Ergo... »

Falsten a dit : « Ergo ». Ne croirait-on pas qu'il fait une démonstration dans un cours de chimie ?

Nous sommes alors remontés sur le pont. En sortant du carré, Robert Kurtis me prend la main.

« Monsieur Kazallon, me dit-il sans chercher à cacher son émotion, ce Chancellor, que j'aime, le voir dévorer par le feu et ne pouvoir rien, rien ! ..

— Monsieur Kurtis, votre émotion....

— Monsieur, reprend-il, je n'en ai pas été maître ! Vous seul aurez vu tout ce que je souffre. — Mais c'est fini, ajoute-t-il, en faisant un violent effort sur lui-même.

— La situation est-elle donc désespérée ? ai-je alors demandé.

— La situation, la voici, répond froidement Robert Kurtis. Nous sommes attachés à un fourneau de mine, et la mèche est allumée ! Reste à savoir si cette mèche est longue ! »

Puis il se retire.

En tout cas, l'équipage et les autres passagers ignorent à quel point notre position s'est aggravée.

Depuis que l'incendie est connu, Mr. Kear s'est occupé à rassembler ses objets les plus précieux, et, naturellement, il ne songe pas à sa femme. Après avoir intimé au second l'ordre de faire éteindre le feu, en le rendant responsable de toutes conséquences, il est rentré dans sa cabine de l'arrière et n'a plus reparu.

Mrs. Kear pousse des gémissements, et, malgré ses ridicules, la malheureuse femme fait pitié. Miss Herbey, en ces circonstances, se croit moins que jamais dégagée de ses devoirs envers sa maîtresse, et elle la soigne avec un absolu dévoûment. Je ne puis qu'admirer la conduite de cette jeune fille, pour laquelle le devoir est tout.

Le lendemain, 23 octobre, le capitaine Huntly fait demander le second, qui va le trouver dans sa cabine, et entre eux a lieu cette conversation, dont Robert Kurtis me rapporte les termes.

« Monsieur Kurtis, dit le capitaine, dont l'œil hagard indique un trouble des facultés mentales, je suis marin, n'est-ce pas ?

— Oui, monsieur

— Eh bien, figurez-vous que je ne sais plus mon métier... j'ignore ce qui se passe en moi... mais j'oublie... je ne sais plus... Est-ce que nous n'avons pas fait le nord-est depuis notre départ de Charleston.

— Non, monsieur, répond le second, nous avons fait le sud-est, suivant vos ordres.

— Nous sommes pourtant chargés pour Liverpool !

— Sans doute.

— Et le ?... Comment s'appelle le navire, monsieur Kurtis ?

— Le *Chancellor*.

— Ah, oui ! le *Chancellor* ! Et il se trouve maintenant ?...

— Au sud du Tropique.

— Eh bien ! monsieur, je ne me charge pas de le ramener au nord !... Non !... je ne pourrais pas... Je désire ne plus quitter ma cabine .. La vue de la mer me fait mal !...

— Monsieur, répond Robert Kurtis, j'espère que des soins...

— Oui, oui, nous verrons... plus tard. — En attendant, je vais vous donner un ordre, mais ce sera le dernier que vous recevrez de moi.

— Je vous écoute, répond le second.

— Monsieur, reprend le capitaine, à partir de ce moment, je ne suis plus rien à bord, et vous prenez le commandement du navire... Les circonstances sont plus fortes que moi, et je sens que je ne puis y résister... Ma tête se perd ! — Je souffre beaucoup, monsieur Kurtis, » ajoute Silas Huntly en pressant son front de ses deux mains.

Le second examine attentivement celui qui jusqu'ici commandait à bord, et il se contente de répondre :

« C'est bien, monsieur. »

Puis, remonté sur le pont, il me raconte ce qui s'est passé.

« Oui, dis-je, cet homme a tout au moins le cerveau malade, s'il n'est pas fou, et mieux vaut qu'il se soit volontairement démis de son commandement.

— Je le remplace dans des circonstances graves, me répond Robert Kurtis. N'importe, je ferai mon devoir. »

Cela dit, Robert Kurtis appelle un matelot et lui ordonne d'aller chercher le bosseman.

Le bosseman arrive aussitôt.

« Bosseman, lui dit Robert Kurtis, faites rassembler l'équipage au pied du grand mât. »

Le bosseman se retire, et, quelques instants après, les hommes du *Chancellor* sont réunis à l'endroit indiqué.

Robert Kurtis se rend au milieu d'eux.

« Garçons, dit-il d'une voix calme, dans la situation où nous sommes et pour des raisons de moi connues, monsieur Silas Huntly a cru devoir se démettre de ses fonctions de capitaine. A partir de ce jour, je commande à bord. »

Ainsi s'est opéré ce changement, qui ne peut tourner qu'au bien de tous. Nous avons à notre tête un homme énergique et sûr, qui ne reculera devant aucune mesure pour le salut commun. MM. Letourneur, l'ingénieur Falsten et moi, nous félicitons immédiatement Robert Kurtis, et le lieutenant et le bosseman joignent leurs compliments aux nôtres.

La route du navire est maintenue au sud-ouest, et Robert Kurtis, en forçant de voiles, cherche à rallier dans le plus court délai la plus rapprochée des Petites-Antilles.

XIII

— *Du 24 au 29 octobre.* — Pendant les cinq jours qui suivent, la mer est très-dure. Bien que le *Chancellor* ait renoncé à lutter contre elle et coure avec le vent et la lame, il est extrêmement secoué. Pendant cette navigation sur un brûlot, nous n'avons plus un seul moment de tranquillité. On contemple d'un œil d'envie cette eau qui entoure le navire, qui attire, qui fascine !

« Mais, ai-je dit à Robert Kurtis, pourquoi ne pas saborder le pont ? Pourquoi ne pas précipiter des tonnes d'eau dans la cale? Quand le navire en serait rempli, où serait le mal? L'incendie éteint, les pompes rejetteraient toute cette eau à la mer!

— Monsieur Kazallon, me répond Robert Kurtis, je vous l'ai dit, je vous le répète, si nous livrons passage à l'air, si peu que ce soit, le feu se propagera, en un instant, dans le navire tout entier, et les flammes l'envelopperont de la quille à la pomme des mâts! Nous sommes condamnés à l'inaction, et il est des circonstances où il faut avoir le courage de ne rien faire! »

Oui! Boucher hermétiquement toute issue, c'est le seul moyen de combattre l'incendie, et c'est ce que fait l'équipage.

Cependant, les progrès du feu sont incessants et peut-être plus rapides que nous ne le supposons. Peu à peu, la chaleur est devenue assez forte pour que les passagers aient dû se réfugier sur le pont, et les cabines de l'arrière, largement éclairées par les fenêtres du tableau, peuvent seules être encore occupées. Mrs. Kear ne quitte pas l'une, et quant à l'autre, Robert Kurtis l'a mise à la disposition du négociant Ruby. Je suis allé plusieurs fois visiter ce malheureux, qui est absolument fou, et il faut le tenir attaché, si l'on ne veut pas qu'il brise la porte de sa cabine. Chose singulière! il a conservé dans sa folie un sentiment d'effroyable terreur, et il pousse d'horribles cris, comme si, sous l'influence d'un phénomène physiologique, il ressentait des brûlures réelles.

Plusieurs fois aussi, je rends visite à l'ex-capitaine, et je trouve en lui un homme très-calme, et parlant raisonnablement, excepté sur ce qui se rapporte à son métier de marin. Sur ce sujet, il n'a plus le sens commun. Je lui offre mes soins, car il souffre, mais il ne veut pas les accepter, et il ne sort plus de sa cabine

Aujourd'hui, le poste de l'équipage a été envahi par une fumée, àcre et nauséabonde, qui filtre par les bouffetures de la cloison. Il est certain que l'incendie gagne de ce côté, et, en prêtant l'oreille, on entend de sourds ronflements. Où ce feu prend-il donc tout cet air qui l'alimente? Quelle est l'ouverture qui a échappé à nos recherches? L'effroyable catastrophe ne saurait être éloignée maintenant! Peut-être n'est-ce qu'une question de quelques jours, de quelques heures, et, malheureusement, la mer est tellement grosse qu'on ne peut songer à fuir dans les embarcations.

Par ordre de Robert Kurtis, la cloison du poste est recouverte d'un prélart que l'on imbibe d'eau incessamment. Malgré ces soins, la fumée transpire toujours au milieu d'une chaleur humide, qui se répand sur l'avant du navire et y rend l'air à peu près irrespirable.

Heureusement, le grand mât et le mât de misaine sont en fer. Sans cela, brûlés par le pied, ils seraient déjà venus en bas, et nous serions perdus.

Robert Kurtis fait donc toute la toile possible, et, sous ce vent du nord-est qui fraîchit, le *Chancellor* marche avec rapidité.

Voilà déjà quatorze jours que l'incendie s'est déclaré, et ses progrès sont incessants, car nous n'avons pu les combattre. Maintenant, la manœuvre est de plus en plus difficile à bord. Sur la dunette, dont le plancher n'est pas en rapport immédiat avec la cale, on peut encore tenir pied, mais, sur le pont, jusqu'au gaillard d'avant, il est impossible de marcher, même avec d'épaisses chaussures. L'eau ne suffit plus à rafraîchir ces planches que le feu lèche et qui se gondolent sur leurs barreaux. La résine de ce bois de sape grésille à l'entour des nœuds, les coutures s'ouvrent, et le brai, liquéfié par la chaleur, coule en dessinant de capricieuses bigarrures suivant les demandes du roulis.

Et, pour comble de malheur, voici que le vent saute brusquement au nord-ouest, et qu'il souffle avec furie! C'est un véritable ouragan, tel qu'il s'en produit quelquefois dans ces parages, et il nous éloigne de ces terres des Antilles que nous cherchons à rallier! Robert Kurtis veut lui tenir tête en capéyant, mais le vent est si furieux que le *Chancellor* ne peut tenir la cape, et il lui faut bientôt prendre la fuite pour éviter les coups de mer, qui sont terribles quand ils frappent un navire par la hanche.

Le 29, la tempête est dans toute sa fureur. L'Océan est démonté, et l'embrun des lames couvre en entier le *Chancellor*. Il serait impossible de mettre une embarcation à la mer, sans qu'elle fût immédiatement submergée. Nous nous sommes réfugiés, les uns sur la dunette, les autres sur le gaillard d'avant. On se regarde, on n'ose parler.

Quant à la bonbonne de picrate, nous n'y songeons même plus. Nous avons oublié « ce détail », pour employer l'expression de Robert Kurtis. Je ne sais vraiment pas si l'explosion du navire, qui dénouerait la situation d'un coup, ne serait pas à souhaiter. En écrivant cette phrase, je pense donner un état exact de nos esprits. L'homme, longtemps menacé d'un danger, finit par désirer qu'il se produise, car l'attente d'une catastrophe inévitable est plus horrible que la réalité!

Pendant qu'il en était temps encore, le capitaine Kurtis a fait retirer une partie des vivres emmagasinés dans la cambuse, dans laquelle on ne pourrait plus pénétrer maintenant. La chaleur a déjà gâté une grande quantité de provisions; mais quelques barils de viande salée et de biscuit, un tonneau de brandevin, des barriques d'eau ont été placés sur le pont, et on y a joint des couvertures, des instruments, une boussole, des voiles, afin de pouvoir, le cas échéant, quitter immédiatement le navire.

A huit heures du soir, malgré le fracas de l'ouragan, de bruyants ronflements se font entendre. Les panneaux du pont se soulèvent sous la pression de l'air échauffé, et des tourbillons de fumée noire s'en échappent comme la vapeur sous la plaque d'une soupape de chaudière.

L'équipage se précipite vers Robert Kurtis, pour lui demander des ordres. Une idée unique s'empare de tous : fuir ce volcan, qui va faire irruption sous nos pieds !

Robert Kurtis regarde l'Océan, dont les lames monstrueuses déferlent. On ne peut même plus s'approcher de la chaloupe placée sur ces chantiers, au milieu du pont, mais il est encore possible d'utiliser le canot, hissé sur ses pistolets de tribord, ainsi que la baleinière, suspendue à l'arrière du navire.

Les matelots se précipitent vers le canot.

« Non ! crie Robert Kurtis, non ! Ce serait jouer notre dernière chance sur un coup de mer ! »

Quelques matelots affolés, Owen à leur tête, veulent cependant lancer l'embarcation. Robert Kurtis se précipite sur la dunette, et, saisissant une hache :

« Le premier qui touche aux palans, s'écrie-t-il, je lui fends le crâne ! »

Les matelots se retirent. Quelques-uns montent dans les enfléchures des haubans. D'autres se réfugient jusqu'aux hunes.

A onze heures, des détonations violentes se font entendre dans la cale. Ce sont les cloisons qui éclatent, laissant passage à l'air chaud et à la fumée. Aussitôt des torrents de vapeur sortent par le capot du poste de l'avant, et une longue langue de flamme va lécher le mât de misaine.

Des cris s'élèvent alors. Mrs. Kear, soutenue par miss Herbey, quitte précipitamment les chambres, que le feu gagne. Puis, Silas Huntly apparaît, le visage noirci par la fumée, et tranquillement, après avoir salué Robert Kurtis, il se dirige vers les haubans de l'arrière, gravit les enfléchures et s'installe sur la hune d'artimon.

La vue de Silas Huntly me rappelle alors qu'un autre homme est resté emprisonné sous la dunette, dans cette cabine que les flammes vont peut-être dévorer.

Faut-il donc laisser périr ce malheureux Ruby ? Je m'élance vers l'escalier... Mais le fou, qui a brisé ses liens, se montre en ce moment, les cheveux brûlés, les vêtements en feu. Sans proférer un cri, il marche sur le pont, et les pieds ne lui brûlent pas ! Il se jette dans les tourbillons de fumée, et la fumée ne

« Le picrate ! le picrate ! » (Page 40.)

i'étouffe pas ! C'est comme une salamandre humaine qui court à travers les flammes !

Une nouvelle détonation éclate alors ; la chaloupe vole en éclats ; le panneau du milieu saute en déchirant le prélart, et un jet de feu, longtemps comprimé, fuse jusqu'à mi-mât.

En ce moment, le fou pousse des cris éclatants, et ces mots s'échappent de sa bouche :

« Le picrate ! le picrate ! Nous allons tous sauter ! sauter ! sauter !... »

Puis, sans qu'on ait le temps de l'arrêter, il se précipite par le panneau dans la fournaise ardente.

Nous apercevons enfin un groupe noir. (Page 45.)

XIV

—*Pendant la nuit du 29 octobre.* —Cette scène a été épouvantable, et chacun, malgré la situation désespérée dans laquelle il se trouve, en a ressenti toute l'horreur.

Ruby n'est plus, mais ses dernières paroles vont peut-être avoir des consé-quences bien funestes. Les matelots l'ont entendu crier : « Le picrate ! le pi-crate ! » Ils ont compris que le navire peut sauter d'un instant à l'autre, et que ce n'est plus un incendie seulement, mais une épouvantable explosion qui les menace.

Quelques hommes, ne se possédant plus, veulent s'enfuir à tout prix et sans retard.

« Le canot! le canot! » crient-ils.

Ils ne voient pas, ils ne veulent pas voir, les insensés, que la mer est démontée, qu'aucune embarcation ne peut braver ces lames qui déferlent à une prodigieuse hauteur ! Rien ne peut les retenir, et ils n'écoutent plus la voix de leur capitaine. Robert Kurtis se jette au milieu de son équipage, mais en vain. Le matelot Owen excite ses camarades ; les saisines du canot sont larguées, et il est repoussé en dehors.

L'embarcation se balance un instant dans l'air, et, obéissant au roulis du navire, va buter contre la lisse. Un dernier effort des matelots la dégage, et elle est sur le point d'atteindre la mer, lorsqu'une lame monstrueuse la prend par dessous, l'écarte un instant, et, avec une force irrésistible, la broie contre le flanc du *Chancellor*.

La chaloupe et le canot sont détruits, et il ne nous reste plus, maintenant, qu'une fragile et étroite baleinière.

Les matelots, frappés de stupeur, demeurent immobiles. On n'entend plus que les sifflements du vent dans les agrès et le ronflement de l'incendie. La fournaise se creuse profondément au centre du navire, et des torrents de vapeurs fuligineuses, s'échappant du panneau, montent vers le ciel. Du gaillard d'avant à la dunette, on ne se voit plus, et une barrière de flammes sépare le *Chancellor* en deux parties.

Les passagers et deux ou trois hommes de l'équipage se sont réfugiés à l'arrière de la dunette. Mrs. Kear est étendue sans connaissance sur une des cages à poules, et miss Herbey est auprès d'elle. M. Letourneur a saisi son fils dans ses bras et le presse sur sa poitrine. Une agitation nerveuse s'est emparée de moi, et je ne puis la calmer. L'ingénieur Falsten consulte froidement sa montre et note l'heure sur son carnet.

Que se passe-t-il à l'avant, où se tiennent, sans doute, le lieutenant, le bosseman et le reste de l'équipage, que nous ne pouvons plus voir ? Toute communication est interrompue entre les deux moitiés du bâtiment, et nul ne pourrait traverser le rideau de flammes qui s'échappe du grand panneau.

Je m'approche de Robert Kurtis.

« Tout est perdu ? lui ai-je demandé.

— Non, me répond-il. Puisque le panneau est ouvert, nous allons jeter un torrent d'eau sur cette fournaise, et nous parviendrons peut-être à l'éteindre.

— Mais comment manœuvrer les pompes sur ce pont brûlant, monsieur Kurtis ? Comment donner des ordres aux matelots à travers ces flammes ? »

Robert Kurtis ne me répond pas.

« Tout est perdu ? ai-je demandé de nouveau.

— Non ! monsieur, me dit Robert Kurtis, non ! Et, tant qu'une planche de ce navire résistera sous mon pied, je ne désespérerai pas ! »

Cependant, la violence de l'incendie redouble, et les eaux de la mer se teignent d'une clarté rougeâtre. Au-dessus, les nuages bas reflètent de grandes lueurs fauves. De longs jets de feu fusent à travers les écoutilles, et nous nous sommes réfugiés sur le couronnement, à l'arrière de la dunette. Mrs. Kear a été déposée dans la baleinière qui est suspendue sur ses porte-manteaux, et miss Herbey a pris place près d'elle.

Quelle nuit épouvantable, et quelle plume saurait en retracer l'horreur !

L'ouragan, alors dans toute sa violence, souffle sur ce brasier comme un ventilateur immense. Le *Chancellor* court dans les ténèbres, comme un brûlot gigantesque. Pas d'autre alternative : ou se jeter à la mer, ou périr dans les flammes !

Mais ce picrate ne prendra donc pas feu ! Ce volcan ne s'ouvrira donc pas sous nos pieds ! Ruby a donc menti ! Il n'y a donc pas de substance explosive enfermée dans la cale !

A onze heures et demie, au moment où la mer est plus terrible que jamais, un grondement particulier, si redouté des marins, vient s'ajouter au fracas des éléments déchaînés, et ce cri retentit à l'avant :

« Des brisants ! des brisants par tribord ! »

Robert Kurtis saute sur le bastingage, jette un coup d'œil rapide sur les lames blanches, et, se retournant vers le timonier :

« La barre à tribord, toute ! » crie-t-il d'une voix impérative.

Mais il est trop tard. Je sens que nous nous sommes enlevés sur le dos d'une lame monstrueuse, et soudain, un choc se produit. Le navire touche par l'arrière, talonne plusieurs fois, et le mât d'artimon, brisé au ras du pont, tombe à la mer.

Le *Chancellor* est immobile.

XV

— *Suite de la nuit du* 29 *octobre.* — Il n'est pas encore minuit. Il n'y a pas de lune, et l'obscurité est profonde. Nous ne pouvons savoir en quel endroit le navire vient d'échouer. Violemment repoussé par la tourmente, a-t-il donc enfin atteint la côte américaine, et la terre est-elle en vue?

J'ai dit que le *Chancellor*, après avoir donné quelques coups de talon, est resté absolument immobile. Quelques instants plus tard, un bruit de chaînes qui retentit à l'avant, apprend à Robert Kurtis que les ancres viennent d'être mouillées.

« Bien! bien! dit-il. Le lieutenant et le bosseman ont mouillé les deux ancres! Il faut espérer qu'elles tiendront! »

Je vois alors Robert Kurtis s'avancer sur les bastingages jusqu'à cette limite que les flammes ne permettent pas de franchir. Il se glisse sur le porte-hauban de tribord, du côté où le navire donne la bande, et il se tient là pendant quelques minutes, malgré les lourds paquets de mer qui l'écrasent. Je le vois prêter l'oreille. On dirait qu'il écoute un bruit particulier au milieu du fracas de la tempête.

Enfin, Robert Kurtis revient sur la dunette.

« L'eau entre, me dit-il, et cette eau, — que le ciel nous soit en aide! — aura peut-être raison de l'incendie!

— Mais après? ai-je dit.

— Monsieur Kazallon, me répond Robert Kurtis, « après », c'est l'avenir, c'est ce que Dieu voudra! Ne songeons qu'au présent! »

La première chose à faire serait de sonder aux pompes, mais, en ce moment, on ne peut les atteindre au milieu des flammes. Il est probable que quelque bordage, défoncé dans les fonds du bâtiment, livre un large passage à l'eau, car il me semble que la violence du feu diminue déjà. On entend des sifflements assourdissants, qui prouvent que les deux éléments luttent entre eux. A coup sûr, la base du foyer a été atteinte, et le premier rang des balles de coton est déjà noyé. Eh bien! que cette eau étouffe l'incendie, puis, nous la combattrons à son tour! Peut-être sera-t-elle moins redoutable que le feu! L'eau, c'est l'élément du marin, et il est habitué à le vaincre!

Pendant les trois heures que dure encore cette nuit si longue, nous attendons

avec une anxiété indescriptible. Où sommes-nous ? Ce qui est certain, c'est que le
flot se retire peu à peu et que la fureur des lames s'apaise. Le *Chancellor* doit
avoir touché une heure après la pleine mer, mais il est difficile de le savoir au
juste. sans calculs et sans observations. Si cela est, on peut espérer, à la con-
dition que le feu soit éteint, qu'on pourra se dégager promptement à la marée
prochaine.

Vers quatre heures et demie du matin, le rideau de flamme, tendu entre l'avant
et l'arrière du navire, se dissipe peu à peu, et, au delà, nous apercevons enfin
un groupe noir. C'est l'équipage, qui s'est réfugié sur l'étroit gaillard d'avant.
Bientôt, les communications sont rétablies entre les deux extrémités du navire,
et le lieutenant et le bosseman viennent nous rejoindre sur la dunette, en
marchant sur les lisses, car il n'est pas encore possible de mettre le pied sur
le pont.

Le capitaine Kurtis, le lieutenant et le bosseman, moi présent, confèrent ensemble, et sont d'accord sur ce point qu'il ne faut rien tenter avant le jour. Si la
terre est voisine, si la mer est praticable, on gagnera la côte, soit avec la baleinière, soit au moyen d'un radeau. Si aucune terre n'est en vue, si le *Chancellor*
s'est échoué sur un récif isolé, on cherchera à le renflouer, de manière à le
mettre en état de gagner le port le plus proche.

« Mais, dit Robert Kurtis, dont l'opinion est partagée par le lieutenant et le
bosseman, il est difficile de deviner où nous sommes, car, avec ces vents de
nord-ouest, le *Chancellor* a dû être rejeté assez loin dans le sud. Voilà longtemps
que je n'ai pu prendre hauteur, et, cependant, comme je ne connais aucun écueil
dans cette portion de l'Atlantique, il est possible que nous soyions échoués sur
quelque terre de l'Amérique du Sud.

— Mais, dis-je, nous sommes toujours sous la menace d'une explosion. Ne
pourrions-nous abandonner le *Chancellor*, et nous réfugier...

— Sur ce récif ? répond Robert Kurtis. Mais comment est-il fait ? Ne couvre-
t-il pas à mer haute ? Pouvons-nous le reconnaître dans cette obscurité ? Laissons
venir le jour, et nous verrons. »

Ces paroles de Robert Kurtis, je les rapporte immédiatement aux autres passagers. Elles ne sont pas absolument rassurantes, mais personne ne veut voir le
nouveau danger que crée la situation du navire, si, par malheur, il s'est jeté
sur quelque récif inconnu, à plusieurs centaines de milles de toute terre. Une
seule considération domine tout : c'est que maintenant l'eau combat pour
nous et lutte avantageusement contre l'incendie, et, par conséquent, contre les
chances d'explosion.

En effet, aux flammes éclatantes a succédé peu à peu une épaisse fumée noire qui s'échappe du panneau en tourbillons humides. Quelques langues ardentes se projettent encore au milieu des sombres volutes, mais elles s'éteignent presque aussitôt. Aux ronflements du feu succèdent les sifflements de l'eau, qui se vaporise sur le foyer intérieur. Il est certain que la mer fait là ce que ni nos pompes ni nos seaux n'auraient pu faire, et cet incendie, qui s'est propagé au milieu de dix sept cents balles de coton, il ne fallait rien moins qu'une inondation pour l'éteindre !

XVI

. — 30 *octobre*. — Les premières lueurs matinales ont blanchi l'horizon, mais les brumes du large arrêtent le regard sur une circonférence assez restreinte. Aucune terre n'est encore en vue, et, cependant, notre œil fouille impatiemment toute la portion occidentale et méridionale de l'Océan.

En ce moment, la mer s'est presque entièrement retirée, il n'y a pas six pieds d'eau autour du navire, qui en cale environ quinze à pleine charge. Quelques pointes de roc émergent çà et là, et on voit, à de certaines couleurs du fond, que cet écueil est composé de roches basaltiques. Comment le *Chancellor* a-t-il pu être transporté si avant sur ce récif ? Il faut qu'une lame énorme l'ait soulevé, et c'est bien ce que j'ai senti quelques instants avant l'échouement. Aussi, après avoir examiné la ligne des roches qui l'entourent, je me demande comment on parviendra à le tirer de là. Il est incliné de l'arrière à l'avant, ce qui rend la marche sur le pont fort pénible, et, en outre, à mesure que le niveau de l'Océan s'abaisse, il donne une bande plus accusée à bâbord. Robert Kurtis a pu redouter un moment qu'il ne chavirât à mer basse ; mais son inclinaison s'est enfin définitivement fixée, et il n'y a rien à craindre à cet égard.

A six heures du matin, des chocs violents se font sentir. C'est le mât d'artimon qui après avoir été entraîné, revient battre les flancs du *Chancellor*. En même temps, des cris retentissent, et le nom de Robert Kurtis est plusieurs fois prononcé.

Nous regardons dans la direction d'où partent ces cris, et à la demi-clarté du jour naissant, on voit un homme qui s'est cramponné à la hune d'artimon. C'est Silas Huntly, que la chute du mât a entraîné et qui a miraculeusement échappé à la mort.

Robert Kurtis se précipite au secours de son ancien capitaine, et, bravant mille dangers, il parvient à le ramener à bord. Silas Huntly, sans prononcer un mot, va s'asseoir dans le coin le plus reculé de la dunette. Cet homme, devenu un être absolument passif, ne compte plus.

On réussit ensuite à faire passer sous le vent le mât d'artimon, qui est solidement amarré au navire, dont il ne menace plus les flancs. Cette épave nous servira peut-être, qui sait?

Maintenant, le jour est suffisamment fait, les brumes commencent à se lever. Déjà le regard peut parcourir suffisamment le périmètre de l'horizon, à plus de trois milles, mais rien n'apparaît encore qui ressemble à une côte. La ligne des brisants court sud-ouest et nord-est pendant un mille environ. Dans le nord émerge une sorte d'îlot, de forme irrégulière. C'est une capricieuse aggrégation de roches, qui s'élève à deux cents brasses au plus de l'endroit où s'est échoué le *Chancellor*, et à une hauteur de cinquante pieds. Elle doit donc dominer le niveau des plus hautes marées. Une sorte de chaussée très-étroite, mais praticable à mer basse, nous permettra d'atteindre cet îlot, si cela est nécessaire.

Au delà, la mer reprend sa couleur sombre. Là, l'eau est profonde. Là finit l'écueil.

Un immense désappointement, que justifie la situation du navire, s'empare de tous les esprits. Il est à craindre, en effet, que ces brisants ne se rattachent à aucune terre.

En ce moment, — il est sept heures, — le jour est clair, et les brumes ont disparu. L'horizon s'accuse autour du *Chancellor* avec une netteté parfaite, mais la ligne de l'eau et la ligne du ciel s'y confondent sur le même contour, et la mer remplit tout l'espace.

Robert Kurtis, immobile, observe l'Océan, principalement dans l'ouest. M. Letourneur et moi, debout l'un près de l'autre, nous examinons ses moindres mouvements, et nous lisons clairement les idées qui se pressent dans son cerveau. Sa surprise est grande, car il pouvait se croire près de terre, ayant presque toujours porté au sud depuis la relâche du navire aux Bermudes, et, pourtant, aucune terre n'est en vue.

En ce moment, Robert Kurtis, quittant la dunette, se rend par les bastingages jusqu'aux haubans, s'élance sur les enflèchures, saisit les haubans du grand mât d'hune, franchit les barres et gagne rapidement le capelage du mât de perroquet. De là, pendant quelques minutes, il examine avec le plus grand soin tout l'espace; puis, saisissant un des galhaubans, il se laisse glisser jusqu'à la lisse et revient près de nous.

Un homme s'est cramponné à la hune. (Page 46.)

Nos regards l'interrogent.

« Pas de terre! » répond-il froidement.

Mr. Kear s'avance alors, et d'un ton de mauvaise humeur :

« Où sommes-nous, monsieur ? demande-t-il.

— Je n'en sais rien, monsieur, répond Robert Kurtis.

— Vous devriez le savoir ! réplique sottement le marchand de pétrole.

— Soit, mais je ne le sais pas !

— Eh bien, reprend Mr. Kear, sachez alors que je n'ai pas l'intention de rester éternellement sur votre bateau, monsieur, et je vous mets en demeure de partir ! »

On s'occupe de préparer une sorte de campement. (Page 50.)

Robert Kurtis se contente de hausser les épaules.

Puis, se retournant vers M. Letourneur et moi :

« Je prendrai hauteur, si le soleil se montre, dit-il, et nous saurons alors sur quel point de l'Atlantique la tempête nous a jetés. »

Robert Kurtis s'occupe alors de faire distribuer des vivres aux passagers et à l'équipage. Nous en avons tous besoin, car nous sommes exténués par la fatigue et la faim. On mange du biscuit et un peu de viande conservée ; puis, le capitaine, sans perdre un instant, prend diverses mesures pour le renflouage du bâtiment.

L'incendie a beaucoup diminué, et, maintenant, aucune flamme ne se projette à l'extérieur. La fumée est moins abondante, quoique noire encore. Il est certain que le *Chancellor* a une grande quantité d'eau dans sa cale, mais on ne peut s'en assurer, le pont n'étant pas praticable.

Robert Kurtis fait alors arroser les planches brûlantes, et, deux heures après, les matelots peuvent marcher sur le pont.

Le premier soin est de sonder, et c'est le bosseman qui procède à cette opération. Vérification faite, il y a cinq pieds d'eau dans la cale, mais le capitaine ne donne pas encore l'ordre de l'épuiser, car il veut qu'elle achève sa besogne. L'incendie d'abord. L'eau ensuite.

Maintenant, vaut-il mieux abandonner immédiatement le navire et se réfugier sur l'écueil? Ce n'est pas l'avis du capitaine Kurtis, qui est approuvé par le lieutenant et le bosseman. En effet, par une mer mauvaise, la position ne doit pas être tenable sur ces roches, même sur les plus élevées, que doivent balayer les grandes lames. Quant aux chances d'explosion que présente le navire, elles sont notablement diminuées maintenant; l'eau a certainement envahi la partie de la cale où est déposée la pacotille de Ruby, et par conséquent, la bonbonne de picrate. Il est donc décidé que ni les passagers, ni l'équipage ne quitteront le *Chancellor*.

On s'occupe alors de préparer à l'arrière, sur la dunette, une sorte de campement, et quelques matelas, que le feu n'a pas atteints, sont disposés pour les deux passagères. Les hommes de l'équipage qui ont sauvé leurs sacs, les placent sous le gaillard d'avant. C'est là qu'ils se logeront, leur poste étant absolument inhabitable.

Très-heureusement, les dégâts n'ont pas été très-grands dans la cambuse; les vivres ont été épargnés en grande partie, ainsi que les caisses à eau. Le magasin des voiles de rechange, situé à l'avant, est également intact.

Enfin, peut-être sommes-nous au terme de nos épreuves! On serait tenté de le croire, car depuis le matin, le vent a considérablement molli, et, au large, la houle s'est beaucoup apaisée. C'est là une circonstance favorable, car des coups de mer qui viendraient battre en ce moment le *Chancellor*, le briseraient inévitablement sur ces durs basaltes.

MM. Letourneur et moi, nous avons longuement parlé des officiers du bord, de l'équipage et de la manière dont tous se sont conduits pendant cette période de dangers. Tous ont montré du courage et de l'énergie. Le lieutenant Walter, le bosseman, le charpentier Daoulas se sont particulièrement distingués. Il y a là de braves gens, de bons marins, sur lesquels on peut compter. Quant à Robert Kurtis, son éloge n'est pas à faire. Maintenant, comme toujours, il se multiplie, il est partout; nulle difficulté ne se présente qu'il ne soit prêt à résoudre;

il encourage ses matelots de la parole et du geste, et il est devenu l'âme de cet équipage qui n'agit que par lui.

Cependant, depuis sept heures du matin, la mer a commencé à remonter. Il est onze heures en ce moment, et toutes les têtes de brisants ont disparu sous le flot. On doit s'attendre à voir le niveau de l'eau s'élever dans la cale du *Chancellor* à mesure que le niveau de la mer s'élève aussi, et c'est ce qui arrive. La sonde accuse bientôt neuf pieds, et de nouvelles couches de coton sont inondées, mais on ne peut que s'en féliciter.

Depuis que la marée est haute, la plupart des roches qui entourent le navire sont immergées ; il ne reste plus de visible que le cadre d'un petit bassin circulaire, d'un diamètre de deux cent cinquante à trois cents pieds, et dont le *Chancellor* occupe l'angle nord. La mer y est assez tranquille, et les lames ne se propagent pas jusqu'au navire, — circonstance heureuse, car étant absolument immobile, notre bâtiment serait battu comme un écueil.

A onze heures et demie, le soleil, que quelques nuages voilaient depuis dix heures, s'est montré fort à propos. Le capitaine, qui a déjà pu calculer un angle horaire dans la matinée, se dispose à prendre hauteur méridienne, et vers midi, il fait une observation très-exacte.

Puis il descend à sa cabine, calcule le point, revient sur la dunette, et il nous dit :

« Nous sommes par dix-huit degrés cinq de latitude nord et quarante-cinq degrés cinquante-trois de longitude ouest. »

La situation est alors expliquée par le capitaine à tous ceux auxquels les chiffres de longitude et de latitude ne sont point familiers. Robert Kurtis, avec raison, ne veut rien cacher, il tient à ce que chacun sache exactement à quoi s'en tenir sur la situation actuelle.

Le *Chancellor* est échoué par 18° 5′ de latitude nord et 45° 53′ de longitude ouest, sur un écueil qui n'est pas indiqué par les cartes. Comment de tels récifs peuvent-ils exister dans cette partie de l'Atlantique sans qu'on en ait connaissance? Cet îlot serait-il donc de formation récente et aurait-il été produit par quelque soulèvement plutonien? Je ne vois guère d'autre explication à donner du fait.

Quoi qu'il en soit, cet îlot est, au moins, à huit cents milles des Guyanes, c'est-à-dire des terres les plus voisines.

Voilà ce que le point, porté sur la carte du bord, établit de la façon la plus formelle.

Le *Chancellor* a donc été entraîné au sud jusqu'au dix-huitième parallèle, d'abord par l'obstination insensée de Silas Huntly, puis par ce coup de vent de nord-ouest qui l'a obligé à fuir. En conséquence, le *Chancellor* devra naviguer encore pendant plus de huit cents milles, avant d'atteindre la côte la plus rapprochée.

Telle est la situation. Elle est grave, mais l'impression qui résulte de cette communication du capitaine n'est pas mauvaise, — en ce moment, du moins. Quels nouveaux dangers pourraient maintenant nous émouvoir, nous qui venons d'échapper aux menaces de l'incendie et de l'explosion? On oublie que la cale du navire est envahie par l'eau, que la terre est éloignée, que le *Chancellor*, quand il reprendra la mer, peut sombrer en route... Mais les esprits sont encore sous l'impression des terreurs du passé, et, retrouvant un peu de calme, ils sont disposés à la confiance.

A présent, que va faire Robert Kurtis? Tout simplement ce que le simple bon sens commande : éteindre complétement l'incendie, jeter à la mer tout ou partie de la cargaison, sans oublier la bonbonne de picrate, boucher la voie d'eau, et, le navire étant allégé, profiter d'une pleine mer pour quitter l'écueil le plus vite possible.

<h1 style="text-align:center">XVII</h1>

— *Suite du 30 octobre.* — J'ai causé avec M. Letourneur de la situation qui nous est faite, et j'ai cru pouvoir lui assurer que notre séjour sur le récif serait court, si les circonstances nous favorisaient. Mais M. Letourneur ne semble pas partager mon avis.

« Je crains bien, au contraire, me répond-il, que nous ne soyions longtemps retenu sur ces roches!

— Et pourquoi? ai-je repris. Quelques centaines de balles de coton à jeter par-dessus le bord, ce n'est pas là une besogne longue et difficile, et, en deux ou trois jours, elle peut être faite.

— Sans doute, monsieur Kazallon, cela se ferait rapidement, si, dès aujourd'hui, l'équipage pouvait se mettre à l'ouvrage. Mais il est absolument impossible de pénétrer dans la cale du *Chancellor*, car l'air y est irrespirable, et qui sait si plusieurs jours ne se passeront pas avant qu'on puisse y descendre, puisque la couche intermédiaire de la cargaison brûle encore? D'ailleurs, une fois maîtres du feu, est-ce que nous serons en état de naviguer? Non! Il faudra aveugler la voie d'eau qui doit être considérable, et l'aveugler avec le plus grand soin, si nous ne voulons pas couler, après avoir risqué d'être brûlés! Non, monsieur Kazallon, je ne me fais pas d'illusion, et je considérerai comme une circonstance heureuse si dans trois semaines nous avons quitté l'écueil. Et fasse le ciel que quelque tempête ne se déchaîne pas, avant que nous n'ayons repris la mer, car le *Chancellor* serait brisé comme verre sur ce récif, qui deviendrait notre tombeau! »

C'est, en effet, le danger le plus grand dont nous soyons menacés. L'incendie, on le maîtrisera, le bâtiment, on le renflouera, — du moins, tout porte à le croire ; mais nous sommes à la merci d'un coup de vent. En admettant que la partie la plus élevée de l'écueil puisse offrir un refuge pendant une tempête, que deviendraient les passagers et l'équipage du *Chancellor*, quand, de leur navire, il ne resterait plus qu'une épave!

« Monsieur Letourneur, ai-je demandé alors, vous avez confiance dans Robert Kurtis?

— Une confiance absolue, monsieur Kazallon, et je regarde comme une grâce du ciel que le capitaine Huntly lui ait remis le commandement du navire. Tout ce qu'il faudra faire pour nous tirer de cette mauvaise passe, j'ai la certitude que Robert Kurtis le fera. »

Quand je demande au capitaine quelle durée il assigne à notre séjour sur le récif, il me répond qu'il ne peut encore l'estimer, et que cela dépend surtout des circonstances, mais il espère que le temps ne sera pas défavorable. En effet, le baromètre remonte d'une façon continue, et sans osciller comme il fait lorsque les couches atmosphériques sont encore mal équilibrées. Il y a donc là symptôme d'un calme durable, — conséquemment présage heureux pour nos opérations.

Du reste, pas une heure n'est perdue, et chacun se met à la besogne avec activité.

Robert Kurtis, avant tout, songe à éteindre complétement l'incendie, qui ronge encore la couche supérieure des balles de coton au-dessus du niveau que l'eau atteint dans la cale. Mais il ne s'agit pas de perdre son temps à épargner la cargaison. Il est évident que la seule manière d'opérer est d'étouffer le feu entre deux nappes liquides. Les pompes commencent donc à faire de nouveau leur office.

Pendant ces premières opérations, l'équipage suffit parfaitement à la manœuvre des pompes. Les passagers ne sont pas mis en réquisition, mais nous sommes tous prêts à offrir nos bras, et notre aide ne sera pas à dédaigner, lorsque l'on pro-

cédera au déchargement du navire. Aussi, en attendant, MM. Letourneur et moi,
occupons-nous le temps soit à causer, soit à lire, et, en outre, je consacre quelques heures à rédiger mon journal. L'ingénieur Falsten, peu communicatif,
s'absorbe toujours dans ses chiffres, ou trace des épures de machines avec plan,
coupe et élévation. Plût au ciel qu'il pût inventer quelque puissant appareil qui
permît de renflouer le *Chancellor!* Quant aux Kear, ils se tiennent à l'écart et
nous épargnent l'ennui d'entendre leurs récriminations incessantes; malheureusement, miss Herbey est obligée de rester avec eux, et nous ne voyons
que peu ou pas la jeune fille. Pour Silas Huntly, il ne se mêle en rien de ce qui
intéresse le navire; le marin n'existe plus en lui, et l'homme végète à peine. Le
maître d'hôtel Hobbart fait son service habituel, comme si le bâtiment était en
cours régulier de navigation. Cet Hobbart est un personnage obséquieux, dissi-
mulé, généralement peu d'accord avec son cuisinier Jynxtrop, nègre de mauvaise figure, à l'air brutal et impudent, qui se mêle aux autres matelots plus qu'il
ne convient.

Les distractions ne peuvent donc être que fort rares à bord. Heureusement,
l'idée me vient d'aller explorer le récif inconnu sur lequel est échoué le *Chancellor*. La promenade ne sera ni longue ni variée, sans doute, mais c'est une
occasion de quitter le navire pendant quelques heures et d'étudier un sol dont
l'origine est assurément curieuse.

Il importe, d'ailleurs, que le plan de ce récif, qui n'est pas indiqué sur les
cartes, soit relevé avec soin. Je pense que MM. Letourneur et moi, nous pouvons
faire assez facilement ce travail d'hydrographie, en laissant au capitaine Kurtis
le soin de le compléter lorsqu'il calculera de nouveau la longitude et la latitude
de l'écueil avec toute l'exactitude possible.

Ma proposition est agréée de MM. Letourneur. La baleinière, munie de
lignes de sonde, un matelot pour la conduire, sont mis à notre disposition, et
nous quittons le *Chancellor* dans la matinée du 31 octobre.

XVIII

— *Du 31 octobre au 5 novembre.* — Nous avons commencé par faire le tour de
l'écueil, dont la longueur mesure environ un quart de mille.

Ce petit voyage de « circumnavigation » est rapidement accompli, et, la sonde à la main, nous constatons que les abords du récif sont très-accores. L'eau est extrêmement profonde à raser les roches, et il n'est pas douteux qu'un soulèvement brusque, une poussée violente, due à l'action des forces plutoniennes, n'ait projeté cet écueil hors des eaux.

Du reste, l'origine de l'îlot n'est pas discutable. Elle est purement volcanique. Ce ne sont partout que blocs de basalte, disposés dans un ordre parfait, et dont les prismes réguliers donnent à l'ensemble l'aspect d'une cristallisation gigantesque. La mer est merveilleusement transparente à l'aplomb du contour de l'écueil et laisse voir le curieux faisceau de fûts prismatiques qui supporte cette remarquable substruction.

« Voilà un singulier îlot, dit M. Letourneur, et son apparition est certainement récente.

— Cela est évident, père, répond le jeune André, et j'ajoute que c'est un phénomène, identique à ceux qui se sont produits pour l'île Julia, sur la côte de Sicile, et aux groupes des Santorins, dans l'Archipel, qui a créé cet îlot, juste à point pour permettre au *Chancellor* de s'y échouer !

— En effet, ai-je ajouté, il faut qu'un soulèvement se soit accompli dans cette partie de l'Océan, puisque cet écueil ne figure pas sur les cartes les plus modernes, car il ne pourrait avoir échappé aux yeux des marins, dans cette portion de l'Atlantique, qui est assez fréquentée. Explorons-le donc avec soin, et nous le porterons à la connaissance des navigateurs.

— Qui sait s'il ne disparaîtra pas bientôt par suite d'un phénomène semblable à celui qui l'a produit? répond André Letourneur. Vous le savez, monsieur Kazallon, ces îles volcaniques n'ont souvent qu'une durée éphémère, et quand les géographes auront inscrit celle-ci sur leurs nouvelles cartes, peut-être n'existera-t-elle déjà plus !

— N'importe, cher enfant, répond M. Letourneur. Mieux vaut indiquer un danger qui n'existe pas qu'omettre un danger qui existe, et les marins n'auront pas le droit de se plaindre, s'ils ne trouvent plus d'écueil, là où nous en aurons relevé un !

— Tu as raison, père, répond André, et, après tout, il est fort possible que cet îlot soit destiné à durer autant que nos continents. Seulement, s'il doit disparaître, le capitaine Kurtis aimerait autant que ce fût dans quelques jours, lorsqu'il aura réparé ses avaries, car cela lui épargnerait la peine de renflouer son navire !

— Vraiment, André, m'écriai-je plaisamment, vous prétendez disposer de la nature en souverain! Vous voulez qu'elle élève et engloutisse un écueil à votre

L'aspect de l'îlot. (Page 55.)

volonté, selon votre besoin personnel, et, après avoir créé ces roches spécialement pour permettre d'éteindre l'incendie du *Chancellor*, qu'elle les fasse disparaître, à votre coup de baguette, pour le dégager ?

— Je ne veux rien, monsieur Kazallon, répondit en souriant le jeune homme,
si ce n'est remercier Dieu de nous avoir si visiblement protégés. Il a voulu jeter
notre navire sur ce récif, et il le remettra à flot, lorsque le moment en sera venu.

— Et nous l'aiderons dans toutes les mesures de nos forces, n'est-ce
pas, mes amis ?

— Oui, monsieur Kazallon, répondit M. Letourneur, car c'est la loi de l'humanité de s'aider soi-même. Cependant, André a raison de mettre sa confiance

Le dessin de A. Letourneur. (Page 59.)

en Dieu. Certes, en s'aventurant sur la mer, l'homme fait un emploi remarquable des qualités que la nature lui a départies; mais, sur cet Océan sans
bornes, quand les éléments se déchaînent, il sent combien est fragile le navire
qui le porte, et combien lui-même est faible et désarmé! Aussi, je pense que la
devise du marin devrait être celle-ci : Confiance en soi, et foi en Dieu !

— Rien n'est plus vrai, monsieur Letourneur, ai-je répondu. Aussi, je crois
qu'il est bien peu de marins dont l'âme soit obstinément fermée aux impressions
religieuses ! »

En causant ainsi, nous examinons avec soin les roches qui forment la base de
l'îlot, et tout nous convainc que son origine est récente. En effet, il n'y a pas un

coquillage, pas une touffe de varech, qui soient accrochés aux parois de basalte. Un amateur d'histoire naturelle ne ferait pas ses frais à fouiller cet amoncellement de pierres, où la nature végétale et animale n'a pas encore mis l'empreinte de son cachet. Les mollusques y manquent absolument, aussi bien que les hydrophytes. Le vent n'y a pas encore apporté un seul germe, et les oiseaux de mer n'y ont point cherché un refuge. Seul, le géologue peut trouver matière à quelque intéressante étude en examinant cette substruction basaltique, qui porte uniquement les traces d'une formation plutonienne.

En ce moment, notre canot revient à la pointe sud de l'îlot sur laquelle est échoué le *Chancellor*. Je propose à mes compagnons de mettre pied à terre, et ils acceptent.

« Dans le cas où l'îlot devrait disparaître, dit en riant le jeune André, il faut au moins que des créatures humaines lui aient rendu visite! »

Le canot accoste, et nous descendons sur le roc basaltique. André prend les devants, car le sol est assez praticable, et le jeune homme n'a pas besoin d'un bras pour le soutenir. Son père se tient un peu en arrière, près de moi, et nous voilà gravissant l'écueil par une pente très-douce qui conduit à son sommet le plus élevé.

Un quart d'heure nous suffit pour franchir cette distance, et, tous les trois, nous nous asseyons sur un prisme basaltique qui couronne la plus haute roche de l'îlot. André Letourneur tire alors un carnet de sa poche et commence à dessiner le récif, dont les contours se projettent très-nettement à nos yeux sur le fond vert des eaux.

Le ciel est pur, et la mer, basse alors, découvre les dernières pointes qui émergent au sud, laissant entre elles l'étroite passe suivie par le *Chancellor* avant son échouement.

La forme de l'écueil est assez singulière et rappelle absolument celle d'un « jambon d'York », dont la partie centrale se renfle jusqu'à l'intumescence dont nous occupons le sommet.

Aussi, lorsqu'André a tracé le périmètre de l'îlot, son père lui dit :

« Mais, mon enfant, c'est un jambon que tu as dessiné là !

— Oui, père, répond André, un jambon basaltique, d'une taille à réjouir Gargantua, et, si le capitaine Kurtis y consent, nous donnerons à ce récif le nom de « Ham-Rock. »

— Certes, m'écriai-je, le nom est bien trouvé! L'écueil de Ham-Rock! Et puissent les navigateurs ne s'en approcher qu'à distance respectueuse, car ils n'ont pas les dents assez dures pour l'entamer! »

C'est à l'extrémité sud de l'îlot que le *Chancellor* a touché, c'est-à-dire sur le manche même du jambon, et dans la petite crique formée par la concavité de ce manche. Il est incliné sur sa hanche de tribord et donne fortement la bande en ce moment, car la marée est alors extrêmement basse.

Lorsque le dessin d'André Letourneur est achevé, nous redescendons par une autre pente qui s'abaisse doucement vers l'ouest, et bientôt une jolie grotte s'offre à nos regards. A la voir, on dirait vraiment que c'est là une œuvre architecturale, de l'ordre de celles que la nature a fondées dans les Hébrides, et plus particulièrement à l'île de Staffa. MM. Letourneur, qui ont visité la grotte de Fingal, la retrouvent ici toute entière, mais sur des proportions réduites. Même disposition des prismes concentriques, due au mode de refroidissement des basaltes ; même dais de poutres noires, dont les joints sont lutés d'une matière jaune ; même pureté des arêtes prismatiques, que le ciseau d'un ornemaniste n'aurait pas profilées avec plus de netteté ; enfin, même bruissement de l'air à travers ces basaltes sonores, dont les Gaëls ont fait les harpes des ombres fingaliennes. Seulement, à Staffa, si le sol n'est qu'une nappe liquide, ici, la grotte ne peut être atteinte que par les grands coups de mer, et le champ des fûts prismatiques y forme un pavé solide.

« En outre, fait observer André Letourneur, la grotte de Staffa est une vaste cathédrale gothique, et celle-ci n'est que la chapelle de cette cathédrale! Mais qui se serait attendu à trouver une telle merveille sur un récif inconnu de l'Océan! »

Après nous être reposés pendant une heure dans la grotte de Ham-Rock, nous suivons le littoral de l'îlot, et nous revenons au *Chancellor*. Robert Kurtis est mis au courant de nos découvertes, et il inscrit l'îlot sur sa carte avec le nom que lui a donné André Letourneur.

Pendant les jours suivants, nous n'avons jamais négligé de faire une promenade à cette grotte de Ham-Rock, où nous passons quelques bonnes heures. Robert Kurtis l'a visitée aussi, mais en homme préoccupé de toute autre chose que d'admirer une merveille naturelle. Falsten s'y est rendu une fois, pour examiner la nature des roches et en casser quelques morceaux avec le sans pitié d'un géologue. Mr. Kear n'a pas voulu se déranger ; il est resté confiné à bord. J'ai offert à Mrs. Kear de nous accompagner pendant une de nos excursions, mais le désagrément d'embarquer dans le canot et d'éprouver quelque fatigue lui a fait refuser ma proposition.

M. Letourneur a également demandé à miss Herbey s'il lui serait agréable de visiter le récif. La jeune fille a cru pouvoir accepter cette proposition, heureuse d'échapper, ne fût-ce que pour une heure, à la tyrannie capricieuse de sa maî-

tresse. Mais lorsqu'elle prie Mrs. Kear de lui permettre de quitter le bord,
Mrs. Kear refuse net.

Je suis outré de cette conduite, et j'interviens près de Mrs. Kear en faveur
de miss Herbey. Il faut lutter, mais comme j'ai déjà eu l'occasion de rendre
quelques services à l'égoïste passagère et qu'elle peut avoir encore besoin de
moi, elle finit par céder à mes instances.

Miss Herbey nous accompagne donc plusieurs fois dans nos promenades
à travers les roches. Plusieurs fois aussi, nous pêchons sur le littoral de l'îlot,
et nous déjeunons gaiement dans la grotte, pendant que les harpes basaltiques
vibrent sous la brise. Nous sommes vraiment heureux du plaisir qu'éprouve miss
Herbey à se sentir libre pendant quelques heures. Certes, l'îlot est petit, mais
jamais rien au monde n'a paru si grand à la jeune fille! Nous aussi, nous l'ai-
mons, cet aride récif, et bientôt il n'a pas une pierre qui ne nous soit connue,
pas un sentier que nous n'ayons joyeusement suivi! C'est un vaste domaine,
comparé au pont étroit du *Chancellor*, et je suis sûr qu'à l'heure du départ, nous
ne le quitterons pas sans regret.

A propos de l'île de Staffa, André Letourneur nous apprend qu'elle appartient
à la famille des Mac-Donald, qui l'afferment, par an, pour la somme de douze
livres sterling (1).

« Eh bien, messieurs, demande miss Herbey, croyez-vous qu'on louerait
celle-ci plus d'une demi-couronne?

— Pas même un penny, miss, dis-je en riant. Est-ce que vous auriez l'intention de la prendre à bail?

— Non, monsieur Kazallon, répond la jeune fille en comprimant un soupir,
et pourtant, c'est ici, peut-être, le seul endroit où j'aie été heureuse!

— Et moi heureux! » murmure André.

Il y a bien des souffrances cachées dans cette réponse de miss Herbey! La
jeune fille, pauvre, sans parents, sans amis, n'a encore trouvé le bonheur, — un
bonheur de quelques instants, — que sur un roc ignoré de l'Atlantique!

XIX

— *Du 6 au 15 novembre*. — Pendant les cinq premiers jours depuis son échouement, des vapeurs âcres et épaisses se sont échappées de la cale du *Chancellor*;

---

(1) 300 francs.

puis, elles ont diminué peu à peu, et, le 6 novembre, on peut considérer l'incendie comme éteint. Cependant, par mesure de prudence, Robert Kurtis fait continuer la manœuvre des pompes, en sorte que la coque est maintenant noyée jusqu'à la hauteur de l'entrepont. Seulement, lorsque la mer baisse, l'eau baisse aussi dans la cale, et les deux surfaces liquides se nivellent intérieurement et extérieurement.

« Ce qui prouve, me dit Robert Kurtis, que la voie d'eau est considérable, puisque l'écoulement se fait avec une telle rapidité. »

Et, en effet, l'ouverture produite dans la coque ne mesure pas moins de quatre pieds carrés de superficie. Un des matelots, Flaypol, ayant plongé à mer basse, a reconnu la position et l'importance de l'avarie. La voie d'eau s'ouvre à trente pieds sur l'avant du gouvernail, et trois bordages ont été défoncés par une pointe de roc, à deux pieds environ au-dessus de la rablure de la quille. Le choc s'est produit avec une violence extrême, le navire étant lourdement chargé et la mer grosse. Il est même surprenant que la coque ne se soit pas ouverte en plusieurs endroits. Quant à la voie d'eau, sera-t-il facile de l'aveugler, c'est ce que l'on saura quand la cargaison, enlevée ou déplacée, permettra au maître charpentier d'arriver jusqu'à elle. Mais il faudra deux jours encore avant qu'il soit possible de pénétrer dans la cale du *Chancellor* et d'en retirer les balles de coton qui ont été respectées par le feu.

Pendant ce temps, Robert Kurtis ne reste pas oisif, et, son équipage le secondant avec zèle, d'importants travaux sont exécutés.

Ainsi, le capitaine fait rétablir le mât d'artimon, qui s'est abattu lors de l'échouement, et qu'on était parvenu à haler sur le récif avec tout son gréement. Des bigues ayant été installées à l'arrière, le bas mât a pu être replacé sur l'ancien tronçon, que le charpentier Daoulas a mortaisé à cet effet. Un jumelage convenable, maintenu par de fortes ligatures et des chevilles de fer, assure la jonction des deux parties brisées.

Cela fait, tout le gréement est revu avec soin, les haubans, les galhaubans, les étais sont raidis à nouveau, quelques voiles sont changées, et les manœuvres courantes, convenablement rétablies, nous permettront de naviguer avec sécurité.

Il y a grosse besogne à l'arrière et à l'avant du navire, car la dunette et le poste de l'équipage ont été très-endommagés par les flammes. De là, nécessité de tout remettre en état, — ce qui demande du temps et des soins. Le temps ne manque pas, les soins ne font pas défaut, et nous pouvons bientôt rentrer dans nos cabines.

C'est le 8 seulement que le déchargement du *Chancellor* a pu être utilement commencé. Les balles de coton étant noyées dans l'eau, dont la cale est remplie à mer haute, des palans sont installés au-dessus des panneaux, et nous donnons la main aux hommes de l'équipage pour hisser ces lourdes balles, qui sont pour la plupart absolument avariées. On les débarque une à une dans la baleinière, et elles sont transportées sur le récif.

Lorsque la première couche de la cargaison est ainsi enlevée, il faut songer à épuiser, en partie du moins, l'eau qui remplit la cale. De là, nécessité de boucher aussi hermétiquement que possible le trou que la roche a fait dans la coque du navire. Travail difficile, mais dont le matelot Flaypol et le bosseman s'acquittent avec un zèle au-dessus de tout éloge. Ils sont parvenus, à mer basse, en plongeant jusque sous la hanche de tribord, à clouer une feuille de cuivre sur le trou, mais comme cette feuille ne pourra supporter la pression lorsque le niveau intérieur baissera par l'action des pompes, Robert Kurtis essaye d'assurer l'obturation en entassant des balles de coton contre les bordages défoncés. La matière abonde, et bientôt le fond du *Chancellor* est comme matelassé par ces lourdes et imperméables balles, qui, on l'espère, permettront à la feuille de cuivre de mieux résister.

Le procédé du capitaine a réussi. On le voit bien dès que les pompes fonctionnent, car le niveau de l'eau baisse peu à peu dans la cale, et les hommes sont en mesure de continuer le déchargement.

« Il est donc probable, nous dit Robert Kurtis, que nous pourrons atteindre l'avarie et la réparer intérieurement. Certainement, il eût mieux valu abattre le navire en carène et changer les bordages, mais les moyens me manquent pour entreprendre une si grosse opération. Et puis, je serais retenu par la crainte que le mauvais temps n'arrivât pendant que le navire serait couché sur le flanc, ce qui le mettrait à la merci d'un coup de mer. Cependant, je crois devoir vous donner l'assurance que la voie d'eau sera convenablement bouchée et que nous pourrons, avant peu, essayer de gagner la côte dans des conditions suffisantes de sécurité. »

Après deux jours de travail, l'eau a été en grande partie épuisée, et le déchargement des dernières balles de la cargaison s'est fait sans encombre. Nous avons dû manœuvrer les pompes à notre tour afin de soulager l'équipage, et nous l'avons fait consciencieusement. André Letourneur, malgré son infirmité, s'est joint à nous, et chacun, selon ses forces, a fait son devoir.

Et cependant, c'est un travail fatiguant que celui-là ; nous ne pouvons le continuer longtemps sans prendre du repos. Les bras et les reins sont promptement brisés par ce va-et-vient des bringuebales, et je comprends que les matelots répugnent à cette tâche. Et encore l'accomplissons-nous dans des conditions favorables, puisque le bâtiment est sur un fond solide, et que le gouffre n'est pas sous nos pieds. Nous ne défendons pas notre vie contre une mer envahissante, et il n'y a pas lutte entre nous et une eau qui rentre à mesure qu'on l'épuise ! Fasse le ciel que nous ne soyons jamais mis à pareille épreuve sur un navire qui sombre !

XX

— *Du 15 au 20 novembre.* — Aujourd'hui, la visite de la cale a pu être effectuée ; on a enfin découvert la bonbonne de picrate, à l'arrière, en un endroit que le feu n'a heureusement pas atteint. Cette bonbonne est intacte, l'eau n'a même pas avarié son contenu, et elle est déposée en lieu sûr à l'extrémité de l'ilot. Pourquoi ne la jette-t-on pas à la mer immédiatement? je n'en sais rien, mais enfin on ne l'a pas jetée.

Robert Kurtis et Daoulas, pendant leur visite, constatent que le pont et les barreaux qui le soutiennent ont moins souffert qu'on ne le pensait. L'intense chaleur à laquelle ces épaisses planches et ces fortes traverses ont été soumises les a gondolées, mais sans les ronger profondément, et l'action du feu paraît s'être plus spécialement portée vers les flancs de la coque.

En effet, sur une très-grande longueur, le vaigrage (1) a été dévoré par les flammes ; des bouts de gournables carbonisés sortent çà et là, et, malheureusement, la membrure est très-sérieusement atteinte ; l'étoupe a joué dans les abouts et dans les coutures, et on peut considérer comme un miracle que le bâtiment ne se soit pas depuis longtemps entr'ouvert.

Ce sont là des circonstances fâcheuses, il faut le reconnaître. Le *Chancellor* a éprouvé des avaries telles que Robert Kurtis ne peut évidemment pas les réparer avec les moyens restreints dont il dispose, et il ne saurait rendre à son navire la solidité nécessaire à une longue traversée.

Aussi, le capitaine et le charpentier reviennent-ils très-soucieux. Les dommages sont véritablement si sérieux, que, s'il se trouvait sur une île, et non sur un écueil que la mer peut balayer d'un instant à l'autre, Robert Kurtis n'hésiterait pas

---

(1) Sorte de bordé intérieur.

Nous péchons sur le littoral de l'îlot. (Page 60.)

à démolir le navire pour en reconstruire un plus petit, auquel il pourrait, du
moins, se fier.

Mais Robert Kurtis prend son parti rapidement, et il nous rassemble tous,
équipage et passagers, sur le pont du *Chancellor*.

« Mes amis, dit-il, les avaries sont beaucoup plus graves que nous ne le suppo-
sions, et la coque du bâtiment est fort compromise. Comme, d'une part, nous
n'avons aucun moyen de la réparer, et que, de l'autre, sur cet îlot, à la merci du
premier coup de mer, nous n'avons pas le temps de construire un autre bâtiment,
voici ce que je me propose de faire : boucher la voie d'eau aussi solidement
que possible et gagner le port le plus voisin. Nous ne sommes qu'à huit cents

Les matelots vont chercher des pics. (Page 69.)

milles de la côte de Paramaribo, qui forme le littoral nord de la Guyane hollandaise, et en dix à douze jours, si le temps nous favorise, nous y aurons trouvé
refuge! »

Il n'y avait pas autre chose à faire. Aussi la résolution de Robert Kurtis est-
elle unanimement approuvée.

Daoulas et ses aides s'occupent alors de boucher intérieurement la voie
d'eau et de consolider autant que possible les couples de la membrure rongées
par le feu. Mais il est bien évident que le *Chancellor* n'offre plus une sécurité
suffisante pour une navigation de quelque durée, et qu'il sera condamné au premier port où il relâchera.

Le charpentier calfate aussi les coutures extérieures des bordages dans la partie de la coque qui émerge à marée basse ; mais il ne peut visiter celle que l'eau recouvre même à l'heure de la basse mer, et il doit se contenter de faire un radoubage à l'intérieur.

Ces divers travaux durent jusqu'au 20. Ce jour-là, ayant fait tout ce qu'il était humainement possible de faire pour réparer son navire, Robert Kurtis se décide à le remettre à la mer.

Il va sans dire que, depuis le moment où la cale a été vidée de la cargaison et de l'eau qu'elle contenait, le *Chancellor* n'a cessé de flotter, même avant le plein de la marée. Comme précaution a été prise de l'ancrer par l'avant et par l'arrière, il n'a pas été porté sur le récif, et il est demeuré dans ce petit bassin naturel, défendu à droite et à gauche par les roches qui ne couvrent pas, même au plus haut du flux. Or, il se trouve que ce bassin, dans sa partie la plus large, peut permettre au *Chancellor* d'évoluer cap pour cap, et cette manœuvre se fait aisément au moyen d'aussières qui ont été fixées sur l'écueil, de telle sorte que le bâtiment présente maintenant l'avant au sud.

Il semble donc qu'il sera facile de dégager le *Chancellor*, soit en hissant ses voiles, si le vent est bon, soit en le touant jusqu'en dehors de la passe, si le vent est contraire. Cependant, l'opération présente quelques difficultés auxquelles il faudra parer.

En effet, l'entrée de la passe est barrée par une sorte de radier basaltique, au-dessus duquel, à mer haute, il reste à peine la hauteur d'eau nécessaire pour le tirant du *Chancellor*, bien qu'il soit entièrement délesté. S'il a passé par-dessus ce radier, avant son échouement, c'est, je le répète, parce qu'il a été enlevé par une lame énorme et rejeté dans le bassin. D'ailleurs, ce jour-là, c'était non-seulement une marée de nouvelle lune, mais aussi la plus considérable de l'année, et plusieurs mois doivent s'écouler avant qu'une marée équinoxiale aussi forte se reproduise.

Or, il est bien évident que Robert Kurtis ne peut attendre plusieurs mois. C'est aujourd'hui une grande mer de syzygie, il faut qu'il en profite pour dégager son navire ; puis, une fois hors du bassin, il le lestera de manière qu'il puisse porter de la toile, et il fera route.

Précisément, le vent est bon, car il souffle du nord-est, et, par conséquent, dans la direction de la passe. Mais le capitaine, avec raison, ne se soucie pas de lancer à toutes voiles et contre un obstacle qui peut l'arrêter net, un bâtiment dont la solidité est maintenant fort problématique. Donc, après avoir conféré avec le lieutenant Walter, le charpentier et le bosseman, il se décide à touer le

Chancellor. En conséquence, une ancre est fixée à l'arrière pour le cas où, l'opération ne réussissant pas, il faudrait ramener le navire au mouillage ; puis, deux autres ancres sont portées en dehors de la passe, dont la longueur n'excède pas deux cents pieds. Les chaînes sont alors garnies au guindeau, l'équipage se met sur les barres, et, à quatre heures du soir, le *Chancellor* commence son mouvement.

C'est à quatre heures vingt-trois minutes que la marée doit être pleine. Aussi, dix minutes avant, le navire a-t-il été halé aussi loin que son tirant d'eau le permettait, mais la partie antérieure de sa quille a bientôt glissé sur le radier, et il a dû s'arrêter.

Et maintenant, puisque l'extrémité inférieure de l'étrave a franchi l'obstacle, il n'y a plus de raison pour que Robert Kurtis ne joigne pas l'action du vent à la puissance mécanique du guindeau. Les basses et hautes voiles sont donc déployées et orientées vent arrière.

C'est le moment. La mer est étale. Passagers et matelots sont aux barres du guindeau. MM. Letourneur, Falsten et moi, nous tenons la bringuebale de tribord. Robert Kurtis est sur la dunette, surveillant la voilure, le lieutenant sur le gaillard d'avant, le bosseman au gouvernail.

Le *Chancellor* ressent quelques secousses, et la mer, qui s'enfle, le soulève légèrement, mais, heureusement, elle est calme.

« Allons, mes amis, crie Robert Kurtis de sa voix calme et confiante, de la force et de l'ensemble. Allez ! »

Les bringuebales du guindeau sont mises en mouvement. On entend le cliquetis des linguets, et les chaînes, se raidissant à la mesure, forcent sur les écubiers. Le vent fraîchit, et, comme le navire ne peut pas prendre une vitesse suffisante, les mâts s'arquent sous la poussée des voiles. Une vingtaine de pieds sont gagnés. Un des matelots entonne une de ces chansons gutturales, dont le rhythme aide à simultanéiser nos mouvements. Nos efforts redoublent, et le *Chancellor* frémit...

Mais, vains efforts. La marée commence à baisser. Nous ne passerons pas.

Or, du moment qu'il ne passe pas, le navire ne peut rester en balance sur ce radier, car il se casserait en deux à mer basse. Sur l'ordre du capitaine, les voiles sont rapidement serrées, et l'ancre, mouillée à l'arrière, va servir aussitôt. Il n'y a pas un instant à perdre. On vire à culer, et il y a là un moment d'anxiété terrible... Mais le *Chancellor* glisse sur sa quille et revient dans le bassin qui lui sert maintenant de prison.

« Eh bien, capitaine, demande alors le bosseman, comment passerons-nous ?

— Je ne sais pas, répond Robert Kurtis, mais nous passerons. »

XXI

— *Du 21 au 23 novembre.* — Il faut, en effet, quitter cet étroit bassin, et sans retard. Le temps, qui nous a favorisés pendant tout ce mois de novembre, menace de changer. Le baromètre a baissé depuis la veille, et la houle commence à se faire autour de Ham-Rock. Or, l'îlot ne peut être tenable par un coup de vent. Le *Chancellor* y serait mis en pièces.

Ce soir même, à mer basse, Robert Kurtis, Falsten, le bosseman, Daoulas et moi, nous sommes allés examiner le radier basaltique, qui découvre alors. Il n'y a qu'un moyen de frayer un passage, c'est d'attaquer ce radier à coups de pic, sur une largeur de dix pieds et une longueur de six. Un abaissement de huit ou neuf pouces doit suffire au tirant d'eau du *Chancellor*, et en balisant avec soin ce petit canal, il le franchira et se retrouvera au delà des eaux qui redeviennent immédiatement profondes.

« Mais ce basalte a la dureté du granit, fait observer le bosseman, et le travail sera fort long, d'autant plus qu'il ne pourra s'exécuter qu'à marée basse, c'est-à-dire pendant deux heures à peine sur vingt-quatre !

— Raison de plus, bosseman, pour ne pas perdre un instant, répond Robert Kurtis.

— Eh ! capitaine, dit Daoulas, nous en aurons pour un mois ! Est-ce qu'il ne serait pas possible de faire sauter ces roches ? Il y a de la poudre à bord.

— En trop petite quantité, » répond le bosseman !

La situation est extrêmement grave. Un mois de travail ! Mais, avant un mois, le navire sera démoli par la mer !

« Nous avons mieux que de la poudre, dit alors Falsten.

— Quoi donc ? demande Robert Kurtis, en se retournant vers l'ingénieur.

— Du picrate de potasse ! » répond Falsten.

Du picrate de potasse, en effet ! La bonbonne embarquée par ce malheureux Ruby. La substance explosive qui a failli faire sauter le navire saura bien faire sauter l'obstacle ! Un trou de mine foré dans ce basalte, et le radier n'existera plus !

La bonbonne de picrate, ainsi que je l'ai dit, a été déposée sur le récif et en lieu sûr. Il est vraiment heureux, providentiel même, qu'on ne l'ait point jetée à la mer, après qu'elle a été extraite de la cale.

Les matelots vont chercher des pics, et Daoulas, dirigé par Falsten, commence à creuser un fourneau de mine, suivant la direction qui doit produire le meilleur effet. Tout nous permet d'espérer que ce fourneau sera achevé dans la nuit, et que demain, au lever du jour, l'explosion ayant produit l'effet attendu, la passe sera rendue libre.

On sait que l'acide picrique est un produit cristallin et amer, extrait du goudron de houille, et qu'il forme en se combinant avec la potasse un sel jaune, qui est le picrate de potasse. La puissance explosive de cette substance est inférieure à celle du fulmi-coton et de la dynamite, mais elle est très-supérieure à celle de la poudre ordinaire (1). Quant à son inflammation, on peut facilement la provoquer sous l'influence d'un choc violent et sec, et nous y arriverons aisément au moyen d'amorces de fulminate.

Le travail de Daoulas, aidé de ses hommes, a été conduit avec ardeur, mais quand le jour arrive, il est loin d'être achevé. En effet, il n'est possible de creuser le fourneau qu'au moment de la basse mer, c'est-à-dire pendant une heure à peine. Il s'ensuit donc que quatre marées seront nécessaires pour lui donner la profondeur voulue.

Ce n'est que le 23, au matin, que l'opération est enfin terminée. Le radier de basalte est percé d'un trou oblique, qui peut contenir une dizaine de livres du sel explosif, et ce fourneau de mine va être immédiatement chargé. Il est huit heures environ.

Au moment d'introduire le picrate dans le trou, Falsten nous dit :

« Je pense que nous devrions le mélanger avec de la poudre ordinaire. Cela nous permettra d'allumer la mine avec une mèche, au lieu d'une amorce dont il faudrait déterminer l'explosion par un choc, et ce sera plus facile. En outre, il est constant que l'emploi simultané de la poudre et du picrate est meilleur pour provoquer l'éclatement des roches dures. Le picrate, très-violent de sa nature, préparera la voie à la poudre, qui, plus lente à s'enflammer et plus mesurée, disjoindra ensuite ce basalte. »

L'ingénieur Falsten ne parle pas souvent, mais il faut convenir que, quand il parle, il parle bien. Son conseil est suivi. On mélange les deux substances, et, après avoir préalablement introduit une mèche jusqu'au fond du trou, on y verse le mélange, qui est convenablement bourré.

Le *Chancellor* est assez éloigné de la mine pour qu'il n'ait rien à craindre de l'explosion. Cependant, par précaution, passagers et équipage se sont réfugiés à

---

(1) 1 gramme de poudre picrique produit l'effet de 13 grammes de poudre ordinaire.

l'extrémité du récif, dans la grotte, et Mr. Kear, malgré ses récriminations, a dû quitter le navire.

Puis, Falsten, après avoir mis le feu à la mèche, qui doit brûler pendant dix minutes environ, vient nous rejoindre.

L'explosion s'est produite. Elle a été sourde, et beaucoup moins bruyante qu'on ne l'aurait supposé, mais il en est toujours ainsi des mines qui sont creusées profondément.

Nous avons couru vers l'obstacle... L'opération a pleinement réussi. Le radier de basalte a été littéralement réduit en poussière, et maintenant un petit chenal, que la marée montante commence à remplir, coupe l'obstacle et rend la passe libre.

Un hurrah général éclate. La porte de la prison est ouverte, et les prisonniers n'ont plus qu'à fuir!

Au plein de la marée, le *Chancellor*, halé sur ses ancres, franchit la passe et flotte sur la mer libre.

Mais, pendant un jour encore, il faut qu'il reste près de l'îlot, car il ne peut naviguer dans les conditions où il se trouve, et il est nécessaire d'y embarquer un lest qui assure sa stabilité. Donc, pendant les vingt-quatre heures qui suivent, l'équipage travaille à embarquer des pierres et celles des balles de coton qui sont le moins avariées.

Pendant cette journée, MM. Letourneur, miss Herbey et moi, nous faisons encore une promenade entre les basaltes de ce récif que nous ne reverrons jamais et sur lequel nous avons séjourné pendant trois semaines. Le nom du *Chancellor*, celui de l'écueil, la date de l'échouement, sont artistement gravés par André sur une des parois de la grotte, et un dernier adieu est dit à ce rocher sur lequel nous avons passé bien des jours, dont quelques-uns compteront parmi les meilleurs de notre existence!

Enfin, le 24 novembre, à la marée du matin, le *Chancellor* appareille sous ses basses voiles, ses huniers et ses perroquets, et, deux heures plus tard, le dernier sommet de Ham-Rock a disparu au-dessous de l'horizon.

XXII

— Du 24 *novembre au* 1er *décembre*. — Nous voilà donc en mer, et sur un navire dont la solidité est compromise, mais, très-heureusement, il ne s'agit pas de faire une longue traversée. Nous avons seulement huit cents milles à franchir. Si le vent de nord-est se maintient pendant quelques jours, le *Chancellor*, marchant vent arrière, fatiguera peu et atteindra sûrement la côte de la Guyane.

La route est donnée au sud-ouest, et la vie du bord reprend son cours régulier.

Les premiers jours se passent sans incident. La direction du vent est toujours bonne, mais Robert Kurtis ne veut pas se charger de toile, car il craint de provoquer quelque réouverture de la voie d'eau en imprimant trop de vitesse à son navire.

Triste traversée, en somme, que celle qui se fait dans ces conditions, quand on n'a pas confiance dans le bâtiment qui vous porte! Et puis, nous revenons sur notre route, au lieu d'aller en avant! Aussi chacun s'absorbe-t-il dans ses pensées, et le bord n'a-t-il pas cette animation communicative qui résulte d'une navigation sûre et rapide.

Pendant la journée du 29, le vent remonte d'un quart dans le nord. L'allure du vent arrière ne peut donc être conservée. Il faut brasser les vergues, orienter les voiles et prendre les amures à tribord. De là, une bande assez forte donnée par le navire.

Robert Kurtis cargue ses perroquets, car il sent combien l'inclinaison fatigue la coque du *Chancellor*. Et il a raison, puisqu'il ne s'agit pas tant de faire une traversée rapide que d'arriver, sans nouvel accident, en vue de terre.

La nuit du 29 au 30 est noire et brumeuse. La brise fraîchit toujours, et, bien malheureusement, elle hale le nord-ouest. La plupart des passagers regagnent leurs cabines, mais le capitaine Kurtis ne quitte pas la dunette, et l'équipage entier reste sur le pont. Le navire est toujours fortement incliné, bien qu'il ne porte plus aucune de ses hautes voiles.

Vers deux heures du matin, je me dispose à descendre dans ma cabine, quand un des matelots, Burke, qui était dans la cale, remonte vivement et crie :

« Deux pieds d'eau ! »

Robert Kurtis et le bosseman s'affalent par l'échelle et constatent que la funeste nouvelle n'est que trop vraie. Ou la voie d'eau s'est rouverte, malgré toutes les précautions prises, ou quelques coutures, mal calfatées, se sont disjointes, et l'eau pénètre assez rapidement dans la cale.

Le capitaine, revenu sur le pont, remet le navire vent arrière, pour le moins fatiguer, et on attend le jour.

A l'aube, on sonde, et on trouve trois pieds d'eau...

Je regarde Robert Kurtis. Une fugitive pâleur a blanchi ses lèvres, mais il conserve tout son sang-froid. Les passagers, dont plusieurs ont monté sur le

L'explosion s'est produite. (Page 70.)

pont, sont mis au courant de ce qui se passe, et il eût été difficile, d'ailleurs, de le leur cacher.

« Un nouveau malheur? me dit M. Letourneur.

— C'était à prévoir, ai-je répondu, mais nous ne devons pas être très-éloignés de la terre, et j'espère que nous l'atteindrons.

— Dieu vous entende! répond M. Letourneur.

— Est-ce que Dieu est à bord! s'écrie Falsten en haussant les épaules.

— Il y est, monsieur, » répond miss Herbey.

L'ingénieur s'est tu respectueusement devant cette réponse pleine d'une foi qui ne se discute pas.

« Je ne vous conseille pas de me toucher, » dit Owen. (Page 76.)

Cependant, sur un ordre de Robert Kurtis, le service des pompes a été organisé. L'équipage se met à la besogne avec plus de résignation que d'ardeur ;
mais c'est une question de salut, et les matelots, divisés en deux bordées, se re-
layent aux bringuebales.

Pendant la journée, le bosseman fait procéder à de nouveaux sondages, et
l'on constate que la mer pénètre lentement, mais incessamment, à l'intérieur du
navire.

Par malheur, les pompes, à force de jouer, se dérangent souvent, et il faut nécessairement les réparer. Il arrive aussi qu'elles s'engorgent, soit des cendres,
soit des brindilles de coton qui remplissent encore la partie basse de la cale. De

là, un nettoyage qui doit se renouveler plusieurs fois et qui fait perdre une partie du travail effectué.

Le lendemain matin, après un nouveau sondage, il est constaté que le niveau de l'eau est à cinq pieds. Si donc, pour une raison quelconque, la manœuvre venait à être suspendue, le navire emplirait. Ce ne serait plus qu'une affaire de temps, et, sans doute, d'un temps très-court. La ligne de flottaison du *Chancellor* est déjà noyée d'un pied, et son tangage devient de plus en plus dur, car il ne s'élève que très-difficilement à la lame. Je vois le capitaine Kurtis froncer le sourcil, chaque fois que le bosseman ou le lieutenant lui font leur rapport. C'est de mauvais augure.

La manœuvre des pompes a continué pendant toute la journée et toute la nuit. Mais la mer a encore gagné sur nous. L'équipage est exténué. Des symptômes de découragement se manifestent parmi les hommes. Cependant, le bosseman et le second prêchent d'exemple, et les passagers prennent place aux bringuebales.

La situation n'est plus la même qu'à l'époque où le *Chancellor* était échoué sur le sol ferme de Ham-Rock. Notre navire flotte maintenant sur un abîme dans lequel il peut à chaque instant s'engloutir !

XXIII

— *Du 2 au 3 décembre.* — Pendant vingt-quatre heures encore, nous luttons avec énergie et nous empêchons le niveau d'eau de s'accroître à l'intérieur du bâtiment ; mais il est évident qu'un moment arrivera bientôt où les pompes ne suffiront même plus à rejeter une quantité d'eau égale à celle qui pénètre par la fracture de la coque.

Pendant cette journée, le capitaine Kurtis, qui ne prend pas un instant de repos, opère lui-même une nouvelle reconnaissance dans la cale, et je l'y accompagne avec le charpentier et le bosseman. Quelques balles de coton sont déplacées, et nous constatons, en prêtant l'oreille, qu'on entend une sorte de clapotis, de « glou-glou », pour employer un mot plus juste. Est-ce la voie d'eau qui s'est rouverte, est-ce une dislocation générale de toute la coque ? il est impossible de le constater exactement. En tout cas, Robert Kurtis va essayer de rendre la coque plus étanche à l'arrière en l'enveloppant extérieurement de voiles goudronnées. Peut-être parviendra-t-il ainsi à intercepter toute communication, provisoirement au moins, entre le dedans et le dehors. Si l'entrée de l'eau est momentanément arrêtée, on pourra pomper plus efficacement et sans doute relever le navire.

L'opération est plus difficile qu'on ne l'imagine. Il faut d'abord diminuer la vitesse du bâtiment, et, après que de fortes voiles, maintenues par des cartahus, ont été coulées sous la quille, on les fait glisser jusqu'à l'endroit où s'ouvrait l'ancienne voie d'eau, de manière à envelopper complétement cette partie de la coque du *Chancellor*.

Depuis ce moment, les pompes gagnent un peu, et nous nous sommes remis au travail avec courage. Sans doute, l'eau pénètre encore, mais en quantité moindre, et, à la fin de la journée, il est constant que le niveau s'est abaissé de quelques pouces. Quelques pouces seulement ! N'importe ! Les pompes, maintenant, rejettent plus d'eau par les dalots qu'il n'en entre dans la cale, et on ne les abandonne pas un seul instant.

Le vent fraîchit assez vivement pendant la nuit, qui est obscure. Cependant, le capitaine Kurtis a voulu conserver le plus de toile possible. Il sait bien que la coque du *Chancellor* est très-insuffisamment garantie, et il a hâte d'arriver en vue de terre. Si quelque bâtiment passait au large, il n'hésiterait pas à faire des signaux de détresse, à débarquer ses passagers, son équipage même, dût-il rester seul à bord jusqu'au moment où le *Chancellor* sombrerait sous ses pieds.

Mais toutes ces mesures ne devaient pas aboutir.

En effet, pendant la nuit, l'enveloppe de toile a cédé à la pression extérieure, et le lendemain, 3 décembre, le bosseman, après avoir sondé, n'a pu retenir ces mots, accompagnés de jurons :

« Encore six pieds d'eau dans la cale ! »

Le fait n'est que trop certain ! Le navire se remplit de nouveau, il s'enfonce visiblement, et déjà sa ligne de flottaison est sensiblement noyée.

Cependant, nous manœuvrons les pompes avec plus de courage que jamais, et nous y usons nos dernières forces. Nos bras sont rompus, nos doigts saignent, mais, malgré tant de fatigues, nous sommes gagnés par l'eau. Robert Kurtis fait alors établir une chaîne à l'ouverture du grand panneau, et les seaux passent rapidement de mains en mains.

Tout est inutile ! A huit heures et demie du matin, on constate encore un nouvel accroissement d'eau dans la cale. Le désespoir s'empare alors de quelques-uns des matelots. Robert Kurtis leur enjoint de continuer à travailler. Ils refusent.

Parmi ces hommes, l'un d'eux est un esprit enclin à la révolte, un meneur, dont j'ai déjà parlé, le matelot Owen. Il a quarante ans environ. Sa face se termine en pointe par une barbe rougeâtre, presque nulle ou rase sur les joues, ses lèvres sont repliées en dedans, et ses yeux fauves sont marqués d'un point rouge à la jonction des paupières. Il a le nez droit, les oreilles très-écartées, le front profondément plissé par des rides méchantes.

Le premier, il abandonne son poste.

Cinq ou six de ses camarades l'imitent, et parmi eux je remarque le maître-coq Jynxtrop, — un mauvais homme aussi.

Aux ordres de Robert Kurtis, qui leur recommande de retourner aux pompes, Owen répond par un non formel.

Le capitaine réitère son injonction.

Owen réitère son refus.

Robert Kurtis s'approche du matelot révolté.

« Je ne vous conseille pas de me toucher ! » dit froidement Owen, qui remonte sur le gaillard d'avant.

Robert Kurtis se dirige alors vers la dunette, entre dans sa cabine et en sort avec un revolver armé.

Owen regarde un instant Robert Kurtis, mais Jynxtrop lui fait un signe, et tous reprennent leur travail.

XXIV

— *4 décembre.* — Le premier mouvement de révolte a été arrêté par l'attitude énergique du capitaine. Robert Kurtis sera-t-il aussi heureux à l'avenir? Il faut l'espérer, car l'indiscipline de l'équipage rendrait terrible une situation déjà si grave.

Pendant la nuit, les pompes ne peuvent plus franchir. Les mouvements du navire sont lourds, et, comme il lui est très-difficile de s'élever à la lame, il reçoit des paquets de mer qui l'assomment et pénètrent par les panneaux. Autant d'eau ajoutée à l'eau de la cale.

La situation va bientôt devenir aussi menaçante qu'elle l'était aux dernières heures de l'incendie. Les passagers, l'équipage, tous sentent que ce navire leur manque peu à peu sous les pieds. Ils voient monter lentement, mais incessamment, ces flots qui leur paraissent alors aussi redoutables que l'ont été les flammes.

Cependant, l'équipage travaille toujours sous les menaces de Robert Kurtis, et, bon gré mal gré, les matelots luttent avec énergie, mais ils sont à bout de forces. D'ailleurs, ils ne peuvent épuiser cette eau qui se renouvelle sans cesse et dont le niveau s'élève d'heure en heure. Ceux qui manœuvrent les seaux sont bientôt obligés de quitter la cale, où, déjà immergés jusqu'à la ceinture, ils risquent d'être noyés, et ils remontent sur le pont.

Une seule ressource reste alors, et, le lendemain 4, après un conseil tenu entre le lieutenant, le bosseman et le capitaine Kurtis, la résolution est adoptée d'abandonner le navire. Puisque la baleinière, la seule embarcation qui reste, ne peut nous contenir tous, un radeau va être immédiatement établi. L'équipage continuera de manœuvrer les pompes jusqu'au moment où ordre sera donné d'embarquer.

Le charpentier Daoulas est prévenu, et il est convenu que le radeau sera construit sans retard avec les vergues de rechange et les bois de la drôme, préalablement sciés à la longueur nécessaire. La mer, relativement calme en ce moment, facilitera cette opération, toujours difficile, même dans les circonstances les plus favorables.

Donc, sans perdre de temps, Robert Kurtis, l'ingénieur Falsten, le charpentier et dix matelots, munis de scies et de haches, disposent et taillent les vergues avant de les lancer à la mer. De cette manière, ils n'auront plus qu'à les lier fortement et à disposer un bâtis solide sur lequel reposera la plate-forme du radeau, qui mesurera environ quarante pieds de long sur vingt à vingt-cinq de large.

Nous autres passagers et le reste de l'équipage, nous sommes toujours aux pompes. Près de moi se tient André Letourneur, que son père ne cesse de regarder avec une profonde émotion. Que deviendra son fils, s'il lui faut lutter contre les flots, dans des circonstances où un homme bien constitué ne se sauverait pas sans peine? En tout cas, nous serons deux qui ne l'abandonnerons pas.

On a caché l'imminence du danger à Mrs. Kear, qu'un long assoupissement tient à peu près sans connaissance.

Plusieurs fois, miss Herbey a paru sur le pont, pendant quelques instants seulement. Les fatigues l'ont pâlie, mais elle est toujours forte. Je lui recommande de se tenir prête à tout événement.

« Je suis toujours prête, monsieur, » me répond la courageuse jeune fille qui retourne aussitôt près de Mrs. Kear.

André Letourneur suit la jeune fille du regard, et un sentiment de tristesse se peint sur sa figure.

Vers huit heures du soir, le bâtis du radeau est presque terminé. On s'occupe de descendre des barriques vides et hermétiquement bouchées, qui sont destinées à assurer la flottaison de l'appareil, et que l'on assujettit solidement entre les bois de la drôme.

Deux heures après, de grands cris se font entendre dans la dunette. Mr. Kear paraît, en criant :

« Nous coulons! nous coulons ! »

Aussitôt, je vois miss Herbey et Falsten, qui transportent Mrs. Kear inanimée.

Robert Kurtis court à sa cabine. Il en revient aussitôt avec une carte, un sextant et une boussole.

Des cris de détresse retentissent, la confusion règne à bord. L'équipage se précipite vers le radeau, dont le bâtis, auquel la plate-forme manque encore, ne peut le recevoir....

Impossible de dire toutes les pensées dont mon esprit est traversé en ce moment, ni de peindre la rapide vision qui se fait en moi de ma vie tout entière! Il me semble que toute mon existence se concentre dans cette minute suprême qui va la terminer! Je sens les planches du pont fléchir sous mes pieds. Je vois l'eau monter autour du navire, comme si l'Océan se creusait sous lui !

Quelques matelots se réfugient dans les haubans en poussant des cris de terreur. Je vais les suivre...

Une main m'arrête. M. Letourneur me montre son fils, tandis que de grosses larmes coulent de ses yeux.

« Oui, dis-je en lui serrant convulsivement le bras. A nous deux, nous le sauverons ! »

Mais, avant moi, Robert Kurtis a rejoint André, et il va le porter dans les haubans du grand mât, quand le *Chancellor*, que le vent poussait alors rapidement, s'arrête soudain. Une secousse violente se produit.

Le navire s'enfonce! L'eau me gagne les jambes. Instinctivement, je saisis un cordage... Mais, tout à coup, l'engloutissement s'arrête, et, lorsque le pont est à deux pieds déjà au-dessous du niveau de la mer, le *Chancellor* reste immobile.

XXV

— *Nuit au 4 au 5 décembre.* — Robert Kurtis a enlevé le jeune Letourneur, et, courant sur le pont inondé, il le place dans les haubans de tribord. Son père et moi, nous nous hissons près de lui.

Puis, je regarde autour de moi. La nuit est assez claire pour que je puisse apercevoir ce qui se passe. Robert Kurtis, revenu à son poste, est debout sur la dunette. Tout à fait à l'arrière, près du couronnement non encore immergé, j'aperçois dans l'ombre Mr. Kear, sa femme, miss Herbey et Falsten ; sur l'extrémité du gaillard d'avant, le lieutenant et le bosseman ; dans les hunes et sur les haubans, le reste de l'équipage.

André Letourneur s'est hissé dans la grand'hune, grâce à son père, qui a dû lui placer le pied sur chaque échelon, et, malgré le roulis, il est enfin arrivé sans accident. Mais il a été impossible de faire entendre raison à Mrs. Kear, qui est restée sur la dunette, au risque d'être emportée par les lames, si le vent vient à fraîchir. Aussi, miss Herbey est-elle demeurée près d'elle, sans vouloir la quitter.

Le premier soin de Robert Kurtis, dès que l'engloutissement s'est arrêté, a été de faire amener immédiatement toute la voilure, puis d'envoyer en bas les vergues et les mâts de perroquet, pour ne pas compromettre la stabilité du bâtiment. Il espère que, ces précautions prises, le *Chancellor* ne chavirera pas. Mais ne peut-il couler d'un instant à l'autre ? Je rejoins Robert Kurtis, et c'est la question que je lui pose.

« Je ne puis le savoir, me répond-il d'un ton très-calme. Cela dépend surtout de l'état de la mer. Ce qui est certain, c'est que le navire se trouve en équilibre dans les conditions actuelles, mais ces conditions peuvent changer d'un instant à l'autre !

— Est-ce que le *Chancellor* peut naviguer, maintenant, avec deux pieds d'eau sur son pont ?

— Non, monsieur Kazallon, mais il peut dériver sous l'action du courant et du vent, et, s'il se maintient ainsi pendant quelques jours, atterrir sur un point quelconque de la côte. D'ailleurs, nous avons, comme dernière ressource, le radeau, qui sera achevé en quelques heures et sur lequel il sera possible de s'embarquer dès que le jour aura reparu.

Mais, tout à coup, l'engloutissement s'arrête. (Page 78.)

— Vous n'avez donc pas perdu tout espoir ? demandai-je, assez surpris du calme de Robert Kurtis.

— L'espoir ne peut jamais être tout à fait perdu, monsieur Kazallon, même dans les circonstances les plus terribles. Tout ce que je puis vous dire, c'est que, sur cent chances, si nous en avons quatre-vingt-dix-neuf contre nous, la centième, du moins, nous appartient. Si mes souvenirs ne me trompent pas, d'ailleurs, le *Chancellor*, à demi englouti, est précisément dans les conditions où s'est trouvé le trois-mâts *la Junon*, en 1795. Pendant plus de vingt jours, ce bâtiment est resté ainsi suspendu entre deux eaux. Passagers et matelots s'étaient réfugiés dans les hunes, et, la terre ayant été enfin signalée, tous ceux qui avaient survécu aux

Seul, un vieux marin... (Page 84.)

fatigues et à la faim furent sauvés. C'est un fait trop connu dans les annales
de la marine pour qu'il ne me revienne pas en ce moment à l'esprit! Eh bien,
il n'y a aucune raison pour que les survivants du *Chancellor* ne soient pas
aussi heureux que ceux de *la Junon*. »

Peut-être y aurait-il bien des choses à répondre à Robert Kurtis, mais ce qui
ressort de cette conversation, c'est que notre capitaine n'a pas perdu tout espoir.

Cependant, puisque les conditions d'équilibre peuvent être à chaque instant
rompues, il faut, plus tôt que plus tard, abandonner le *Chancellor*. Aussi, est-il
décidé que demain, dès que le charpentier aura achevé le radeau, on s'y embar-
quera.

Mais que l'on juge du violent désespoir qui s'empare de l'équipage, lorsque, vers minuit, Daoulas s'aperçoit que la charpente du radeau a disparu ! Les amarres, bien qu'elles fussent solides, ont été cassées par le déplacement vertical du navire, et le bâtis, depuis plus d'une heure sans doute, s'en est allé en dérive !

Dès que les matelots apprennent ce nouveau malheur, ils poussent des cris de détresse.

« A la mer ! à la mer, la mâture ! » répètent ces malheureux affolés.

Et ils veulent couper le gréement pour faire tomber les mâts d'hune et construire immédiatement un nouveau radeau.

Mais Robert Kurtis intervient :

« A votre poste, garçons ! crie-t-il. Que pas un fil ne soit coupé sans mon ordre ! Le *Chancellor* est en équilibre ! Le *Chancellor* ne coulera pas encore ! »

A la voix si ferme de son capitaine, l'équipage retrouve son sang-froid, et, malgré le mauvais vouloir de quelques-uns des matelots, chacun reprend la place qui lui est désignée.

Dès que le jour est venu, Robert Kurtis monte jusqu'aux barres, et son regard parcourt avec soin toute la mer sur un large rayon autour du navire. Inutile recherche ! Le radeau est maintenant hors de vue ! Faut-il armer la baleinière et entreprendre une recherche qui peut être longue et qui sera périlleuse ? C'est impossible, car la houle est trop forte pour qu'une fragile embarcation puisse la braver. La construction d'un nouveau radeau est donc à entreprendre, et on va s'y mettre immédiatement.

Depuis que les lames sont devenues plus fortes, Mrs. Kear s'est enfin décidée à quitter la place qu'elle occupait à l'arrière de la dunette, et elle a pu atteindre la grand'hune, sur laquelle elle s'est couchée dans un état de complète prostration. Mr. Kear, lui, est installé avec Silas Huntly dans la hune de misaine. Près de Mrs. Kear et de miss Herbey sont placés MM. Letourneur, fort à l'étroit, comme l'on pense, sur cette plate-forme, qui ne mesure que douze pieds à son plus grand diamètre. Mais des filières ont été établies d'un hauban à l'autre et leur permettent de tenir bon contre les coups de roulis. En outre, Robert Kurtis a eu soin de faire disposer au-dessus de la hune une voile qui abrite les deux femmes.

Quelques barils qui flottaient entre les mâts du navire après la submersion, et qu'on a recueillis à temps, ont été hissés sur les hunes et solidement amarrés aux étais. Ce sont des caisses de conserves et de biscuits, ainsi que des barriques d'eau douce, qui forment maintenant toute notre réserve.

XXVI

— 5 *décembre*. — La journée est chaude. Décembre, sous le seizième parallèle, n'est plus un mois d'automne, mais un véritable mois d'été. Nous devons nous attendre à supporter de cruelles chaleurs, si la brise ne vient pas tempérer les ardeurs du soleil.

Cependant, la mer est restée assez houleuse. La coque du navire, immergée aux trois quarts, est battue comme un écueil. L'écume des lames saute jusqu'à la hauteur des hunes, et nos vêtements sont traversés par les embruns comme par une pluie fine.

Voici ce qui reste uniquement du *Chancellor*, c'est-à-dire ce qui est au-dessus du niveau de la mer : les trois bas mâts, surmontés de leurs mâts d'hune, le beaupré, auquel on a suspendu la baleinière, afin qu'elle ne fût pas brisée par les flots, puis la dunette et le gaillard d'avant, réunis seulement par l'étroit cadre des bastingages. Quant au pont, il est complétement immergé.

La communication entre les hunes est très-difficile. Les matelots, en se hissant par les étais, peuvent seuls se rendre de l'une à l'autre. Au-dessous, entre les mâts, depuis le couronnement jusqu'au gaillard d'avant, la mer déferle comme sur un brisant et détache peu à peu les parois du navire, dont on s'occupe de recueillir les planches. C'est vraiment un terrifiant spectacle pour les passagers, réfugiés sur d'étroites plates-formes, de voir et d'entendre l'Océan mugir sous leurs pieds ! Ces mâts, qui sortent de l'eau, tremblent à chaque coup de mer, et l'on peut croire qu'ils vont être emportés

Certes, mieux vaut ne pas regarder, ne pas réfléchir, car cet abîme attire, et on est tenté de s'y précipiter !

Cependant, l'équipage travaille sans relâche à construire le second radeau. Les mâts d'hune qu'on dépasse, les mâts de perroquet, les vergues sont employées, et, sous la direction de Robert Kurtis, l'ouvrage est fait avec le plus grand soin. Le *Chancellor* ne paraît pas devoir couler ; comme l'a dit le capitaine, il est probable que pendant quelque temps il restera ainsi équilibré entre deux eaux. Robert Kurtis tient donc la main à ce que le radeau soit construit aussi solidement que possible. La traversée doit être longue, puisque la côte la plus proche, celle de la Guyane, est encore à plusieurs centaines de milles. Donc, mieux vaut passer un jour de plus dans les hunes, et prendre le temps d'établir un appareil flottant sur lequel on puisse compter. Nous sommes tous d'accord à cet égard.

Les matelots ont recouvré quelque assurance, et, maintenant, le travail se fait avec ordre.

Seul, un vieux marin, âgé de soixante ans, dont la barbe et les cheveux ont blanchi sous les rafales, n'est pas d'avis d'abandonner le *Chancellor*. C'est un Irlandais, nommé O'Ready.

Au moment où je me trouvais sur la dunette, il y est venu.

« Monsieur, me dit-il en mâchonnant sa chique avec une indifférence superbe, les camarades sont d'avis de quitter le navire. Moi, pas. J'ai fait neuf fois naufrage. — quatre fois en pleine mer, cinq fois à la côte. Ma vraie profession, c'est d'être naufragé. Je m'y connais. Eh bien ! Dieu me damne, si je n'ai pas toujours vu périr misérablement les malins qui s'enfuyaient sur des radeaux ou dans des chaloupes ! Tant qu'un navire flotte, il faut rester dessus. Tenez-vous cela pour dit ! »

Ces paroles prononcées d'un ton très-affirmatif, le vieil Irlandais, qui cherchait sans doute à placer son observation pour l'acquit de sa conscience, tombe dans un mutisme absolu.

Ce jour-là, vers trois heures de l'après-midi, j'aperçois Mr. Kear et l'ex-capitaine Silas Huntly qui s'entretiennent avec une grande animation dans la hune de misaine. Le marchand de pétrole semble presser vivement son interlocuteur, et celui-ci me paraît faire certaines objections à une proposition dudit Mr. Kear. A plusieurs reprises, Silas Huntly regarde longuement la mer et le ciel, en hochant la tête. Enfin, après une heure d'entretien, il s'affale par l'étai de misaine jusqu'à l'extrémité du gaillard d'avant, se mêle au groupe des matelots, et je le perds de vue.

Du reste, je n'attache que peu d'importance à cet incident, et je remonte dans la grand'hune, où MM. Letourneur, miss Herbey, Falsten et moi, nous restons à causer pendant quelques heures. Le soleil est très-chaud, et, sans la voile qui sert de tente, la position ne serait pas tenable.

A cinq heures, nous prenons en commun un repas qui se compose de biscuit, de viande sèche et d'un demi-verre d'eau par personne. Mrs. Kear, très-abattue par la fièvre, ne mange pas. Miss Herbey ne peut lui procurer quelque soulagement qu'en humectant de temps en temps ses lèvres brûlantes. La malheureuse femme souffre beaucoup. Je doute qu'elle puisse supporter longtemps de telles misères.

Son mari ne s'est pas une seule fois informé d'elle. Cependant, vers six heures moins un quart, je me demande si quelque bon mouvement ne fait pas battre enfin le cœur de cet égoïste. En effet, Mr. Kear hèle quelques matelots du gaillard d'avant et il les prie de l'aider à descendre de la hune de misaine. Veut-il donc rejoindre sa femme dans la grand'hune ?

Les matelots ne répondent pas, d'abord, à l'appel de Mr. Kear Celui-ci insiste plus vivement, et il promet de bien payer ceux qui lui rendront ce service.

Aussitôt, deux matelots, Burke et Sandon, s'élancent sur les bastingages, gagnent les haubans de misaine et atteignent la hune.

Arrivés près de Mr. Kear, ils discutent longuement avec lui les conditions du marché. Il est évident qu'ils demandent beaucoup, et que Mr. Kear ne veut donner que peu. Je vois le moment où les deux matelots vont laisser le passager dans la hune. Enfin, les parties tombent d'accord, et Mr. Kear, tirant de sa ceinture une liasse de dollars-papier, la remet à l'un des matelots. Celui-ci compte attentivement la somme, et j'estime qu'il ne doit pas avoir entre les mains moins de cent dollars.

Il s'agit alors d'affaler Mr. Kear jusqu'au gaillard d'avant par l'étai de misaine. Burke et Sandon lui attachent autour du corps une manœuvre qu'ils enroulent ensuite sur l'étai; puis, ils le laissent glisser comme un colis, et non sans lui imprimer quelques fortes secousses, qui provoquent les quolibets de leurs camarades.

Mais je me suis trompé. Mr. Kear n'avait aucunement l'intention de rejoindre sa femme dans la grand'hune. Il reste sur le gaillard d'avant, près de Silas Huntly, qui l'attendait en cet endroit. L'obscurité me les fait bientôt perdre tous deux de vue.

La nuit s'est faite, le vent a calmi, mais la mer est toujours houleuse. La lune, qui s'est levée depuis quatre heures de l'après-midi, ne paraît qu'à de rares intervalles entre d'étroites bandes de nuages. Quelques-unes de ces vapeurs, disposées en longues strates à l'horizon, se colorent d'une teinte rouge qui annonce pour demain une forte brise. Fasse le ciel que cette brise vienne encore du nord-est et qu'elle nous pousse vers la terre ! Un changement quelconque dans sa direction serait funeste, lorsque nous serons embarqués sur le radeau, qui ne peut marcher que vent arrière !

Robert Kurtis est monté à la grand'hune vers huit heures du soir. Je pense que l'état du ciel le préoccupe et qu'il veut tâcher de deviner ce que sera ce lendemain. Il reste un quart d'heure en observation; puis, avant de redescendre, il me serre la main sans prononcer une parole et va reprendre sa place à l'arrière de la dunette.

J'essaye de dormir sur l'étroit espace qui m'est réservé dans la hune, mais je ne puis y parvenir. De fâcheux pressentiments m'assiégent. La tranquillité présente de l'atmosphère m'inquiète, et je la trouve « trop calme ». C'est à peine si, de temps à autre, un souffle passe dans le gréement et en fait vibrer le filin métallique. D'ailleurs, la mer « sent » quelque chose. Elle est agitée par une longue houle, et elle éprouve évidemment le contre-coup de quelque tempête lointaire.

Vers onze heures du soir, dans l'écartement de deux nuages, la lune brille d'un vif éclat, et les flots resplendissent comme s'ils étaient éclairés par une lueur sous-marine.

Je me lève et je regarde. Chose bizarre, il me semble apercevoir, pendant quelques instants, un point noir qui s'élève et s'abaisse au milieu de l'intense blancheur des eaux. Ce ne peut être un rocher, puisqu'il suit les mouvements de la houle. Qu'est-ce donc?

Puis, la lune se voile de nouveau, l'obscurité redevient profonde, et je me couche près des haubans de bâbord.

XXVII

— 6 *décembre*. — Je suis parvenu à dormir pendant quelques heures. A quatre heures du matin, le sifflement de la brise me réveille brusquement. J'entends la voix de Robert Kurtis qui retentit au milieu des rafales, dont les secousses ébranlent la mâture.

Je me lève. Accroché fortement à la filière, j'essaye de voir ce qui se passe au-dessous et autour de moi.

Au milieu de l'obscurité, la mer mugit sous mes yeux. De grandes nappes d'écume, livides plutôt que blanches, passent entre les mâts, auxquels le roulis imprime de larges oscillations. Deux ombres noires, à l'arrière du navire, tranchent sur la couleur blanchâtre de la mer. Ces ombres sont le capitaine Kurtis et le bosseman. Leurs voix, peu distinctes au milieu du fracas des flots et des sifflements de la brise, n'arrivent à mon oreille que comme un gémissement.

En ce moment, un des marins qui est monté dans la hune pour amarrer une manœuvre passe près de moi.

« Qu'y a-t-il donc? lui ai-je demandé.

— Le vent a changé... »

Le matelot ajoute ensuite quelques mots que je n'ai pu entendre clairement. Cependant, il me semble qu'il a dit « cap pour cap ».

Cap pour cap ! Mais alors le vent aurait sauté du nord-est au sud-ouest, et, maintenant, il nous repousserait au large ! Mes pressentiments ne m'ont donc pas trompé !

En effet, le jour se lève peu à peu. Le vent n'a pas absolument changé cap pour cap, mais, — circonstance aussi funeste pour nous, — il souffle du nord-ouest. Donc, il nous éloigne de la terre. De plus, il y a maintenant cinq pieds d'eau sur le pont, dont les bastingages ont complétement disparu. Le navire s'est enfoncé pendant la nuit, et le gaillard d'avant aussi bien que la dunette sont maintenant au niveau de la mer, qui les balaye incessamment. Sous le vent, Robert Kurtis et son équipage travaillent à achever la construction du radeau, mais la besogne ne peut aller vite, vu la violence de la houle, et il faut prendre les plus sérieuses précautions pour que le bâtis ne se disloque pas avant d'être absolument consolidé.

En ce moment, MM. Letourneur sont debout près de moi, et le père maintient son fils contre les violences du roulis.

« Mais cette hune va se briser ! » s'écrie M. Letourneur, en entendant les craquements de l'étroite plate-forme qui nous porte.

Miss Herbey se relève à ces paroles, et montrant Mrs Kear, étendue à ses pieds :

« Que devons-nous faire, messieurs ? demande-t-elle.

— Il faut rester où nous sommes, ai-je répondu.

— Miss Herbey, ajoute André Letourneur, c'est encore ici notre plus sûr refuge. Ne craignez rien...

— Ce n'est pas pour moi que je crains, répond la jeune fille de sa voix calme, mais pour ceux qui ont quelque raison de tenir à la vie ! »

A huit heures un quart, le bosseman crie aux hommes de l'équipage :

« Hé ! de l'avant !

— Plaît-il, maître, répond un des matelots, — O'Ready, je crois.

— Avez-vous la baleinière ?

— Non, maître.

— Alors, elle est partie en dérive ! »

En effet, la baleinière n'est plus suspendue au beaupré, et, presque aussitôt, on constate la disparition de Mr. Kear, de Silas Huntly et de trois hommes de l'équipage, un Ecossais et deux Anglais. Je comprends alors quel a été, la

Il me semble apercevoir un point noir. (Page 86.)

veille, le sujet de l'entretien de Mr. Kear et de Silas Huntly. Craignant que le
Chancellor ne sombre avant que le radeau soit achevé, ils ont comploté de
s'enfuir et ont décidé à prix d'argent ces trois matelots à s'emparer de la baleinière. Je m'explique alors ce qu'était ce point noir que j'ai entrevu dans la nuit.
Le misérable a abandonné sa femme ! L'indigne capitaine a abandonné son
navire ! Et ils nous ont enlevé ce canot, c'est-à-dire la seule embarcation qui
nous restât !

« Cinq de sauvés ! dit le bosseman.

— Cinq de perdus ! » répond le vieil Irlandais.

En effet, l'état de la mer ne peut que justifier les paroles d'O'Ready.

«Voilà un cadavre que nous regretterons ! » (Page 91.)

Nous ne sommes plus que vingt-deux à bord. De combien ce nombre va-t-il encore se réduire ?

En apprenant cette lâche désertion et le vol de la baleinière, l'équipage accable les fugitifs d'invectives. Si le hasard les ramenait à bord, ils payeraient cher leur trahison !

Je recommande de cacher à Mrs. Kear la fuite de son mari. La malheureuse femme est minée par une fièvre incessante contre laquelle nous sommes impuissants, puisque l'engloutissement du navire a été si prompt que la boîte de pharmacie n'a pu être sauvée. Et, d'ailleurs, eussions-nous des médicaments, quel effet en attendre dans les conditions où se trouve Mrs. Kear ?

XXVIII

— *Suite du 6 décembre.* — Cependant, le *Chancellor* n'est plus maintenu en équilibre au milieu des couches d'eau. Il est probable que sa coque se disloque, et l'on sent qu'il s'enfonce peu à peu.

Heureusement, le radeau va être achevé dans la soirée, et on pourra s'y installer, à moins que Robert Kurtis ne préfère s'embarquer que le lendemain, dès que le jour sera venu. Le bâtis a été solidement établi. Les espars qui le forment ont été liés entre eux avec de fortes cordes, et, comme ces pièces s'entrecroisent les unes au dessus des autres, l'ensemble s'élève de deux pieds environ au-dessus du niveau de la mer.

Quant à la plate-forme, elle est construite avec les planches des pavois que les lames ont arrachées et qu'on a utilisées soigneusement. Dans l'après-midi, on commence à y charger tout ce qui a été sauvé en fait de vivres, de voiles, d'instruments, d'outils. Il faut se hâter, car, en ce moment, la grand'hune n'est plus qu'à dix pieds au-dessus de la mer, et il ne reste du beaupré que l'extrémité de son bout-dehors qui se dresse obliquement.

Je serai bien surpris si demain n'est pas le dernier jour du *Chancellor!*

Et maintenant, dans quel état moral sommes-nous les uns et les autres? Je cherche à déterminer ce qui se passe en moi. Il me semble que ce que j'éprouve est plutôt une indifférence inconsciente qu'un sentiment de résignation. M. Letourneur vit tout entier dans son fils, qui, lui-même, ne songe qu'à son père. André montre une résignation courageuse, chrétienne, que je ne puis mieux comparer qu'à la résignation de miss Herbey. Falsten est toujours Falsten, et, Dieu me pardonne, cet ingénieur chiffre encore sur son carnet! Mrs. Kear se meurt, malgré les soins de la jeune fille, malgré les miens.

Quant aux matelots, deux ou trois sont calmes, mais les autres sont bien près de perdre la tête. Quelques-uns, poussés par leur grossière nature, paraissent disposés à se porter à des excès. Ils seront difficiles à contenir, ces gens qui subissent la mauvaise influence d'Owen et de Jynxtrop, lorsque nous allons vivre avec eux sur un étroit radeau!

Le lieutenant Walter est très-affaibli; malgré son courage, il devra renoncer à faire son service. Robert Kurtis et le bosseman, énergiques, inébranlables, sont des hommes que la nature a « forgés de tout leur dur », expression empruntée à la langue de l'industrie métallurgique, qui les peint bien.

Vers cinq heures du soir, une de nos compagnes d'infortune a cessé de souffrir. Mrs. Kear est morte, après une douloureuse agonie, peut-être sans avoir eu conscience de sa situation. Elle a poussé quelques soupirs, et tout a été fini. Jusqu'au dernier moment, miss Herbey lui a prodigué ses soins avec un dévouement qui nous a profondément touchés!

La nuit s'est passée sans incident. Le matin, au point du jour, j'ai pris la main de la morte, qui était froide et dont les membres étaient déjà raidis. Son corps ne peut demeurer plus longtemps dans la hune. Miss Herbey et moi, nous l'enveloppons dans ses vêtements; puis, quelques prières sont dites pour l'âme de la malheureuse femme, et la première victime de tant de misères est précipitée dans les flots.

A ce moment, un des hommes qui se trouvent dans les haubans fait entendre ces épouvantables paroles :

« Voilà un cadavre que nous regretterons ! »

Je me retourne. C'est Owen qui a parlé ainsi.

Puis, la pensée me vient que les vivres, en effet, nous manqueront peut-être un jour!

XXIX

— 7 *décembre.* — Le navire s'enfonce toujours. La mer est arrivée maintenant au trélingage de la hune de misaine. La dunette, le gaillard d'avant sont complétement immergés, et le bout-dehors du beaupré a disparu. Il ne reste plus que les trois bas mâts qui sortent de l'Océan.

Mais le radeau est prêt et chargé de tout ce qui a pu être sauvé. Une emplanture, ménagée à l'avant, est destinée à recevoir un mât que soutiendront des haubans frappés sur les côtés de la plate-forme. La voile du grand cacatois sera enverguée et nous poussera peut-être vers la côte.

Qui sait si ce que le *Chancellor* n'a pu faire, ce frêle assemblage de planches, moins facile à submerger, ne le fera pas? L'espoir est si fortement enraciné au cœur de l'homme, que j'espère encore !

Il est sept heures du matin. Nous allons nous embarquer, quand, soudain, le navire s'enfonce si précipitamment, que le charpentier et les hommes, occupés sur le radeau, sont forcés de couper leur amarre, afin de ne pas être entraînés dans le remous.

Nous éprouvons alors une anxiété poignante, car c'est précisément à l'instant où le navire descend dans l'abîme que notre unique planche de salut s'éloigne en dérivant !

Deux marins et un novice, perdant la tête, se jettent à la mer, mais c'est en vain qu'ils essayent de lutter contre la houle. Il est bientôt évident qu'ils ne pourront ni atteindre le radeau, ni revenir au navire, ayant contre eux les flots et le vent. Robert Kurtis attache une corde à sa ceinture et se précipite à leur secours. Inutile dévouement ! Avant qu'il ait pu les rejoindre, ces trois infortunés, que je vois se débattre, disparaissent, après avoir vainement tendu les bras vers nous !

On retire Robert Kurtis, tout contusionné par cette espèce de ressac qui bat la tête des mâts.

Cependant, Daoulas et ses matelots, au moyen d'espars dont ils se servent en guise d'avirons, essayent de revenir vers le navire. Ce n'est qu'après une heure d'efforts — une heure qui nous a semblé un siècle, une heure pendant laquelle la mer a monté jusqu'au niveau des hunes — que le radeau, qui ne s'était éloigné que de deux encâblures (1), a pu accoster le *Chancellor*. Le bosseman jette une amarre à Daoulas, et le radeau est attaché de nouveau au capelage du grand mât.

Il n'y a plus un seul instant à perdre, car un violent tourbillon se creuse vers la carcasse immergée du navire, et d'énormes bulles d'air montent en grand nombre à la surface de l'eau.

« Embarque ! embarque ! » crie Robert Kurtis.

Nous nous précipitons sur le radeau. André Letourneur, après avoir veillé à l'installation de miss Herbey, arrive heureusement à la plate-forme. Son père est bientôt près de lui. Un instant après, nous sommes tous embarqués, — tous, sauf le capitaine Kurtis et le vieux matelot O'Ready.

Robert Kurtis, debout sur la grand'hune, ne veut quitter son navire que lorsque son navire disparaîtra dans l'abîme. C'est son devoir et c'est son droit. Ce *Chancellor* qu'il aime, qu'il commande encore, on sent quelle émotion lui brise le cœur au moment de le quitter !

L'Irlandais est resté sur la hune de misaine.

« Embarque, vieux ! lui crie le capitaine.

---

(1) Environ 400 mètres.

— Le navire coule t-il? demande l'entêté avec le plus grand sang-froid du monde.

— Il coule à pic.

— Embarque alors, » répond O'Ready, quand l'eau lui monte déjà jusqu'à la ceinture.

Et, secouant la tête, il s'élance sur le radeau.

Robert Kurtis reste un instant encore sur la hune, jette un regard autour de lui; puis, le dernier, il quitte son bâtiment.

Il est temps. L'amarre est coupée, et le radeau s'éloigne lentement.

Nous regardons tous vers cet endroit où sombre le navire. L'extrémité du mât de misaine disparaît d'abord, puis le bout du grand mât, et, bientôt, rien ne reste plus de ce beau bâtiment qui fut le *Chancellor*.

XXX

— *Suite du 7 décembre*. — Un nouvel appareil flottant nous porte. Il ne peut couler, car les pièces de bois qui le composent surnageront, quoi qu'il arrive. Mais la mer ne le disjoindra-t-elle pas? Ne rompra-t-elle pas les cordes qui le lient? N'anéantira-t-elle pas enfin les naufragés qui sont entassés à sa surface?

De vingt-huit personnes que comptait le *Chancellor* au départ de Charleston, dix ont déjà péri.

Nous sommes donc dix-huit encore, — dix-huit sur ce radeau qui forme une sorte de quadrilatère irrégulier, mesurant environ quarante pieds de long sur vingt de large.

Voici les noms des survivants du *Chancellor*: MM. Letourneur, l'ingénieur Falsten, miss Herbey et moi, passagers; — le capitaine Robert Kurtis, le lieutenant Walter, le bosseman, le maître d'hôtel Hobbart, le cuisinier nègre Jynxtrop, le charpentier Daoulas; — les sept matelots Austin, Owen, Wilson, O'Ready, Burke, Sandon et Flaypol.

Le ciel nous a-t-il suffisamment éprouvés depuis soixante-douze jours que nous avons quitté la côte américaine, et sa main s'est-elle assez appesantie sur nous? Le plus confiant n'oserait l'espérer.

Mais laissons l'avenir, ne songeons qu'au présent, et continuons d'enregistrer les incidents de ce drame à mesure qu'ils se présentent.

Les passagers du radeau sont connus. Voici maintenant quelles sont leurs ressources.

Robert Kurtis n'a pu embarquer que ce qui restait des provisions retirées de la cambuse, dont la plus grande partie a été détruite au moment où a été submergé le pont du *Chancellor*. Ces provisions sont peu abondantes, si l'on considère que nous sommes dix-huit à nourrir et que bien des jours peuvent s'écouler encore avant qu'un navire ou une terre soient signalés. Un baril de biscuits, un baril de viande sèche, un petit tonneau de brandevin, deux barriques d'eau, voilà tout ce qui a pu être sauvé. Il est donc important de se rationner dès ce premier jour.

De vêtements de rechange, nous n'en avons absolument aucun. Quelques voiles nous serviront à la fois de couvertures et d'abri. Les outils, appartenant au charpentier Daoulas, le sextant et la boussole, une carte, nos couteaux de poche, une bouilloire de métal, une tasse de ferblanc qui n'a jamais quitté le vieil Irlandais O'Ready : tels sont les instruments et ustensiles qui nous restent. Toutes les caisses, déposées sur le pont et destinées au premier radeau, ont coulé au moment de l'engloutissement partiel du navire, et, depuis ce moment, il n'a plus été possible de pénétrer dans la cale.

Voilà donc la situation. Elle est grave sans être désespérée. Malheureusement, il est à craindre que l'énergie morale en même temps que l'énergie physique manque à plus d'un. D'ailleurs, il en est parmi nous dont les mauvais instincts seront bien difficiles à contenir !

XXXI

— *Suite du 7 décembre.* — Le premier jour n'a été marqué par aucun incident.

Aujourd'hui, à huit heures du matin, le capitaine Kurtis nous a tous rassemblés, passagers et marins.

« Mes amis, a-t-il dit, entendez bien ceci. Je commande sur ce radeau comme je commandais à bord du *Chancellor*. Je compte donc être obéi de tous sans exception. Ne pensons qu'au salut commun, soyons unis, et que le ciel nous protége ! »

Ces paroles ont été bien accueillies.

La petite brise qui souffle en ce moment, et dont le capitaine relève la direction au compas, s'est accrue en halant le nord. C'est une circonstance heureuse. Il faut se hâter d'en profiter pour rallier le plus tôt possible la côte américaine. Le charpentier Daoulas s'est occupé alors d'installer le mât dont l'emplanture a été ménagée à l'avant du radeau, et il a disposé deux ailiers, sortes d'arcs-boutants qui doivent le maintenir plus solidement. Tandis qu'il travaille, le bosseman et les matelots enverguent le petit cacatois sur la vergue qui a été réservée à cet usage.

A neuf heures et demie, le mât est dressé. Des haubans, raidis sur les côtés du radeau, en assurent la solidité. La voile est hissée, amurée, bordée, et l'appareil, poussé vent arrière, se déplace assez sensiblement sous l'action de la brise qui fraîchit encore.

Cette besogne une fois terminée, le charpentier cherche à installer un gouvernail qui permette au radeau de garder la direction voulue. Les conseils de Robert Kurtis et de l'ingénieur Falsten ne lui manquent pas. Après deux heures de travail, une sorte de godille est établie à l'arrière, — à peu près semblable à celles qu'emploient les balaous malais.

Pendant ce temps, le capitaine Kurtis a fait les observations nécessaires pour obtenir exactement sa longitude, et, quand midi arrive, il prend une bonne hauteur du soleil.

Le point qu'il obtient avec une assez grande exactitude est le suivant :

Latitude, 15° 7′ nord.
Longitude, 49° 35′ à l'ouest de Greenwich.

Ce point, rapporté sur la carte, montre que nous sommes environ à six cent cinquante milles dans le nord-est de la côte de Paramaribo, c'est-à-dire de la portion la plus rapprochée du continent américain, qui, ainsi que cela a été déjà noté, forme le littoral de la Guyane hollandaise.

Or, en prenant la moyenne des chances, nous ne pouvons espérer, même avec l'aide constante des alizés, faire plus de dix à douze milles par jour, sur un appareil aussi imparfait qu'un radeau qui ne peut biaiser avec le vent. Cela demandera donc deux mois de navigation, en supposant les circonstances les plus heureuses, — sauf le cas, peu probable, où nous serions rencontrés par quelque bâtiment. Mais l'Atlantique est moins fréquenté dans cette partie qu'il ne l'est plus au nord ou plus au sud. Nous avons été rejetés, malheureusement, entre les lignes des Antilles et celles du Brésil que suivent les transatlantiques

Inutile dévouement ! les infortunés disparaissent. (Page 92.)

anglais ou français, et mieux vaut ne pas compter sur le hasard d'une rencontre.
D'ailleurs, si les calmes surviennent, si le vent change et nous repousse dans
l'est, ce ne sont plus deux mois, mais quatre, mais six, et les vivres nous man-
queraient avant la fin du troisième !

La prudence exige donc que dès maintenant nous ne consommions que le
strict nécessaire. Le capitaine Kurtis nous a demandé conseil à ce sujet, et nous
avons sévèrement déterminé le programme à suivre. Les rations sont calculées
pour tous, indistinctement, de manière que la faim et la soif soient à demi satis-
faites. La manœuvre du radeau n'exige pas une grande dépense de force physique.
Une alimentation restreinte doit nous suffire. Quant au brandevin, dont le baril

L'appareil court vent arrière. (Page 100.)

ne contient que cinq gallons (1), il ne sera distribué qu'avec la plus extrême parcimonie. Personne n'aura le droit d'y toucher sans la permission du capitaine.

Le régime du bord est donc ainsi réglé : cinq onces de viande et cinq onces de biscuit par jour et par personne. C'est peu, mais la ration ne saurait être plus forte, car dix-huit bouches, dans ces proportions, absorberont un peu plus de cinq livres de chaque substance, c'est-à-dire, en trois mois, six cents livres. Or, tout compris, nous ne possédons pas plus de six cents livres de viande et

_____

(1) Environ 23 litres.

de biscuit. Il faut donc s'arrêter à ce chiffre. Quant à l'eau, sa quantité peut être estimée à cent trente-deux gallons (1), et il est convenu que la consommation quotidienne sera réduite pour chacune à une pinte (2), ce qui assurera aussi trois mois d'eau.

La distribution des vivres sera faite chaque matin, à dix heures, par les soins du bosseman. Chacun recevra pour la journée sa ration en biscuit et en viande : il la consommera quand et comme il lui conviendra. Quant à l'eau, faute d'ustensiles suffisants pour la recueillir, puisque nous n'avons que la bouilloire et la tasse de l'Irlandais, elle sera distribuée deux fois par jour, à dix heures du matin et à six heures du soir : chacun devra boire immédiatement.

Il faut bien remarquer aussi que nous avons toujours deux autres chances qui peuvent accroître nos réserves : la pluie, qui donnerait l'eau, la pêche, qui donnerait le poisson. Aussi deux barriques vides sont-elles disposées pour recevoir l'eau de pluie. Quant aux engins de pêche, des matelots s'occupent de les préparer, afin de mettre quelques lignes à la traîne.

Telles sont les dispositions prises. Elles sont approuvées et seront rigoureusement maintenues. Ce n'est qu'en observant une règle sévère que nous pouvons espérer d'échapper aux horreurs de la famine. Trop d'exemples nous ont appris à être prévoyants, et si nous sommes réduits aux dernières privations, c'est que le sort n'aura cessé de nous frapper !

XXXII

— *Du 8 au 17 décembre.* — Le soir venu, nous nous sommes blottis sous les voiles. Très-fatigué des longues heures passées dans la mâture, j'ai pu dormir pendant quelques heures. Le radeau, étant relativement peu chargé, s'élève assez facilement. Comme la mer ne déferle pas, nous ne sommes pas atteints par les lames. Malheureusement, si la houle tombe, c'est parce que le vent mollit, et, vers le matin, je suis forcé de noter sur mon journal : temps calme.

Quand le jour a reparu, je n'ai rien eu de nouveau à constater. MM. Letourneur ont également dormi pendant une partie de la nuit. Nous nous sommes encore

(1) Environ 600 litres.
(2) 56 centilitres.

une fois serré la main. Miss Herbey a pu reposer également; ses traits, moins fatigués, ont repris leur calme habituel.

Nous sommes au-dessous du onzième parallèle. La chaleur pendant le jour est extrêmement forte, et le soleil brille d'un vif éclat. Une sorte de vapeur ardente est mêlée à l'atmosphère. Comme la brise ne vient que par bouffées, la voile pend sur le mât pendant les accalmies, qui se prolongent trop longtemps. Mais Robert Kurtis et le bosseman, à certains indices que des marins seuls peuvent reconnaître, pensent qu'un courant de deux à trois milles à l'heure nous entraîne dans l'ouest. Ce serait là une circonstance favorable, qui pourrait abréger considérablement notre traversée. Puissent le capitaine et le bosseman ne s'être pas trompés, car, dès ces premiers jours et par cette température élevée, la ration d'eau suffit à peine à calmer notre soif !

Et cependant, depuis que nous avons quitté le *Chancellor* ou plutôt les hunes du navire pour embarquer sur ce radeau, la situation a été véritablement améliorée. Le *Chancellor* pouvait à chaque minute s'engloutir, et, du moins, cette plate-forme, que nous occupons, est relativement solide. Oui, je le répète, la situation s'est notablement détendue, et, par comparaison, chacun se trouve mieux. On a presque ses aises, on peut aller et venir. Le jour, on se réunit, on cause, on discute, on regarde la mer. La nuit, on dort à l'abri des voiles. L'observation de l'horizon, la surveillance des lignes qui sont mises à la traîne, tout intéresse.

« Monsieur Kazallon, me dit André Letourneur quelques jours après notre installation sur ce nouvel appareil, il me semble que nous retrouvons ici ces jours de calme qui ont marqué notre séjour sur l'îlot de Ham-Rock!

— En effet, mon cher André, ai-je répondu.

— Mais j'ajoute que le radeau a un avantage considérable sur l'îlot, car il marche, lui !

— Tant que le vent est bon, André, l'avantage est évidemment au radeau, mais si le vent tourne...

— Bon, monsieur Kazallon! répond le jeune homme. Ne nous laissons pas abattre, et ayons confiance ! »

Eh bien! cette confiance, nous l'avons tous! Oui ! il semble que nous soyons sortis des redoutables épreuves pour n'y plus rentrer ! Les circonstances sont devenues plus favorables. Il n'est pas un de nous qui ne se sente presque rassuré !

Je ne sais ce qui se passe dans l'âme de Robert Kurtis, et je ne puis dire s'il partage nos idées actuelles. Il se tient le plus souvent à l'écart. C'est que sa responsabilité est grande ! Il est le chef, il n'a pas seulement sa vie à sauver, il a les nôtres ! Je sais que c'est ainsi qu'il comprend son devoir. Aussi est-il souvent absorbé dans ses réflexions, et chacun évite de l'en distraire.

Pendant ces longues heures, la plupart des marins dorment à l'avant du radeau. Par ordre du capitaine, l'arrière a été réservé aux passagers, et on a pu établir sur des montants une tente, qui nous procure un peu d'ombre. En somme, nous nous trouvons dans un état de santé satisfaisant. Seul, le lieutenant Walter ne parvient pas à retrouver ses forces. Les soins que nous lui prodiguons n'y font rien, et il s'affaiblit chaque jour davantage.

Je n'ai jamais mieux apprécié André Letourneur que dans les circonstances actuelles. Cet aimable jeune homme est l'âme de notre petit monde. Il a un esprit original, et les aperçus nouveaux, les considérations inattendues abondent dans sa manière d'envisager les choses. Sa conversation nous distrait, nous instruit souvent. Pendant qu'André parle, sa physionomie un peu maladive s'anime. Son père semble boire ses paroles. Quelquefois, lui prenant la main, il la garde pendant des heures entières.

Miss Herbey se mêle quelquefois à nos entretiens, tout en demeurant fort réservée. Chacun de nous s'efforce de lui faire oublier par ses prévenances qu'elle a perdu ceux qui auraient dû être ses protecteurs naturels. Cette jeune fille a trouvé dans M. Letourneur un ami sûr, comme le serait un père, et elle lui parle avec un abandon que l'âge de celui-ci autorise. Sur ses instances, elle lui a dit sa vie, — cette vie de courage et d'abnégation qui est le lot des orphelines pauvres. Elle était depuis deux ans dans la maison de Mrs. Kear, et maintenant la voici sans ressources dans le présent, sans fortune dans l'avenir, mais confiante, parce qu'elle est prête à toutes les épreuves. Miss Herbey, par son caractère, son énergie morale, commande le respect, et pas un mot, pas un geste qui auraient pu échapper à certains hommes grossiers du bord ne l'ont choquée jusqu'ici.

Les 12, 13 et 14 décembre n'ont amené aucun changement dans la situation. Le vent a continué à souffler de l'est par brises inégales. Nul incident de navigation. Pas de manœuvres à exécuter sur le radeau. La barre, ou plutôt la godille, n'a même pas besoin d'être modifiée. L'appareil court vent arrière, et il n'est pas assez volage pour embarder sur un bord ou sur l'autre. Quelques matelots de quart, toujours postés à l'avant, ont l'ordre de surveiller la mer avec la plus scrupuleuse attention.

Sept jours se sont écoulés depuis que nous avons abandonné le *Chancellor*. Je constate que nous nous accoutumons au rationnement qui nous est imposé,

— au moins en ce qui concerne la nourriture. Il est vrai que nos forces ne sont pas mises à l'épreuve par la fatigue physique. Nous « n'usons pas », — expression vulgaire qui rend bien ma pensée, — et, dans de telles conditions, il faut peu de chose à l'homme pour le soutenir. Notre plus grande privation est la privation relative d'eau, car, par ces grandes chaleurs, la quantité qui nous est accordée est notoirement insuffisante.

Le 15, une bande de poissons, de l'espèce des spares, est venue fourmiller autour du radeau. Bien que nos engins de pêche ne soient composés que de longues cordes armées d'un clou recourbé auquel de petits morceaux de viande sèche servent d'amorces, nous prenons un assez grand nombre de ces spares, tant ils sont voraces.

C'est vraiment une pêche miraculeuse, et, ce jour-là, on dirait qu'il y a fête à bord. De ces poissons, les uns ont été grillés, les autres cuits dans l'eau de mer sur un feu de bois allumé à l'avant du radeau. Quel régal ! C'est autant d'économisé sur nos réserves. Ces spares sont si abondants que, pendant deux jours, on en prend près de deux cents livres. Que la pluie vienne à tomber maintenant, et tout sera pour le mieux.

Par malheur, cette bande de poissons n'a pas séjourné longtemps dans nos eaux. Le 17, quelques gros requins — appartenant à cette monstrueuse espèce des roussettes tigrées, qui sont longues de quatre à cinq mètres — ont paru à la surface de la mer. Ils ont les nageoires et le dessus du corps noirs, avec des taches et des bandes transversales de couleur blanche. La présence de ces horribles squales est toujours inquiétante. Par suite du peu d'élévation du radeau, nous sommes presque de niveau avec eux, et plusieurs fois leur queue bat nos espars avec une effroyable violence. Cependant, les matelots sont parvenus à les éloigner à coups d'anspect. Je serai bien surpris s'ils ne nous suivent pas obstinément comme une proie qui leur est réservée. Je n'aime pas ces « monstres à pressentiments ».

XXXIII

— *Du 18 au 20 décembre.* — Aujourd'hui, le temps s'est modifié, et le vent a fraîchi. Ne nous plaignons pas, car il est favorable. On prend seulement la précaution d'assujettir le mât au moyen d'un bastaque, afin que la tension de la voile ne puisse amener sa rupture. Cela fait, la lourde machine se déplace avec une vitesse un peu plus grande et laisse enfin une sorte de long sillage derrière elle.

Dans l'après-midi, quelques nuages ont couvert le ciel, et la chaleur a été un peu moins forte. La houle a balancé plus vivement le radeau, et deux ou trois lames ont embarqué. Heureusement, en employant quelques bordages, le charpentier a pu établir des pavois hauts de deux pieds, qui nous défendent mieux contre la mer.

On saisit fortement aussi, au moyen de doubles cordages, les barils contenant les provisions, ainsi que les barriques d'eau. Un coup de mer qui les enlèverait nous réduirait à la plus horrible détresse. On ne peut songer à une pareille éventualité sans frémir !

Le 18, les matelots ont recueilli quelques-unes de ces plantes marines connues sous le nom de sargasses, à peu près semblables à celles que nous avons rencontrées entre les Bermudes et Ham-Rock. Ce sont des laminaires saccharines, qui contiennent un principe sucré. J'engage mes compagnons à en mâcher les tiges. Ils le font, et cette mastication leur rafraîchit sensiblement la gorge et les lèvres.

Pendant cette journée, rien de nouveau. Je remarque seulement que quelques matelots, principalement Owen, Burke, Flaypol, Wilson et le nègre Jynxtrop, ont entre eux de fréquents conciliabules dont le motif m'échappe. J'observe aussi qu'ils se taisent lorsque l'un des officiers ou des passagers s'approche d'eux. Robert Kurtis a fait avant moi la même remarque. Ces entretiens secrets ne lui plaisent pas. Il se promet de surveiller attentivement ces hommes. Le nègre Jynxtrop et le matelot Owen sont évidemment deux coquins dont il faut se défier, car ils peuvent entraîner leurs camarades.

Le 19, la chaleur a été excessive. Il n'y a pas un nuage au ciel. La brise ne peut enfler la voile, et le radeau reste stationnaire. Quelques matelots se sont plongés dans la mer, et ce bain leur a procuré un soulagement véritable en diminuant leur soif dans une certaine proportion. Mais le danger est grand de s'aventurer sous ces flots infestés de requins, et aucun de nous n'a suivi l'exemple donné par ces insouciants. Qui sait cependant si, plus tard, nous hésiterons encore à les imiter? A voir le radeau immobile, les larges ondulations de l'Océan sans une ride, la voile inerte sur le mât, n'est-il pas à craindre que cette situation ne se prolonge?

La santé du lieutenant Walter ne laisse pas de nous préoccuper au plus haut point. Ce jeune homme est miné par une fièvre lente qui le prend par accès irréguliers. Peut-être le sulfate de quinine triompherait-il de cette fièvre. Mais, je le répète, l'envahissement de la dunette a été si rapide, que la boîte de pharmacie du bord a disparu dans les flots. Puis, ce pauvre garçon est certainement phthisique, et, depuis quelque temps, l'incurable maladie a fait en lui de terribles progrès. Les symptômes extérieurs ne peuvent nous tromper. Walter est pris d'une petite toux sèche; sa respiration est courte, et ses sueurs sont abondantes, surtout le matin; il s'amaigrit, son nez s'effile, ses pommettes saillantes tranchent par leur coloration sur la pâleur générale de la face, ses joues sont caves, ses lèvres rétractées, ses conjonctives luisantes et légèrement bleues. Mais, fut-il dans de meilleures conditions, le pauvre lieutenant, que la médecine serait impuissante devant ce mal qui ne pardonne pas.

Le 20, même état de la température, même immobilité du radeau. Les rayons ardents du soleil percent la toile de notre tente, et, accablés par la chaleur, nous sommes parfois haletants. Avec quelle impatience nous attendons le moment où le bosseman fait la maigre distribution d'eau! Avec quelle avidité nous nous précipitons sur ces quelques gouttes de liquide échauffé! Qui n'a pas été éprouvé par la soif ne saurait me comprendre.

Le lieutenant Walter est très-altéré, et il souffre plus qu'aucun de nous de cette disette d'eau. J'ai vu miss Herbey lui réserver presque tout entière la ration qui lui est attribuée. Compatissante et charitable, cette jeune fille fait tout ce qu'elle peut, sinon pour apaiser, pour atténuer du moins les souffrances de notre infortuné compagnon.

Aujourd'hui, miss Herbey me dit:

«Cet infortuné s'affaiblit chaque jour, monsieur Kazallon.

— Oui, miss, ai-je répondu, et nous ne pouvons rien pour lui, rien!

— Prenons garde, dit miss Herbey, il pourrait nous entendre! »

Puis, elle va s'asseoir à l'extrémité du radeau, et, la tête appuyée sur ses mains, elle demeure pensive.

Aujourd'hui s'est produit un fait regrettable que je dois enregistrer.

Pendant une heure environ, les matelots Owen, Flaypol, Burke et le nègre Jynxtrop ont une conversation très-animée. Ils discutent à voix basse, et leurs gestes indiquent une grande surexcitation. A la suite de cet entretien, Owen se lève et se dirige délibérément vers l'arrière, sur cette partie du radeau qui est réservée aux passagers.

«Où vas-tu, Owen? lui demande le bosseman.

—Où j'ai affaire, » répond insolemment le matelot.

A cette grossière réplique, le bosseman quitte sa place, mais avant lui, Robert Kurtis est face à face avec Owen.

C'est vraiment une pêche miraculeuse. (Page 101.)

Le matelot soutient le regard de son capitaine, et d'un ton effronté :

« Capitaine, dit-il, j'ai à vous parler de la part des camarades.

— Parle, répond froidement Robert Kurtis.

— C'est par rapport au brandevin, reprend Owen. Vous savez, ce petit baril... Est-ce pour les marsouins ou les officiers qu'on le garde ?

— Après ? dit Robert Kurtis.

— Nous demandons que chaque matin notre boujaron nous soit distribué comme d'habitude.

— Non, répond le capitaine.

— Vous dites ?... s'écrie Owen.

« La rafale ! La rafale ! » (Page 108.)

— Je dis : non. »

Le matelot regarde fixement Robert Kurtis, et un méchant sourire déplisse ses lèvres. Il hésite un instant, se demandant s'il doit insister, mais il se retient, et, sans ajouter un mot, il retourne vers ses camarades, qui confèrent à voix basse.

Robert Kurtis a-t-il bien fait de refuser d'une manière aussi absolue ? L'avenir nous l'apprendra. Quand je lui parle de cet incident :

« Du brandevin à ces hommes ! me répond-il, J'aimerais mieux jeter le baril à la mer ! »

XXXIV

— 21 *décembre.* — Cet incident n'a encore eu aucune conséquence, — aujour-
d'hui, du moins.

Pendant quelques heures, des spares se montrent de nouveau le long du
radeau, et on en peut prendre encore un très-grand nombre. On les empile dans
une barrique vide, et ce surcroît de provision nous fait espérer que, du moins, la
faim ne nous éprouvera pas.

Le soir est venu, sans apporter sa fraîcheur accoutumée. Ordinairement les nuits sont fraîches sous les tropiques, mais celle-ci menace d'être
étouffante. Des masses de vapeur roulent pesamment au-dessus des flots.
La lune sera nouvelle à une heure trente minutes du matin. Aussi, l'obscurité est-elle profonde, jusqu'au moment où des éclairs de chaleur, d'une
éblouissante intensité, viennent illuminer l'horizon. Ce sont de longues et larges
décharges électriques, sans forme déterminée, qui embrasent un vaste espace.
Mais, de tonnerre, il n'en est pas question, et on peut même dire que le calme
de l'atmosphère est effrayant, tant il est absolu.

Pendant deux heures, cherchant dans l'air quelque bouffée moins ardente,
miss Herbey, André Letourneur et moi, nous contemplons ces préliminaires
de l'orage qui sont comme un coup d'essai de la nature, et nous oublions la situation présente pour admirer ce sublime spectacle d'un combat de nuages électriques. On dirait des forts crénelés dont la crête se couronne de feux. L'âme
des plus farouches est sensible à ces grandes scènes, et je vois les matelots regarder attentivement cette incessante déflagration des nues. Sans doute, ils
observent d'un œil inquiet ces « épars », ainsi nommés vulgairement, parce
qu'ils ne se fixent sur aucun point de l'espace, annonçant une prochaine lutte
des éléments. En effet, que deviendrait le radeau au milieu des fureurs du ciel
et de la mer?

Jusqu'à minuit, nous restons assis à l'arrière. Ces effluences lumi-
neuses, dont la nuit double la blancheur, répandent sur nous une teinte livide,
semblable à cette couleur spectrale que prennent les objets, quand on les éclaire à
la flamme de l'alcool imprégné de sel.

« Avez-vous peur de l'orage, miss Herbey? demande André Letourneur à la
jeune fille.

— Non, monsieur, répond miss Herbey, et le sentiment que j'éprouve est plutôt celui du respect. N'est-ce pas l'un des plus beaux phénomènes que nous puissions admirer ?

— Rien n'est plus vrai, miss Herbey, reprend André Letourneur, surtout quand le tonnerre gronde. L'oreille peut-elle entendre un bruit plus majestueux ? Que sont, auprès, les détonations de l'artillerie, ces fracas secs et sans roulements ? Le tonnerre emplit l'âme, et c'est plutôt un son qu'un bruit, un son qui s'enfle et décroît comme la note tenue d'un chanteur. Et, pour tout dire, miss Herbey, jamais la voix d'un artiste ne m'a ému comme cette grande et incomparable voix de la nature.

— Une basse profonde, dis-je en riant.

— En effet, répond André, et puissions-nous l'entendre avant peu, car ces éclairs sans bruit sont monotones !

— Y pensez-vous, mon cher André ? ai-je répondu. Subissez l'orage, s'il vient, mais ne le désirez pas.

— Bon ! l'orage, c'est du vent !

— Et de l'eau, sans doute, ajoute miss Herbey, l'eau qui nous manque ! »

Il y aurait beaucoup à répliquer à ces deux jeunes gens, mais je ne veux pas mêler ma triste prose à leur poésie. Ils contemplent l'orage à un point de vue spécial, et, pendant une heure, je les entends qui le poétisent en l'appelant de tous leurs vœux.

Cependant, le firmament s'est caché peu à peu derrière l'épaisseur des nuages. Les astres s'éteignent un à un au zénith, quelque temps après que les constellations zodiacales ont disparu sous les brumes de l'horizon. Les vapeurs noires et lourdes s'arrondissent au-dessus de nos têtes et voilent les dernières étoiles du ciel. A chaque instant, cette masse jette de grandes lueurs blanchâtres, sur lesquelles se découpent de petits nuages grisâtres.

Tout ce réservoir d'électricité, établi dans les hautes régions de l'atmosphère, s'est vidé sans bruit jusqu'alors. Mais l'air étant très-sec, et, par cela même, mauvais conducteur, le fluide ne pourra s'échapper que par des chocs terribles, et il me paraît impossible que l'orage n'éclate pas bientôt avec une violence extrême.

C'est aussi l'avis de Robert Kurtis et du bosseman. Celui-ci n'a pas d'autre guide que son instinct de marin, qui est infaillible. Quant au capitaine, à cet instinct de « weather-wise » (1), il joint les connaissances d'un savant. Il me

---

(1) Littéralement : devineur du temps.

montre, au-dessus de nous, une épaisseur de nuages que les météorologistes appellent « cloud-ring (1) » et qui se forme presque uniquement dans les régions de la zone torride, saturées de toute la vapeur d'eau que les alizés apportent des divers points de l'Océan.

« Oui, monsieur Kazallon, me dit Robert Kurtis, nous sommes dans la région des orages, car le vent a repoussé notre radeau jusqu'à cette zone, où un observateur, doué d'organes très-sensibles, entendrait continuellement les roulements du tonnerre. Cette remarque a été faite depuis longtemps déjà, et je la crois juste.

— Il me semble, répondis-je en prêtant l'oreille, entendre ces roulements continus dont vous parlez.

— En effet, dit Robert Kurtis, ce sont les premiers grondements de l'orage, qui, avant deux heures, sera dans toute sa violence. Eh bien ! nous serons prêts à le recevoir. »

Aucun de nous ne pense à dormir, et ne le pourrait, car l'air est accablant. Les éclairs s'élargissent, ils se développent à l'horizon sur une étendue de cent à cent cinquante degrés, et embrasent successivement toute la périphérie du ciel, tandis qu'une sorte de clarté phosphorescente se dégage de l'atmosphère.

Enfin, les roulements du tonnerre s'accentuent et deviennent plus pénétrants ; mais, si l'on peut s'exprimer ainsi, ce sont encore des bruits ronds, sans angles d'éclat, des grondements que l'écho ne nourrit pas encore. On dirait que la voûte céleste est capitonnée par ces nuages, dont l'élasticité étouffe la sonorité des décharges électriques.

La mer jusqu'ici est restée calme, pesante, stagnante même. Cependant, aux larges ondulations qui commencent à la soulever, les marins ne se méprennent pas. Pour eux, la mer est « en train de se faire », et il s'est produit quelque tempête au large, dont elle ressent le contre-coup. Le terrible vent n'est pas loin, et, par mesure de prudence, un navire serait déjà à la cape ; mais le radeau ne peut manœuvrer, et il sera réduit à fuir devant le temps.

A une heure du matin, un vif éclair, suivi d'une décharge après un intervalle de quelques secondes, indique que l'orage est presque sur nous. L'horizon disparaît soudain dans une brume humide, et on dirait qu'il fond en grand sur le radeau.

Aussitôt, la voix d'un des matelots se fait entendre :

« La rafale ! La rafale ! »

_____

(1) Nuage en forme d'anneau.

XXXV

— *Nuit du 21 au 22 décembre.* — Le bosseman se précipite vers la drisse qui soutient la voile, et la vergue est amenée aussitôt. Il était temps, car la rafale passe comme un tourbillon. Sans le cri du matelot qui nous a prévenus, nous aurions été renversés et peut-être précipités à la mer. La tente, à l'arrière, a été emportée du coup.

Mais si le radeau n'a rien à craindre directement du vent, s'il est trop ras pour lui donner prise, il a tout à redouter des lames monstrueuses, soulevées par l'ouragan. Ces lames ont été, pendant quelques minutes, aplaties et comme écrasées sous la pression des couches d'air; puis, elles se sont relevées plus furieusement, et leur hauteur s'accroît en raison même de la compression qu'elles viennent de subir.

Aussitôt, le radeau suit les mouvements désordonnés de cette houle, et s'il ne se déplace pas plus qu'elle, un va-et-vient incessant le fait, du moins, osciller d'un bord sur l'autre et d'avant en arrière.

« Amarrez-vous ! amarrez-vous ! » nous crie le bosseman, en nous jetant des cordes.

Robert Kurtis est venu à notre aide. Bientôt MM. Letourneur, Falsten et moi, nous sommes solidement attachés au bâtis. Nous ne serons emportés que si le bâtis se brise. Miss Herbey s'est liée par le milieu du corps à l'un des montants qui supportaient la tente, et, à la lueur des éclairs, je vois sa figure toujours sereine.

Maintenant la foudre se manifeste, sans discontinuer, par la lumière et le bruit. Nos oreilles et nos yeux en sont pleins. Un coup de tonnerre n'attend pas l'autre, et un éclair n'est pas éteint qu'un éclair lui succède. Au milieu de ces resplendissantes fulgurations, la voûte de vapeurs semble prendre feu tout entière. On dirait aussi que l'Océan est incendié comme le ciel, et je vois plusieurs éclairs ascendants qui, s'élevant de la crête des lames, vont croiser ceux des nues. Une forte odeur sulfureuse se répand dans l'atmosphère, mais jusqu'alors la foudre nous a épargnés et n'a frappé que les flots.

A deux heures du matin, l'orage est dans toute sa fureur. Le vent est passé à l'état d'ouragan, et la houle, qui est épouvantable, menace de disjoindre le radeau. Le charpentier Daoulas, Robert Kurtis, le bosseman, d'autres matelots, s'emploient à le consolider avec des cordes. D'énormes paquets de mer tombent d'aplomb, et ces pesantes douches nous mouillent jusqu'aux os d'une eau presque tiède. M. Letourneur se jette au-devant de ces lames furieuses, comme pour préserver son fils d'un choc trop violent. Miss Herbey est immobile. On dirait une statue de la résignation.

En ce moment, à la rapide lueur des éclairs, j'aperçois de gros nuages, très-étendus et probablement très-profonds, qui ont pris une couleur roussâtre, et un pétillement, semblable à un feu de mousqueterie, retentit dans l'air. C'est un crépitement particulier, produit par une série de décharges électriques, auxquelles les grêlons servent d'intermédiaires entre les nuages opposés. Et, en effet, par suite de la rencontre d'un nuage orageux et d'un courant d'air froid, la grêle s'est formée et tombe avec une extrême violence. Nous sommes mitraillés par ces grêlons, de la grosseur d'une noix, qui frappent la plate-forme avec une sonorité métallique.

Le météore persiste ainsi pendant une demi-heure et contribue à abattre le vent; mais celui-ci, après avoir sauté à tous les points du compas, reprend ensuite avec une incomparable violence. Le mât du radeau, dont les haubans se rompent, est couché en travers, et on se hâte de le dégager de son emplanture, afin qu'il ne se brise pas par le pied. Le gouvernail est démonté d'un coup de mer, et la godille s'en va en dérive sans qu'il soit possible de la retenir. En même temps, les pavois de bâbord sont arrachés, et les lames se précipitent par cette brèche.

Le charpentier et les matelots veulent réparer l'avarie, mais les secousses les en empêchent, et ils roulent les uns sur les autres, lorsque le radeau, enlevé par de monstrueuses lames, s'incline sous un angle de plus de quarante-cinq degrés. Comment ces hommes ne sont-ils pas emportés? Comment les cordes qui nous retiennent ne cassent-elles pas? Comment ne sommes-nous pas tous jetés à la mer? c'est ce qui ne peut s'expliquer. Quant à moi, il me paraît impossible que, dans un de ces mouvements désordonnés, le radeau ne soit pas culbuté, et alors, liés à ces planches, nous périrons dans les convulsions de l'asphyxie!

En effet, vers trois heures du matin, au moment où l'ouragan se déchaîne plus violemment que jamais, le radeau, enlevé sur le dos d'une lame, s'est, pour ainsi dire, placé de champ. Des cris d'effroi s'échappent! Nous allons chavirer!... Non... Le radeau s'est maintenu sur la crête de la lame, à une hauteur inconcevable, et sous l'intense lueur des éclairs qui se croisent en tous sens, effarés, épouvantés, nous avons pu dominer du regard cette mer qui écume comme si elle brisait sur des écueils.

Puis, le radeau reprend présque aussitôt sa position horizontale ; mais, pendant ce déplacement oblique, les saisines des barriques ont cassé. J'en ai vu une passer par dessus le bord, et l'autre se défoncer en laissant échapper l'eau qu'elle contient.

Des matelots se précipitent pour retenir le second baril qui renferme les conserves de viande sèche. Mais le pied de l'un d'eux se prend entre les planches disjointes de la plate-forme qui se resserrent, et le malheureux pousse des hurlements de douleur.

Je veux courir à lui, je parviens à dénouer les cordes qui me lient... Il est trop tard, et, dans un éclair éblouissant, je vois l'infortuné, dont le pied s'est dégagé, emporté par un coup de mer qui nous couvre en grand. Son camarade a disparu avec lui, sans qu'il ait été possible de leur porter secours.

Quant à moi, le coup de mer m'a étendu sur la plate-forme, et ma tête ayant porté sur l'angle d'un espar, j'ai perdu connaissance.

XXXVI

— 22 *décembre*. — Le jour est enfin arrivé, et le soleil a paru entre les derniers nuages que la tempête a laissés derrière elle. Cette lutte des éléments n'a duré que quelques heures, mais elle a été effroyable, et l'air et l'eau se sont heurtés avec une violence sans pareille.

Je n'ai pu indiquer que les incidents principaux, car l'évanouissement qui a suivi ma chute ne m'a pas permis d'observer la fin de ce cataclysme. Je sais seulement que, peu de temps après le coup de mer, l'ouragan s'est calmé sous l'action de violentes averses, et que la tension électrique de l'atmosphère s'est amoindrie. La tempête ne s'est donc pas prolongée au delà de la nuit. Mais en ce court espace de temps, que de dommages elle nous a causés, quelles irréparables pertes, et, par suite, que de misères nous attendent ! Nous n'avons pas même pu conserver une goutte de ces torrents d'eau qu'elle a versés !

Je suis revenu à moi, grâce aux soins de MM. Letourneur et de miss Herbey, mais c'est à Robert Kurtis que je dois de ne pas avoir été emporté par un second coup de mer.

Le coup de mer m'a étendu sur la plate-forme. (Page 111.)

L'un des deux matelots qui ont péri pendant la tempête est Austin, jeune homme de vingt-huit ans, bon sujet, actif et courageux. Le second, c'est le vieil Irlandais O'Ready, le survivant de tant de naufrages !

Nous ne sommes plus que seize sur le radeau, c'est-à-dire que près de la moitié de ceux qui se sont embarqués à bord du *Chancellor* a déjà disparu !

Et maintenant, que nous reste-t-il en fait de vivres ?

Robert Kurtis a voulu se rendre un compte exact des approvisionnements. En quoi consistent-ils, et combien de temps dureront-ils ?

L'eau ne manquera pas encore, car il en reste dans le fond de la barrique brisée

Elle imbiba les lèvres du lieutenant. (Page 115.)

environ quatorze gallons (1), et la seconde barrique est intacte. Mais le baril qui contenait la viande sèche et celui dans lequel était le poisson que nous avions pêché ont été emportés tous deux, et de cette réserve il ne reste absolument rien. Quant au biscuit, Robert Kurtis n'estime pas à plus de soixante livres ce qui a pu être sauvé des atteintes de la mer.

Soixante livres de biscuit pour seize, cela fait huit jours de nourriture, à une demi-livre par personne.

Robert Kurtis nous a fait connaître toute la situation. On l'a écouté en

_____

(1, 65 litres.

silence. En silence aussi s'est écoulée cette journée du 22 novembre. Chacun s'est replié en lui-même, mais il est évident que les mêmes pensées naissent dans l'esprit de tous. Il me semble que l'on se regarde avec des yeux différents et que le spectre de la faim apparaît déjà. Jusqu'ici, nous n'avons pas encore été absolument privés de boire et de manger. Mais, maintenant, la ration d'eau va être nécessairement réduite, et quant à la ration de biscuit..!

A un certain moment, je me suis approché du groupe des matelots, étendus à l'avant, et j'ai entendu Flaypol dire d'un ton ironique :

« Ceux qui doivent mourir feraient bien de mourir tout de suite.

— Oui, répond Owen ! Au moins, ils laisseraient leur part aux autres ! »

La journée s'est passée dans un abattement général. Chacun a reçu sa demi-livre de biscuit réglementaire. Les uns l'ont dévorée immédiatement avec une sorte de rage, les autres l'ont prudemment ménagée. Il me semble que l'ingénieur Falsten a divisé sa ration en autant de parts qu'il fait habituellement de repas par jour.

Si un seul doit survivre, Falsten sera celui-là.

XXXVII

— *Du 23 au 30 décembre.* — Après la tempête, le vent a halé le nord-est, et il se maintient à l'état de belle brise. Il faut en profiter, puisqu'il tend à nous rapprocher de la terre. Le mât, rétabli par les soins de Daoulas, est solidement assujetti, la voile est rehissée dans le bout, et le radeau marche vent arrière à raison de deux milles à deux milles et demi par heure.

On s'est occupé aussi de rajuster une godille, qui est faite au moyen d'un espar et d'une large planche. Elle fonctionne tant bien que mal ; mais, sous l'allure que le vent imprime au radeau, il n'est pas besoin d'un grand effort pour le maintenir.

La plate-forme est également réparée avec des coins et des cordes, qui en rapprochent les planches disjointes. Les pavois de tribord, enlevés par la lame, sont remplacés et nous couvrent des atteintes de la mer. En un mot, tout ce qu'il est possible de faire pour consolider cet assemblage de mâts et de vergues a été fait, mais le pire danger n'est pas là.

Avec le ciel pur est revenue cette chaleur tropicale, dont nous avons tant souffert les jours précédents. Aujourd'hui, elle est heureusement tempérée par la brise. La tente ayant été rétablie à l'arrière du radeau, nous y cherchons un abri tour à tour.

Cependant, l'insuffisance de l'alimentation commence à se faire plus sérieusement sentir. On souffre de la faim, visiblement. Les joues sont creuses, les figures amincies. Chez la plupart de nous, le système nerveux central est directement attaqué, et la constriction de l'estomac produit une sensation douloureuse. Si pour tromper cette faim, si pour l'endormir, nous avions quelque narcotique, opium ou tabac, peut-être serait-elle plus tolérable ! Non ! tout nous manque !

Un seul de nous échappe à cet impérieux besoin. C'est le lieutenant Walter, en proie à une fièvre intense, et que sa fièvre « nourrit » ; mais une soif ardente le torture. Miss Herbey, tout en conservant pour le malade une partie de sa ration, a obtenu du capitaine un supplément d'eau ; de quart d'heure en quart d'heure, elle imbibe les lèvres du lieutenant. Walter peut à peine prononcer une parole, et du regard il remercie la charitable jeune fille. Pauvre garçon ! il est condamné, et les soins les plus persévérants ne le sauveront pas. Lui, du moins, n'aura plus longtemps à souffrir !

Du reste, il semble aujourd'hui avoir conscience de son état, car il m'appelle d'un signe. Je vais m'asseoir près de lui. Il rassemble alors toutes ses forces, et, à mots entrecoupés, il me dit :

« Monsieur Kazallon, en ai-je pour longtemps ? »

Si peu que j'hésite à répondre, Walter le remarque.

« La vérité ! reprend-il, la vérité tout entière !

— Je ne suis pas médecin, et je ne saurais...

— N'importe ! Répondez-moi, je vous en prie !... »

Je regarde longuement le malade, puis, je pose mon oreille contre sa poitrine. Depuis quelques jours, la phthisie a évidemment fait en lui des progrès effrayants. Il est bien certain que l'un de ses poumons ne fonctionne plus, et que l'autre peut à peine suffire aux besoins de la respiration. Walter est en proie à une fièvre qui doit être le signe d'une fin prochaine dans les affections tuberculeuses.

Que puis-je répondre à la question du lieutenant ?

Son regard est si interrogateur que je ne sais que faire, et je cherche quelque réponse évasive !

« Mon ami, lui dis-je, aucun de nous, dans la situation où nous sommes, ne peut compter qu'il a longtemps à vivre ! Qui sait si, avant huit jours, tous ceux que le radeau porte...?

— Avant huit jours ! » murmure le lieutenant, dont le regard ardent se fixe sur moi.

Puis, il tourne la tête et paraît s'assoupir.

Le 24, le 25, le 26 décembre, aucun changement ne s'est produit dans notre situation. Si improbable que cela paraisse, nous nous habituons à ne pas mourir de faim. Les récits de naufrages ont souvent constaté des faits qui concordent avec ceux que j'observe ici. En les lisant, je les trouvais exagérés. Il n'en était rien, et je vois bien que le défaut de nourriture peut être supporté plus longtemps que je ne le pensais. D'ailleurs, à notre demi-livre de biscuit, le capitaine a cru devoir joindre quelques gouttes de brandevin, et ce régime soutient nos forces plus qu'on ne pourrait l'imaginer. Si nous étions pour deux mois, pour un mois, assurés d'une ration pareille ! Mais la réserve s'épuise, et chacun peut déjà prévoir le moment où cette maigre alimentation fera complétement défaut.

Il faut donc, à tout prix, demander à la mer un supplément de nourriture, — ce qui maintenant est bien difficile. Cependant, le bosseman et le charpentier fabriquent de nouvelles lignes avec du filin détordu, et ils les arment de clous arrachés aux planches de la plate-forme.

Quand ces engins sont terminés, le bosseman paraît assez satisfait de son ouvrage.

« Ce ne sont pas de fameux hameçons, ces clous, me dit-il, mais enfin ils crocheraient un poisson tout aussi bien qu'un autre, si l'amorce n'y manquait pas ! Or, nous n'avons que du biscuit, et cela ne peut tenir. Le premier poisson pris, je ne serais pas gêné d'amorcer avec sa chair vive. Donc, là est la difficulté : prendre le premier poisson ! »

Le bosseman a raison, et il est probable que la pêche sera infructueuse. Enfin, il tente l'aventure, les lignes sont mises à la traîne, mais, comme on pouvait le prévoir, aucun poisson ne « mord ». Il est évident, du reste, que ces mers sont peu poissonneuses.

Pendant les journées du 28 et du 29, nos tentatives ont vainement continué. Les morceaux de biscuit avec lesquels les lignes sont amorcées se dissolvent dans l'eau, il faut y renoncer. D'ailleurs, c'est dépenser inutilement cette substance, qui forme notre unique nourriture, et nous en sommes déjà à compter les miettes.

Le bosseman, à bout de ressources, imagine alors de crocher un bout d'étoffe au clou des lignes. Miss Herbey lui donne un morceau du châle rouge qui l'enveloppe. Peut-être ce chiffon, brillant sous les eaux, attirera-t-il quelque poisson vorace?

Ce nouvel essai est fait dans la journée de 30. Pendant plusieurs heures, les lignes sont envoyées par le fond, mais, quand on les retire, le chiffon rouge est toujours intact.

Le bosseman est absolument découragé. Encore une ressource qui manque. Que ne donnerait-on pas pour prendre ce premier poisson qui permettrait peut-être d'en pêcher d'autres !

« Il y aurait bien encore un moyen d'amorcer nos lignes, me dit le bosseman à voix basse.

— Lequel? demandai-je.

— Vous le saurez plus tard ! » répond le bosseman, en me regardant d'un air singulier.

Que signifient ces paroles de la part d'un homme qui m'a toujours paru très-réservé? J'y ai songé pendant toute la nuit.

XXXVIII

— *Du 1ᵉʳ au 5 janvier.* — Voilà plus de trois mois que nous avons quitté Charleston sur le *Chancellor*, et voici vingt jours que nous sommes emportés sur ce radeau, à la merci des vents et des courants! Avons-nous gagné dans l'ouest, vers la côte américaine, ou bien la tempête nous a-t-elle rejetés au large de toute terre? il n'est même plus possible de le constater. Pendant le dernier ouragan qui nous a été si funeste, les instruments du capitaine ont été brisés, malgré toutes les précautions prises. Robert Kurtis n'a plus ni compas pour relever la direction suivie, ni sextant pour prendre hauteur. Sommes-nous à proximité ou à plusieurs centaines de milles d'une côte? On ne peut le savoir, mais il est bien à craindre que, toutes les circonstances ayant été contre nous, nous n'en soyons fort éloignés.

Il y a dans cette ignorance absolue de la situation quelque chose de désespérant, sans doute; mais comme l'espoir n'abandonne jamais le cœur de l'homme, nous nous prenons souvent à croire, contre toute raison, que la côte est proche. Aussi, chacun observe-t-il l'horizon et cherche-t-il à relever sur cette ligne si nette une apparence de terre. A cet égard, nos yeux, à nous, passagers, nous trompent sans cesse et rendent notre illusion plus douloureuse. On croit voir... et il n'y a rien! C'est un nuage, c'est un brouillard, c'est une ondulation de la houle. Aucune terre n'est là, aucun navire ne tranche sur ce périmètre grisâtre, où se confondent la mer et le ciel. Le radeau est toujours le centre de cette circonférence déserte.

Le 1er janvier, nous avons mangé notre dernier biscuit, ou, pour mieux dire, nos dernières miettes de biscuit. Le 1er janvier! Quels souvenirs ce jour nous rappelle, et, par comparaison, qu'il nous paraît lamentable! Le renouvellement de l'année, les vœux que ce « premier de l'an » provoque, les épanchements de la famille qu'il amène, l'espoir dont il remplit le cœur, rien de cela n'est plus fait pour nous! Ces mots : « Je vous souhaite une bonne année! » qui ne se disent qu'en souriant, qui de nous oserait les prononcer? Qui de nous oserait espérer un seul jour pour lui-même?

Et cependant, le bosseman s'est approché de moi, et me regardant d'une façon étrange :

« Monsieur Kazallon, m'a-t-il dit, je vous la souhaite heureuse...

— L'année nouvelle?

— Non! la journée qui commence, et c'est déjà bien de l'aplomb de ma part, car il n'y a plus rien à manger sur le radeau! »

Plus rien, on le sait, et cependant, le lendemain, quand arrive l'heure de la distribution quotidienne, cela nous frappe comme d'un coup nouveau. On ne peut croire à cette disette absolue!

Vers le soir, je ressens des tiraillements d'estomac d'une violence extrême. Ils ont provoqué des bâillements douloureux ; puis, ils se sont en partie calmés deux heures après.

Le lendemain, 3, je suis fort surpris de ne pas souffrir davantage. Je sens en moi un vide immense, mais cette sensation est au moins aussi morale que physique. Ma tête, lourde et mal équilibrée, me semble ballotter sur mes épaules, et j'éprouve ces vertiges que donne un abîme, quand on se penche au-dessus.

Mais ces symptômes ne nous sont pas communs à tous. Quelques-uns de mes compagnons souffrent terriblement déjà. Entre autres, le charpentier et le bosseman, qui sont grands mangeurs de leur nature. Les tortures leur arrachent des cris involontaires, et ils sont obligés de se serrer avec une corde. Et nous ne sommes qu'au second jour!

Ah! cette demi-livre de biscuit, cette maigre ration qui nous paraissait naguère si insuffisante, comme notre désir la grossit alors, combien elle était énorme, nous semble-t-il, maintenant que nous n'avons plus rien! Ce morceau de biscuit, si on nous le distribuait encore, si on nous en donnait la moitié, le quart seulement, il ferait notre subsistance de plusieurs jours! On ne le mangerait que miette à miette!

Dans une ville assiégée, réduite à la plus complète disette, on peut encore, dans les décombres, dans les ruisseaux, dans les coins, trouver quelque os décharné, quelque racine de rebut, qui trompe un instant la faim! Mais sur ces planches, que les flots ont tant de fois balayées, dont on a déjà fouillé les interstices, dont on a gratté les angles où le vent avait pu chasser quelques rognures, que chercherait-on encore?

Les nuits sont bien longues à passer, — plus longues que les jours! En vain demande-t-on au sommeil un apaisement momentané! Le sommeil, s'il parvient à nous fermer les yeux, n'est plus qu'un assoupissement fiévreux, gros de cauchemars.

Cette nuit, cependant, succombant à la fatigue, à un moment où ma faim s'endormait aussi, j'ai pu reposer pendant quelques heures.

Le lendemain, à six heures, je suis réveillé par des vociférations qui éclatent sur le radeau. Je me relève subitement, et, à l'avant, j'aperçois le nègre Jynxtrop, les matelots Owen, Flaypol, Wilson, Burke, Sandon, groupés dans l'attitude de l'offensive. Ces misérables se sont emparés des outils du charpentier, hache, tille, ciseaux, et ils menacent le capitaine, le bosseman et Daoulas. Je vais immédiatement me joindre à Robert Kurtis et aux siens. Falsten me suit. Nous n'avons que nos couteaux pour armes, mais nous n'en sommes pas moins résolus à nous défendre.

Owen et sa troupe s'avancent sur nous. Ces malheureux sont ivres. Pendant la nuit, ils ont défoncé le baril de brandevin, et ils ont bu à même.

Que veulent-ils?

Owen et le nègre, les moins ivres de la troupe, les excitent à nous massacrer, et ils obéissent à une sorte de fureur alcoolique.

« A bas Kurtis! s'écrient-ils. A la mer, le capitaine! Owen commandant! Owen commandant! »

Le meneur, c'est Owen, auquel le nègre sert de second. La haine de ces deux hommes contre leurs officiers se manifeste, en ce moment, par un coup de force, qui, réussit-il, ne sauverait cependant pas la situation. Mais leurs partisans, incapables de raisonner, et armés quand nous ne le sommes pas, les rendent redoutables.

. « Mort au capitaine! » hurle Owen. (Page 120.)

Robert Kurtis, les voyant s'avancer, marche à eux, et d'une voix forte :
« Bas les armes ! crie-t-il.

— Mort au capitaine! » hurle Owen.

Ce misérable excite ses complices du geste, mais Robert Kurtis, écartant la
troupe ivre, va droit à lui.

« Que veux-tu ? demande-t-il.

— Plus de commandant sur le radeau ! répond Owen ! Tous égaux ici ! »
Brute stupide ! Comme si nous n'étions pas tous égaux devant la misère !

« Owen, dit une seconde fois le capitaine, bas les armes!

— Hardi, vous autres ! » s'écrie Owen.

Robert Kurtis, levant la main, atteignit Wilson. (Page 122.)

Une lutte s'engage. Owen et Wilson se précipitent sur Robert Kurtis, qui pare les coups avec un bout d'espar, tandis que Burke et Flaypol se jettent sur Falsten et sur le bosseman. J'ai devant moi le nègre Jynxtrop, qui, brandissant une tille, cherche à me frapper. J'essaye de l'entourer de mes bras, afin de paralyser ses mouvements, mais la force musculaire de ce coquin est supérieure à la mienne. Après avoir lutté quelques instants, je sens que je vais succomber, quand Jynxtrop roule sur la plate-forme, m'entraînant avec lui. C'est André Letourneur qui l'a saisi par une jambe et l'a jeté bas.

Cette intervention m'a sauvé. Le nègre, en tombant, a lâché son arme, dont je m'empare, et je vais lui briser la tête... La main d'André m'arrête à mon tour.

En effet, les mutins sont alors refoulés à l'avant du radeau. Robert Kurtis, après avoir esquivé les coups que lui porte Owen, vient de saisir une hache, et, levant la main, il frappe.

Mais Owen se jette de côté, et la hache atteint Wilson en pleine poitrine. Le misérable tombe à la renverse, hors du radeau, et disparaît.

« Sauvez-le! sauvez-le! dit le bosseman.

— Il est mort! répond Daoulas.

— Eh! c'est pour cela!... » s'écrie le bosseman, sans achever sa phrase.

Mais la mort de Wilson termine la lutte. Flaypol et Burke, au dernier degré de l'ivresse, sont couchés sans mouvement, et nous nous précipitons sur Jynxtrop, qui est amarré solidement au pied du mât.

Quant à Owen, il a été maîtrisé par le charpentier et le bosseman. Robert Kurtis s'approche alors et lui dit :

« Prie Dieu, car tu vas mourir!

— Vous avez donc bien envie de me manger! » répond Owen avec une insolence sans égale.

Cette atroce réponse lui sauve la vie. Robert Kurtis rejette la hache qu'il a déjà levée sur Owen, et, tout pâle, il va s'asseoir à l'arrière du radeau.

XXXIX

— 5 et 6 *janvier*. — Cette scène nous a profondément impressionnés. La réponse d'Owen, étant données les circonstances, est faite pour accabler les plus énergiques.

Dès que mon esprit a repris quelque calme, j'ai vivement remercié le jeune Letourneur, dont l'intervention m'a sauvé la vie.

« Vous me remerciez, répond-il, quand vous devriez peut-être me maudire!

— Vous, André!

— Monsieur Kazallon, je n'ai fait que prolonger vos misères!

— Il n'importe, monsieur Letourneur, dit alors miss Herbey, qui s'est approchée, vous avez fait votre devoir! »

Toujours le sentiment du devoir qui soutient cette jeune fille! Elle est amaigrie par les privations; ses vêtements, déteints par l'humidité, déchirés par les chocs, flottent misérablement, mais pas une plainte ne s'échappe de sa bouche, et elle ne se laissera pas abattre.

« Monsieur Kazallon, me demande-t-elle, nous sommes destinés à mourir de faim?

— Oui, miss Herbey, ai-je répondu presque durement.

— Combien de temps peut-on vivre sans manger?

— Plus longtemps qu'on ne le croit! Peut-être de longs, d'interminables jours!

— Les personnes fortement constituées souffrent davantage, n'est-ce pas? dit-elle encore.

— Oui, mais elles meurent plus vite. C'est une compensation! »

Comment ai-je pu répondre ainsi à cette jeune fille? Quoi! je n'ai pas trouvé un mot d'espoir à lui donner! Je lui ai jeté la vérité brutale à la face! Est-ce que tout sentiment d'humanité s'éteint en moi? André Letourneur et son père, qui m'entendent, me regardent à plusieurs reprises avec leurs grands yeux clairs que la faim dilate. Ils se demandent si c'est bien moi qui parle ainsi.

Quelques instants après, quand nous sommes seuls, miss Herbey me dit à voix basse :

« Monsieur Kazallon, voudrez-vous me rendre un service?

— Oui, miss, ai-je répondu avec émotion, cette fois, et prêt à tout faire pour cette jeune fille.

— Si je meurs avant vous, reprend miss Herbey, — et cela peut arriver, quoique je sois plus faible, — promettez-moi de jeter mon corps à la mer.

— Miss Herbey, j'ai eu tort...

— Non, non, ajoute-t-elle en souriant à demi, vous avez eu raison de me parler ainsi, mais promettez-moi de faire ce que je vous demande. C'est une faiblesse. Je ne crains rien vivante... mais morte... Promettez-moi de me jeter à la mer. »

J'ai promis. Miss Herbey me tend la main, et je sens ses doigts amaigris presser faiblement les miens.

Une nuit s'est encore passée. Par instants, mes souffrances sont tellement atroces que des cris m'échappent; puis, elles se calment, et je reste plongé dans une sorte de stupeur. Quand je reviens à moi, je m'étonne de retrouver mes compagnons encore vivants.

Celui de nous qui paraît supporter le mieux ces privations, c'est le maître d'hôtel Hobbart, dont il a été peu question jusqu'ici. C'est un petit homme, de physionomie ambiguë, au regard caressant, souriant souvent d'un sourire « qui ne meut que ses lèvres », les yeux habituellement fermés à demi, comme

s'il voulait dissimuler ses pensées, et dont toute la personne respire la faus-
sèté. C'est un hypocrite, j'en jurerais. Et en effet, si j'ai dit que les privations
semblent avoir moins prise sur lui, ce n'est pas qu'il ne se plaigne. Au contraire, il gémit sans cesse, mais je ne sais pourquoi ses gémissements me
paraissent affectés. Nous verrons bien. Je surveillerai cet homme, car j'ai sur
lui des soupçons qu'il est bon d'éclaircir.

Aujourd'hui, 6 janvier, M. Letourneur me prend à part, et, m'emmenant à l'arrière du radeau, il manifeste l'intention de me faire une « communication secrète ». Il désire n'être ni vu ni entendu.

Je me rends à l'angle de bâbord, et, comme le soir commence à se faire, personne ne peut nous voir.

« Monsieur, me dit à voix basse M. Letourneur, André est bien faible ! Mon
fils meurt de faim ! Monsieur, je ne puis voir cela plus longtemps ! Non, je ne
puis voir cela ! »

M. Letourneur me parle d'un ton où je sens de la colère contenue, et son
accent a quelque chose de sauvage. Ah ! je comprends tout ce que ce père doit
souffrir !

« Monsieur, dis-je en lui prenant la main, ne désespérons pas. Quelque
navire. .

— Monsieur, reprend le père en m'interrompant, je ne viens pas vous demander des consolations banales. Il ne passera pas de navire, vous le savez bien.
Non. Il s'agit d'autre chose. — Depuis combien de temps mon fils, vous-même
et les autres, n'avez-vous mangé ? »

A cette question qui m'étonne, je réponds :

« C'est le 2 janvier que le biscuit a manqué. Nous sommes au 6 janvier. Voilà
donc quatre jours que...

— Que vous n'avez mangé ! répond M. Letourneur. — Eh bien, moi, il y en a
huit !

— Huit jours !

— Oui ! j'ai économisé pour mon fils ! »

A ces paroles, des pleurs s'échappent de mes yeux. Je saisis les mains de
M. Letourneur... Je puis à peine parler. Je le regarde !... Huit jours !

« Monsieur ! lui dis-je enfin, que voulez-vous de moi ?

— Chut ! Pas si haut ! Que personne ne nous entende !

— Mais parlez !...

— Je veux..., dit-il en baissant la voix..., je désire que vous offriez à André...

— Mais, vous-même, ne pouvez-vous...?

— Non! non!... Il croirait que je me suis privé pour lui!... Il me refuserait...
Non! il faut que cela vienne de vous...

— Monsieur Letourneur!...

— Par pitié! rendez-moi ce service... le plus grand que je puisse vous demander... D'ailleurs... pour votre peine... »

Ce disant, M. Letourneur me prend la main et la caresse doucement.

« Pour votre peine... Oui... vous en mangerez... un peu!... »

Pauvre père! En l'entendant, je tremble comme un enfant! Tout mon être
frémit, et mon cœur bat à se rompre! En même temps, je sens que M. Letourneur me glisse dans la main un petit morceau de biscuit.

« Prenez garde qu'on ne vous voie! me dit-il. Les monstres! Ils vous assassi-
neraient! Il n'y en a que pour un jour... mais demain... je vous en remettrai autant! »

L'infortuné se défie de moi! Et peut-être a-t-il raison, car, lorsque je sens ce
morceau de biscuit entre mes mains, je suis sur le point de le porter à ma
bouche!

J'ai résisté, et que ceux qui me lisent comprennent tout ce que ma plume ne
saurait exprimer ici!

La nuit est venue, avec cette rapidité spéciale aux basses latitudes. Je me
glisse près d'André Letourneur, et je lui présente ce petit morceau de biscuit,
« comme venant de moi. »

Le jeune homme se jette dessus. Puis :

« Et mon père? » dit-il.

Je lui réponds que M. Letourneur a eu sa part... moi, la mienne,... que demain... les jours suivants, je pourrai sans doute lui en donner encore... qu'il
prenne!... qu'il prenne!...

André ne m'a pas demandé d'où me venait ce biscuit, et il l'a porté avidement
à ses lèvres.

Et ce soir-là, malgré l'offre de M. Letourneur, je n'ai rien mangé!.. rien!

XL

— 7 *janvier.* — Depuis quelques jours, l'eau de mer qui balaye presque incessamment la plate-forme du radeau, dès que la houle s'élève, a mis au vif la peau
des pieds et des jambes de quelques-uns des matelots. Owen, que le bosseman a

9

tenu attaché à l'avant depuis la scène de la révolte, est dans un état déplorable. Sur notre demande, ses liens lui sont ôtés. Sandon et Burke ont été aussi rongés par le mordant de ces eaux salines, et nous autres, nous n'avons été préservés jusqu'ici que parce que l'arrière du radeau est moins battu par les lames.

Aujourd'hui, le bosseman, en proie à une fureur famélique, s'est jeté sur des chiffons de voiles, sur des bouts de bois. J'entends encore ses dents qui s'incrustent dans ces substances. Le malheureux, poussé par l'horrible faim, cherche à remplir son estomac pour en distendre la muqueuse. Enfin, à force de chercher, il trouve sur l'un des mâts qui supportent la plate-forme une garniture de cuir. Ce cuir, c'est une matière animale, qu'il arrache, qu'il dévore avec une inexprimable avidité, et il semble que l'absorption de cette matière lui procure quelque soulagement. Tous de l'imiter aussitôt. Un chapeau de cuir bouilli, la visière des casquettes, tout ce qui est substance animale est rongé. C'est un instinct bestial qui nous entraîne et que nul ne peut réprimer. Il semble, en cet instant, que nous n'avons plus rien d'humain. Jamais je n'oublierai cette scène !

Si la faim n'a pas été satisfaite, ses tiraillements, du moins, ont été un instant calmés. Mais quelques-uns de nous n'ont pu supporter cette nourriture révoltante, et ils ont été pris de nausées.

Que l'on me pardonne ces détails ! Je ne dois rien cacher de ce que les naufragés du *Chancellor* ont souffert ! On saura, par ce récit, tout ce que des êtres humains peuvent supporter de misères morales et physiques ! Que ce soit l'enseignement de ce journal ! Je dirai tout, et, malheureusement, je pressens que nous n'avons pas encore atteint le maximum de nos épreuves !

Une remarque que j'ai faite pendant cette scène confirme mes soupçons au sujet du maître d'hôtel. Hobbart, tout en continuant ses gémissements, en les exagérant même, n'y a point pris part. A l'entendre, il meurt d'inanition, et à le voir, cependant, on le dirait exempt des tortures communes. Cet hypocrite a-t-il donc une réserve secrète à laquelle il puise encore ? Je l'ai déjà surveillé, mais je n'ai rien découvert.

La chaleur est toujours forte et même insoutenable, lorsque la brise ne la tempère pas. La ration d'eau est certainement insuffisante, mais la faim tue en nous la soif. Et quand je me dis que le manque d'eau nous ferait plus souffrir encore que le manque de nourriture, je ne puis le croire ou, du moins, l'imaginer en ce moment. Cependant, cette observation a souvent été faite. Dieu veuille ne pas nous réduire à cette nouvelle extrémité !

Heureusement, il reste quelques pintes de l'eau contenue dans la barrique qui s'est à demi brisée pendant la tempête, et la seconde barrique est encore intacte. Bien que notre nombre ait diminué, le capitaine a réduit, malgré certaines réclamations, la ration quotidienne à une demi-pinte (1) par personne. Je l'approuve en ceci.

Quant au brandevin, il n'en reste qu'un quart de gallon, qui a été mis en lieu sûr, à l'arrière du radeau.

Aujourd'hui, 7, vers sept heures et demie du soir, l'un de nous a cessé d'exister. Nous ne sommes plus que quatorze ! Le lieutenant Walter a expiré entre mes bras, et ni les soins de miss Herbey, ni les miens n'ont rien pu faire... Il ne souffre plus !

Quelques instants avant de mourir, Walter a remercié mis Herbey et moi d'une voix que nous pouvions à peine entendre :

« Monsieur, a-t-il dit en laissant tomber de sa main tremblante une lettre froissée, cette lettre... de ma mère... je n'ai pas la force... C'est la dernière que j'ai reçue !.. Elle me dit : « Je t'attends, mon enfant, je veux te revoir ! » Non, mère, tu ne me reverras plus ! — Monsieur... cette lettre... Placez-la... sur mes lèvres .. là ! là... Que je meure en la baisant... Ma mère... mon Dieu !... »

J'ai remis la lettre du lieutenant Walter dans sa main déjà froide, et je l'ai posée sur ses lèvres. Son regard s'est animé un instant, et nous avons entendu comme le faible bruit d'un baiser !

Il est mort, le lieutenant Walter ! Dieu ait son âme !

XLI

— 8 *janvier*. — Pendant toute la nuit, je suis resté près du corps de l'infortuné, et, à plusieurs reprises, miss Herbey est venue prier pour le mort.

Quand le jour a paru, le cadavre était entièrement refroidi. J'avais hâte... oui ! hâte de le jeter à la mer. J'ai demandé à Robert Kurtis de m'aider dans cette triste opération. Lorsque le corps sera enveloppé de ses misérables vêtements, nous le précipiterons dans les flots, et, grâce à son extrême maigreur, j'espère qu'il ne surnagera pas.

Dès l'aube, Robert Kurtis et moi, tout en prenant certaines précautions pour

---

(1) 23 centilit e .

Je ne puis retenir un geste d'horreur. (Page 128.)

ne pas être vus, nous enlevons des poches du lieutenant quelques objets qui
seront remis à sa mère, si l'un de nous survit.

Au moment de ramener sur le cadavre les vêtements qui vont lui servir de lin-
ceul, je ne puis retenir un geste d'horreur.

Le pied droit manque, la jambe n'est plus qu'un moignon sanglant!

Quel est l'auteur de cette profanation? J'ai donc succombé à la fatigue pendant
cette nuit, et on a profité de mon sommeil pour mutiler ce corps ! Mais qui a fait
cela?

Robert Kurtis regarde autour de lui, et ses regards sont terribles. Mais tout est
comme d'ordinaire à bord, et le silence n'est interrompu que par quelques gé-

Le corps d'Owen a dû être jeté à la mer. (Page 134.)

missements. Peut-être nous épie-t-on! Hâtons-nous de jeter ces restes à la mer pour éviter de plus horribles scènes!

Donc, ayant prononcé quelques prières, nous lançons le cadavre dans les flots, et il s'enfonce immédiatement.

« Tonnerre du ciel! On les nourrit bien, les requins! »

Qui a parlé ainsi? Je me retourne. C'est le nègre Jynxtrop.

Le bosseman est près de moi en ce moment.

« Ce pied, lui dis-je, croyez-vous que ces malheureux?..

— Ce pied?. Ah! oui! me répond le bosseman d'un ton singulier. D'ailleurs, c'était leur droit!

- Leur droit! me suis-je écrié.

— Monsieur, me dit le bosseman, mieux vaut manger un mort qu'un vivant ! »

A cette réponse, froidement faite, je ne sais que répondre, et je vais m'étendre à l'arrière du radeau.

Vers onze heures, un incident heureux s'est produit. Le bosseman, qui a mis, depuis le matin, ses lignes à la traîne, a réussi, cette fois. En effet, trois poissons viennent d'être pris. Ce sont trois gades de grande taille, longs de quatre-vingts centimètres, appartenant à cette espèce qui, séchée, est connue sous le nom de « stokfish ».

A peine le bosseman a-t-il halé à bord ces trois poissons, que les matelots se jettent dessus. Le capitaine Kurtis, Falsten, moi, nous nous élançons pour les retenir, et l'ordre est bientôt rétabli. C'est peu, trois gades, pour quatorze personnes, mais enfin chacun en a sa part. Les uns dévorent ces poissons crus, on peut même dire vivants, et ce sont les plus nombreux. Robert Kurtis, André Letourneur et miss Herbey ont la force d'attendre. Ils allument, sur un coin du radeau, quelques morceaux de bois et font griller leur portion. Pour mon compte, je n'ai pas eu ce courage, et j'ai mangé cette chair sanglante !

M. Letourneur n'a pas été plus patient que moi et que tant d'autres. Il s'est jeté comme un loup affamé sur sa part de poisson. Ce malheureux homme, qui n'a pas mangé depuis si longtemps, comment vit-il encore? je ne puis le comprendre.

J'ai dit que la joie du bosseman a été grande, lorsqu'il a retiré ses lignes, et cette joie est même allée jusqu'au délire. Il est certain que si la pêche réussit encore, elle peut nous sauver d'une mort horrible.

Je viens donc causer avec le bosseman, et je l'encourage à renouveler sa tentative.

« Oui ! me dit-il, oui... sans doute... je recommencerai... je recommencerai !...

— Et pourquoi ne remettez-vous pas vos lignes à la traîne ? ai-je demandé.

— Pas maintenant ! me répond-il d'une façon évasive. La nuit est plus favorable que le jour pour la pêche du gros poisson, et il faut ménager nos amorces. Stupides que nous sommes, nous n'avons même pas conservé quelques bribes pour amorcer nos lignes ! »

C'est vrai, et la faute est peut-être irrémédiable.

« Cependant, lui dis-je, puisque vous avez réussi une première fois, sans amorce...

— J'en avais.

— Une bonne?

— Excellente, monsieur, puisque les poissons ont mordu ! »

Je regarde le bosseman, qui me regarde à son tour.

« Vous reste-t-il encore de quoi amorcer vos lignes ? ai-je demandé.

— Oui, » répond le bosseman à voix basse, et il me quitte sans ajouter une parole.

Cependant, cette maigre nourriture nous a rendu quelques forces, et avec elles un peu d'espoir. Nous parlons de la pêche du bosseman, et il nous semble impossible qu'il ne réussisse pas une seconde fois. Le sort se lasserait-il enfin de nous éprouver ?

Preuve incontestable qu'une détente s'est produite dans nos esprits, c'est que nous revenons à parler du passé. Notre pensée n'est plus fixée uniquement sur ce présent douloureux et sur l'avenir épouvantable qui nous menace. MM. Letourneur, Falsten, le capitaine et moi, nous rappelons les faits qui se sont accomplis depuis le naufrage. Nous revoyons nos compagnons disparus, les détails de l'incendie, l'échouement du navire, le récif de Ham-Rock, la voie d'eau, cette effrayante navigation dans les hunes, le radeau, la tempête, tous ces incidents qui semblent maintenant si éloignés. Oui ! Tout cela s'est passé, et nous vivons encore !

Nous vivons ! Est-ce que cela peut s'appeler vivre ! De vingt-huit, nous ne sommes plus que quatorze, et bientôt nous ne serons que treize, peut-être !

« Un mauvais nombre ! dit le jeune Letourneur, mais nous aurons de la peine à trouver un quatorzième ! »

Pendant la nuit du 8 au 9, le bosseman a jeté de nouveau ses lignes, à l'arrière du radeau, et il est resté lui-même à les surveiller, sans vouloir confier ce soin à personne.

Le matin, je vais près de lui. Le jour se lève à peine, et de ses yeux ardents il cherche à percer l'obscurité des eaux. Il ne m'a pas vu, il ne m'a même pas entendu venir.

Je lui touche légèrement l'épaule. Il se retourne vers moi.

« Eh bien, bosseman ?

— Eh bien, ces maudits requins ont dévoré mes amorces ! répond-il d'une voix sourde.

— Il ne vous en reste plus ?

— Non ! Et savez-vous ce que cela prouve, monsieur ? ajoute-t-il en m'étreignant le bras. Cela prouve qu'il ne faut pas faire les choses à demi... »

Je lui mets la main sur la bouche ! J'ai compris !..

Pauvre Walter !

XLII

— *Du 9 au 10 janvier.* — Aujourd'hui, nous sommes repris par le calme. Le soleil est ardent, la brise tombe complétement, et pas une ride ne flétrit les longues ondulations de la mer, qui se soulève insensiblement. S'il n'existe pas quelque courant, dont il nous est impossible de constater la direction, le radeau doit être absolument stationnaire.

J'ai dit que la chaleur est intolérable aujourd'hui. Notre soif, par suite, est plus intolérable encore. L'insuffisance d'eau nous fait souffrir cruellement pour la première fois. Je prévois qu'elle causera des tortures plus insupportables que celles de la faim. Déjà, chez la plupart de nous, la bouche, la gorge, le pharynx sont contractés par la sécheresse, les muqueuses se raccornissent sous cet air chaud que l'aspiration leur apporte.

Sur mes instances, le capitaine a modifié, pour cette fois, le régime habituel. Il accorde une double ration d'eau, et nous avons pu nous désaltérer, tant bien que mal, quatre fois dans la journée. Je dis «tant bien que mal», car cette eau, conservée dans le fond de la barrique, bien qu'on l'ait couverte d'une toile, est véritablement tiède.

En somme, la journée est mauvaise. Les matelots, sous l'influence de la faim, s'abandonnent de nouveau au désespoir.

La brise ne s'est point levée avec la lune, qui est presque pleine. Cependant, comme les nuits des tropiques sont fraîches, nous éprouvons quelque soulagement; mais, pendant le jour, la température est insoutenable. Il faut bien admettre, en présence d'une élévation si constante, que le radeau a été entraîné considérablement vers le sud.

Quant à la terre, on ne cherche même pas à en avoir connaissance. Il semble que le globe terrestre ne soit plus qu'une sphère liquide. Toujours et partout cet Océan infini!

Le 10, même calme, même température. C'est une pluie de feu que nous verse le ciel, c'est de l'air embrasé que nous respirons. Notre envie de boire est irrésistible, et nous en arrivons à oublier les tourments de la faim, à attendre avec de furieux désirs le moment où Robert Kurtis distribue les quelques gouttes d'eau de notre ration. Ah! boire à satiété, une fois, dussions-nous épuiser notre réserve, et mourir après!

En ce moment, — il est midi, — l'un de nos compagnons vient d'être pris de douleurs aiguës qui lui arrachent des cris. C'est le misérable Owen, qui, couché sur l'avant, se tord au milieu de convulsions épouvantables.

Je me traîne près d'Owen. Quelle qu'ait été sa conduite, l'humanité commande de voir s'il est possible de lui apporter quelque soulagement.

Mais voici que le matelot Flaypol pousse un cri. Je me retourne.

Flaypol est debout, monté sur les ailiers du mât, et sa main se dirige à l'est vers un point de l'horizon.

« Navire ! » crie-t-il.

Nous sommes tous sur pied. Un silence absolu règne sur le radeau. Owen, retenant ses cris, se redresse comme les autres.

Dans la direction indiquée par Flaypol apparaît un point blanc, en effet. Mais ce point se déplace-t-il ? Est-ce une voile ? Qu'en pensent ces marins, dont la vue est si perçante ?

J'observe Robert Kurtis, qui, les bras croisés, examine le point blanc. Ses joues sont saillantes, toutes les parties de sa face remontent par suite de la contraction de l'orbiculaire, son sourcil se fronce, ses yeux sont à demi fermés, et il met dans son regard toute la puissance de vision dont il est capable. Si ce point blanc est une voile, il ne s'y trompera pas.

Mais il secoue la tête, et ses bras retombent.

Je regarde. Le point blanc n'est plus là. Ce n'est pas un navire, c'est un reflet quelconque, une crête de lame qui a déferlé, — ou, si c'est un navire, le navire a disparu !

De quel abattement est suivi ce moment d'espoir ! Tous, nous avons repris notre place accoutumée. Robert Kurtis reste immobile, mais il n'observe plus l'horizon.

Alors les cris d'Owen recommencent avec plus de violence que jamais. Tout son corps est tordu par une horrible douleur, et son aspect est véritablement effrayant. Sa gorge est rétrécie par une contraction spasmodique, sa langue sèche, son abdomen ballonné, son pouls petit, fréquent, irrégulier. Le malheureux éprouve de violents mouvements convulsifs et même des secousses tétaniques. A ces symptômes, il ne peut y avoir le moindre doute : Owen a été empoisonné par un oxyde de cuivre.

Nous n'avons pas les médicaments nécessaires pour neutraliser les effets de ce poison. Cependant, on peut provoquer des vomissements pour évacuer les matières contenues dans l'estomac d'Owen. L'eau tiède doit amener ce résultat. Je demande à Robert Kurtis un peu d'eau. Le capitaine y consent. Le liquide de la première barrique étant épuisé, je vais puiser à la seconde barrique, qui est encore intacte, quand Owen se redresse sur les genoux, et d'une voix qui n'est plus une voix humaine, crie :

« Non ! non ! non ! »

Pourquoi ce non ? Je reviens près d'Owen, et je lui explique ce que je veux faire. Plus énergiquement encore, il me répond qu'il ne veut pas boire de cette eau.

J'essaie alors de provoquer les vomissements du malheureux en lui titillant la luette, et bientôt il rend des matières bleuâtres. Il n'est que trop certain qu'Owen a été empoisonné avec un sulfate de cuivre, avec de la couperose, et, quoi que l'on fasse, Owen est perdu !

Mais comment s'est-il empoisonné ? Les vomissements lui ont procuré quelque répit. Il peut enfin parler. Le capitaine et moi, nous l'interrogeons...

Je n'essayerai pas de décrire l'impression qu'a produite sur nous la réponse de ce malheureux !

Owen, pcus é par une soif atroce, a volé quelques pintes d'eau de la barrique intacte!.. L'eau de cette barrique est empoisonnée !

XLIII

— *Du 11 au 14 janvier.* — Owen est mort dans la nuit, au milieu de secousses tétaniques qui ont atteint un rare degré de violence.

Il n'est que trop vrai ! La barrique empoisonnée a contenu autrefois de la couperose. C'est un fait évident. Maintenant, par quelle fatalité cette barrique a-t-elle été convertie en une pièce à eau, et par quelle fatalité plus déplorable encore l'a-t-on prise pour l'embarquer sur le radeau ?... Peu importe. Ce qui est certain, c'est que nous n'avons plus d'eau.

Le corps d'Owen a dû être jeté à la mer, car il est immédiatement tombé en décomposition. Le bosseman n'aurait même pas pu amorcer ses lignes avec des chairs qui n'avaient plus aucune consistance. La mort de ce misérable ne nous aura pas même été utile !

Tous, nous connaissons la situation telle qu'elle est actuellement, et nous restons silencieux. Que pourrions-nous dire ? D'ailleurs, le son de nos voix nous est excessivement pénible à entendre. Devenus très-irritables, il vaut mieux que nous ne parlions plus, car le moindre mot, un regard, un geste peuvent suffire à provoquer des rages qu'il serait impossible de contenir. Je ne comprends pas comment nous ne sommes pas fous déjà !

Le 12 janvier, nous n'avons reçu aucune ration d'eau, la dernière goutte ayant été épuisée la veille. Il n'y a pas un nuage au ciel qui puisse donner un peu de pluie, et un thermomètre marquerait cent quatre degrés (1) à l'ombre, — s'il y avait de l'ombre sur ce radeau.

Le 13, même situation. L'eau de mer commence à me ronger, les pieds jusqu'au vif, mais j'y prends à peine garde. Quant à l'état de ceux qui étaient affligés de ce mal, il n'a pas empiré.

Ah ! cette eau qui nous entoure, quand je songe que en l'évaporant ou en la solidifiant, nous la rendrions potable ! Réduite en vapeur ou en glace, elle ne contiendrait plus une molécule de sel, et on pourrait la boire ! Mais les appareils manquent, et nous ne pouvons les fabriquer.

Aujourd'hui, au risque d'être dévorés par les requins, le bosseman et deux matelots se sont baignés. Ce bain leur procure quelque soulagement et les rafraîchit dans une certaine mesure. Trois de nos compagnons et moi, — qui savons à peine nager, — nous nous sommes affalés au bout d'une corde, et nous sommes restés près d'une demi-heure dans la mer. Pendant ce temps, Robert Kurtis surveillait les flots. Fort heureusement, aucun requin ne s'est approché. Malgré nos instances et en dépit de ses souffrances, miss Herbey n'a pas voulu suivre notre exemple.

Le 14, vers onze heures du matin, le capitaine s'approche de moi et me dit bas à l'oreille :

« Ne faites pas un mouvement qui vous trahisse, monsieur Kazallon. Je puis me tromper, et je ne veux pas causer à nos compagnons une désillusion nouvelle.»

Je regarde Robert Kurtis.

« Cette fois, me dit-il, je viens réellement d'apercevoir un navire ! »

Le capitaine a bien fait de me prévenir, car je n'aurais pas été maître de mon premier mouvement.

« Regardez, ajouta-t-il. Tenez, par bâbord derrière ! »

Je me relève, affectant une indifférence qui est loin de moi, et je parcours l'arc de l'horizon indiqué par Robert Kurtis.

Mes yeux ne sont pas les yeux d'un marin, mais, dans une silhouette à peine distincte, je reconnais un bâtiment sous voile.

(1) Il s'agit du thermomètre Fahrenheit, dont 104 degrés valent 40 degrés centigrades.

« Navire ! Navire ! » (Page 136.)

Presque aussitôt, le bosseman, dont les regards étaient dirigés de ce côté depuis quelques instants, crie :

« Navire ! »

La présence du bâtiment signalé ne produit pas immédiatement l'effet auquel on aurait dû s'attendre. Il ne provoque aucune émotion, soit que l'on ne veuille pas y croire, soit que les forces soient épuisées. Aussi personne ne se relève. Mais le bosseman ayant répété à plusieurs reprises : « Navire ! navire ! » tous les regards se fixent enfin sur l'horizon.

Cette fois, le fait n'est pas niable. Nous le voyons, ce bâtiment inespéré ! Nous verra-t-il ?

La tête de l'animal émerge. (Page 142.)

Cependant, les matelots cherchent à reconnaître la forme et la direction du navire, — sa direction surtout.

Robert Kurtis, après avoir observé avec le plus grand soin, dit :

« Ce navire est un brick qui court au plus près, tribord amures. S'il se maintient pendant deux heures dans cette direction, il coupera nécessairement notre route. »

Deux heures ! Deux siècles ! Mais la direction du bâtiment peut changer d'un moment à l'autre, d'autant plus que, sous cette allure du plus près, il est possible qu'il ne coure des bordées que pour s'élever au vent. Or, s'il en est ainsi, sa bordée terminée, il prendra ses amures à bâbord et s'éloignera. Ah ! s'il marchait vent arrière ou même avec du largue dans ses voiles, nous aurions le droit d'espérer!

Il faut donc se faire voir de ce navire! Il faut, à tout prix, qu'il nous aperçoive! Robert Kurtis ordonne d'employer tous les signaux possibles, car le brick est encore à une douzaine de milles dans l'est, et nos cris ne pourraient être entendus. Nous n'avons aucune arme à feu dont les détonations puissent attirer l'attention. Hissons donc un pavillon quelconque en tête du mât. Le châle de miss Herbey est rouge, et c'est la couleur qui tranche le mieux sur les horizons de la mer et du ciel.

Le châle de miss Herbey est hissé, et une légère brise qui ride en ce moment la surface des flots en développe les plis. De temps en temps, il flotte, et nos cœurs sont remplis d'espoir. Quand un homme se noie, on sait avec quelle énergie il s'accroche au moindre objet qui lui donne un point d'appui. Le pavillon, c'est cet objet pour nous!

Pendant une heure, nous avons passé par mille alternatives. Le brick s'est évidemment rapproché du radeau, mais parfois il semble s'arrêter, et l'on se demande s'il ne va pas virer de bord.

Que ce navire marche lentement! Il porte tout dessus, cependant, ses cacatois, ses voiles d'étai, et sa coque est presque visible au-dessus de l'horizon. Mais le vent est faible, et s'il vient à mollir encore!.. Nous donnerions des années d'existence pour être plus vieux d'une heure!

Le bosseman et le capitaine estiment, vers midi et demi, que le brick est encore à neuf milles du radeau. Il n'a donc gagné que trois milles dans l'espace d'une heure et demie. C'est à peine si la brise qui passe sur nos têtes arrive jusqu'à lui. Il me semble, maintenant, que ses voiles ne s'arrondissent plus, qu'elles pendent le long des mâts. Je regarde, au vent, si quelque brise se lève, mais les flots sont comme assoupis, et le souffle qui nous a donné tant d'espoir expire au large.

Je me suis placé à l'arrière auprès de MM. Letourneur et de miss Herbey, et nos regards vont incessamment du navire au capitaine. Robert Kurtis est immobile, à l'avant, appuyé au mât, le bosseman près de lui. Leurs yeux ne se détournent pas un instant du brick. Nous lisons sur leur figure, qui ne peut rester impassible, toutes les émotions qu'ils éprouvent. Pas un mot n'est prononcé jusqu'au moment où le charpentier Daoulas s'écrie avec un accent impossible à rendre :

« Il vire! »

Toute notre existence est en ce moment dans nos yeux! Nous nous sommes redressés, les uns à genoux, les autres debout. Un juron formidable s'est échappé de la bouche du bosseman. Ce navire est encore à neuf milles de nous, et de cette distance il n'a pu apercevoir nos signaux ! Quant au radeau, ce n'est qu'un point dans l'espace, perdu dans une intense irradiation des rayons solaires. On ne peut le voir ! On ne l'a pas vu ! Le capitaine de ce navire, quel qu'il soit, s'il nous avait aperçus, aurait-il eu cette inhumanité de fuir sans venir à notre secours ? Non ! c'est inadmissible ! Il ne nous a pas vus !

« Du feu ! de la fumée ! s'écrie alors Robert Kurtis. Brûlons les planches du radeau ! Mes amis ! mes amis ! C'est notre dernière chance d'être vus ! »

Quelques planches sont jetées à l'avant, de manière à former un bûcher. On les allume, non sans peine, car elles sont humides, mais cette humidité rendra leur fumée plus épaisse, par conséquent, plus visible. Bientôt une colonne noirâtre monte droit dans l'air. S'il faisait nuit, si l'obscurité arrivait avant que le brick eût disparu, cette flamme serait visible, même à la distance qui nous sépare de lui !

Mais les heures s'écoulent, le feu s'éteint !...

Dans des circonstances pareilles, pour se résigner, pour se soumettre aux volontés divines, il faut sur soi-même une puissance que je n'ai plus ! Non ! je ne puis avoir confiance en ce Dieu qui rend nos épreuves plus terribles encore en y mêlant des alternatives d'espoir. Je blasphème, comme a blasphémé le bosseman !.. Une main faible s'appuie sur moi, et miss Herbey me montre le ciel !

Mais c'en est trop ! Je ne veux plus rien voir, je me glisse sous la voile, je me cache, des sanglots s'échappent de ma poitrine...

Pendant ce temps, le navire a pris d'autres amures; puis, il s'éloigne lentement dans l'est, et, trois heures après, les yeux les plus perçants n'en pourraient découvrir les hautes voiles au-dessus de l'horizon.

XLIV

— 15 *janvier*. — Après ce dernier coup, nous n'avons plus qu'à attendre la mort. Elle sera plus ou moins lente, mais elle viendra.

Aujourd'hui, des nuages se sont levés dans l'ouest, et ils ont apporté quelques bouffées de vent. Aussi la température est-elle un peu plus supportable, et, malgré notre état de prostration, nous subissons cette influence. Ma gorge aspire un air moins sec, mais depuis la pêche du bosseman, c'est-à-dire depuis sept jours, nous n'avons pas mangé. Il n'y a plus rien sur le radeau. J'ai donné hier à André Letourneur le dernier morceau de biscuit que son père eût conservé et qu'il m'a remis en pleurant.

Depuis hier, le nègre Jynxtrop a pu se débarrasser de ses liens, et Robert Kurtis n'a point ordonné de le rattacher. A quoi bon, d'ailleurs! Ce misérable et ses complices sont affaiblis par un long jeûne. Que pourraient-ils tenter maintenant?

Aujourd'hui, plusieurs requins de grande taille se montrent, et nous voyons leurs ailerons noirs fendre les eaux avec une extrême rapidité. Je ne puis m'empêcher de les considérer comme des cercueils vivants, qui engloutiront bientôt nos misérables restes. Ils ne m'effrayent plus, ils m'attirent plutôt. Ils s'approchent jusqu'à raser les bords du radeau, et le bras de Flaypol, qui pendait au dehors, a failli être happé par l'un de ces monstres.

Le bosseman, œil fixe et démesurément ouvert, dents serrées qui apparaissent sous ses lèvres relevées, considère ces requins à un point de vue différent du mien. Il veut les dévorer, et non être dévoré par eux. S'il pouvait en prendre un, il ne ferait pas fi de sa chair coriace. Nous, non plus.

Le bosseman va tenter le coup, et puisqu'il n'a pas d'émérillon auquel il puisse fixer une corde, il saura bien en fabriquer un. Robert Kurtis et Daoulas l'ont compris, et ils tiennent conseil, tout en lançant des bouts d'espars ou de cordages, afin de retenir les squales autour du radeau.

Daoulas est allé prendre sa tille de charpentier, dont il compte faire un émérillon. Soit par son tranchant, soit par la pointe opposée, il est possible que cet outil s'accroche entre les mâchoires d'un requin, si celui-ci l'avale. Quant au manche de la tille, qui est en bois, il est fixé à un fort grelin, frappé lui-même sur un des montants du radeau.

Nos désirs sont surexcités par ces apprêts. Nous sommes haletants d'impatience. Par tous les moyens possibles, nous provoquons l'attention des requins, qui ne fuiront plus.

L'émérillon est prêt, mais il n'y a rien pour l'amorcer. Le bosseman, qui va et vient sur le radeau, en se parlant à lui-même, furète dans tous les coins et a l'air de chercher un cadavre parmi nous!...

Il faut donc recourir au moyen qu'il a employé déjà, et le fer de la tille est enveloppé d'un lambeau de laine rouge que fournit encore le châle de miss Herbey.

Mais le bosseman ne veut pas agir sans que toutes les précautions aient été prises. L'émérillon est-il solidement attaché? : L'amarrage qui fixe la ligne au radeau tiendra-t-il contre les secousses? Le grelin est-il suffisamment solide pour résister? Le bosseman vérifie ces points importants. Cela fait, il laisse glisser son engin sous les flots.

La mer est transparente, et on distinguerait aisément un objet à cent pieds au-dessous de sa surface. Je vois descendre lentement l'émérillon empaqueté dans ce chiffon rouge, dont la couleur tranche nettement sur la masse bleue des eaux.

Passagers et matelots, nous sommes tous penchés au-dessus des pavois, gardant un profond silence. Mais il semble que les requins, depuis que cet appât a été offert à leur voracité, aient peu à peu disparu. Cependant, ils ne peuvent être éloignés, et toute proie, quelle qu'elle fût, qui tomberait à cette place, serait dévorée en un instant!

Tout à coup, le bosseman fait un signe de la main. Il montre une énorme masse qui se glisse vers le radeau, en effleurant la surface de la mer. C'est un requin, long de douze pieds, qui a quitté les eaux profondes et nage sur nous en droite ligne.

Lorsque l'animal n'est plus qu'à quatre brasses du radeau, le bosseman retire sa ligne doucement, de manière à amener l'émérillon sur son passage, et il imprime au chiffon rouge un léger mouvement qui lui donne l'apparence d'un objet vivant.

Je sens mon cœur battre avec une violence extrême, comme si ma vie allait se jouer sur un coup!

Cependant, le requin s'approche ; ses yeux injectés brillent à la surface des flots, et ses mâchoires, ouvertes démesurément, montrent, quand il se retourne à demi, leur palais pavé de dents aiguës.

Un cri se fait entendre!… Le requin s'arrête et disparaît dans la profondeur des eaux.

Qui de nous a poussé ce cri, — involontaire sans doute?

En ce moment, le bosseman se relève, pâle de colère.

« Le premier qui parle, dit-il, je le tue! »

Et il se remet à sa besogne.

Après tout, il a raison, le bosseman!

L'émérillon est redescendu ; mais, pendant une demi-heure, aucun requin n'apparaît, et il a fallu immerger l'engin par vingt brasses. Cependant, il me semble qu'à cette profondeur les eaux sont troublées, et que ce trouble indique la présence des squales.

10

En effet, la ligne éprouve tout d'un coup une secousse violente, et la corde a quitté les mains du bosseman ; mais, solidement retenue aux montants du radeau, elle ne s'est point échappée.

Un requin a mordu et s'est ferré lui-même.

« A l'aide, garçons, à l'aide ! » s'écrie le bosseman.

Aussitôt, passagers et marins, nous nous mettons tous sur la ligne. Nos forces sont ranimées par l'espoir, mais c'est à peine si elles suffisent, car le monstre se débat violemment. On hale avec ensemble. Peu à peu, les couches supérieures de la mer s'agitent sous l'énergique battement de la queue et des pectorales du requin. En me penchant, j'aperçois l'énorme corps qui se convulsionne au milieu des flots ensanglantés.

« Hardi ! hardi ! » crie le bosseman.

Enfin, la tête de l'animal émerge. Par ses mâchoires entr'ouvertes, l'émérillon a pénétré jusqu'au fond de son gosier, et il s'est croché là, sans qu'aucune secousse puisse maintenant l'en dégager. Daoulas saisit sa hache pour l'achever dès qu'il sera au niveau de la plate-forme.

A cet instant, un bruit sec se fait entendre. Le requin a refermé violemment ses mâchoires, qui coupent net le manche de la tille, et il disparaît sous les flots.

Un hurlement de désespoir est sorti de nos poitrines !

Le bosseman, Robert Kurtis, Daoulas ont encore essayé de prendre un de ces requins, bien qu'ils n'aient plus d'émérillon, ni d'outils pour en fabriquer. Ils lancent des cordes à nœuds coulants, mais ces lassos glissent sur la peau gluante des squales. Le bosseman va même jusqu'à tenter de les attirer, en laissant sa jambe nue traîner hors du radeau, au risque d'être amputé d'un coup de dent...

Ces infructueux essais cessent enfin, et chacun regagne sa place pour y attendre une mort que rien ne peut plus désormais conjurer.

Mais je ne me suis pas éloigné si vite que je n'aie entendu le bosseman dire à Robert Kurtis :

« Capitaine, quel jour tirerons-nous au sort ? »

Robert Kurtis n'a pas répondu, mais la question est posée.

XLV

— *16 janvier.* — Nous sommes tous étendus sur les voiles. L'équipage d'un navire qui passerait croirait voir une épave couverte de morts.

Je souffre horriblement. Dans l'état où sont mes lèvres, ma langue, mon gosier, pourrais-je manger ? je ne le crois pas, et cependant mes compagnons et moi, nous jetons les uns sur les autres des regards sauvages.

La chaleur, aujourd'hui, est d'autant plus forte que le ciel est orageux. Il y a de grosses vapeurs qui se lèvent, mais il me semble vraiment qu'il peut pleuvoir partout, excepté sur ce radeau.

Pourtant, chacun regarde monter les nuages d'un œil avide. Nos lèvres se tendent vers eux. M. Letourneur élève ses mains suppliantes vers ce ciel impitoyable !

J'écoute si quelque grondement lointain annonce un orage. Il est onze heures du matin. Les vapeurs ont arrêté les rayons solaires, mais déjà elles n'ont plus une apparence électrique. Il est évident que l'orage ne se déchaînera pas, car la masse a pris une teinte uniforme, et ses contours, si nettement arrêtés au lever du jour, se sont fondus dans un ensemble grisâtre. Ce n'est plus, maintenant, qu'un brouillard.

Mais la pluie ne peut-elle se dégager de ce brouillard, si peu que ce soit, quelques gouttes seulement !

« La pluie ! » crie tout d'un coup Daoulas.

En effet, à un demi-mille du radeau, le ciel est rayé de hachures parallèles. La pluie tombe, et je vois les gouttelettes rebondir à la surface de l'Océan. Le vent, qui a fraîchi, porte sur nous. Pourvu que ce nuage ne s'épuise pas avant d'avoir passé sur notre tête !

Dieu a enfin pitié de nous. La pluie tombe à grosses gouttes, telles qu'en répandent les nuages orageux. Mais cette averse ne durera pas, et il faut recueillir tout ce qu'elle pourra donner, car déjà une vive traînée de lumière enflamme le nuage par son bord inférieur au-dessus de l'horizon.

Robert Kurtis a fait dresser la barrique brisée, de manière à retenir le plus d'eau possible, et les voiles sont déployées pour recevoir la pluie sur une plus grande surface.

Nous sommes couchés à la renverse, la bouche ouverte. L'eau arrose ma figure, mes lèvres, et je sens qu'elle glisse jusque dans ma gorge ! Ah ! jouis-

Nous sommes couchés à la renverse, la bouche ouverte. (Page 143.)

sance inexprimable! C'est la vie qui coule en moi! Les muqueuses de mon gosier se lubréfient à ce contact. Je respire autant que je bois cette eau vivifiante, qui pénètre jusqu'au plus profond de mon être!

La pluie a duré vingt minutes environ; puis le nuage, à demi épuisé, s'est fondu dans l'espace.

Nous nous sommes relevés meilleurs, oui! « meilleurs ». On se presse les mains, on parle! Il semble que nous soyons sauvés! Dieu, dans sa miséricorde, nous enverra d'autres nuages qui nous apporteront encore l'eau dont nous avons été si longtemps privés!

Et puis, cette eau qui est tombée sur le radeau ne sera pas perdue. La

Je regarde à la clarté de la lune. (Page 148.)

barrique et les voiles l'ont recueillie, mais il faudra la conserver précieusement et ne la distribuer que goutte à goutte.

En effet, la barrique a retenu environ deux à trois pintes d'eau, et, en exprimant celle qui imbibe les voiles, nous pourrons accroître notre réserve dans une certaine proportion.

Les matelots vont procéder à cette opération, d'un geste, Robert Kurtis les arrête.

« Un instant! dit-il. Cette eau est-elle potable? »

Je le regarde. Pourquoi cette eau, qui n'est que de l'eau de pluie, ne serait-elle pas potable?

Robert Kurtis exprime dans la tasse de ferblanc un peu de l'eau contenue dans les plis d'une voile ; puis, il la goûte, et, à ma très-grande surprise, il la rejette immédiatement.

Je goûte à mon tour. Cette eau est plus que saumâtre ! On dirait de l'eau de mer !

C'est que les voiles, depuis si longtemps exposées à l'action des lames, ont communiqué à l'eau recueillie une salure extrême. C'est un malheur irréparable ! N'importe ! Nous avons confiance. D'ailleurs, il reste quelques pintes potables dans la barrique ! Et puis, la pluie est venue ! Elle reviendra !

XLVI

— 17 *janvier*. — Si notre soif s'est un instant calmée, la faim, par une conséquence naturelle, nous a repris avec plus de violence. N'y a-t-il donc aucun moyen, sans émérillon ni amorce, de s'emparer de l'un de ces requins qui fourmillent autour du radeau ? Non, à moins de se jeter à la mer, pour attaquer ces monstres à coups de couteau et dans leur propre élément, ainsi que font les Indiens des pêcheries de perles. Robert Kurtis a songé à tenter l'aventure. Nous l'avons retenu. Les requins sont trop nombreux, et ce serait se dévouer, sans aucun profit, à une mort certaine.

J'observe ici que si l'on peut parvenir à tromper la soif, soit en se plongeant dans la mer, soit en mâchant quelque objet de métal, il n'en est pas ainsi de la faim, et que rien ne peut suppléer la substance nutritive. D'ailleurs, l'eau peut toujours être produite par un fait naturel, — la pluie par exemple. Donc, si l'on ne doit jamais complétement désespérer de boire, on peut absolument désespérer de manger.

Or, nous en sommes arrivés là ! Pour tout avouer, quelques-uns de mes compagnons se regardent d'un œil avide. Que l'on comprenne sur quelle pente nos idées glissent, et à quelle sauvagerie la misère peut pousser des cerveaux obsédés par une préoccupation unique !

Depuis que les nuages orageux qui nous ont donné une demi-heure de pluie sont passés, le ciel est redevenu pur. Le vent a fraîchi un instant, mais bientôt il calmit, et la voile pend le long du mât. Le vent, d'ailleurs, nous ne le considérons plus comme un moteur. Où est le radeau? En quel point de l'Atlantique les courants l'ont-ils poussé? Nul ne peut le dire, ni souhaiter que le vent souffle de l'est plutôt que du nord ou du sud! Nous ne demandons qu'une chose à cette brise, c'est qu'elle rafraîchisse nos poitrines, c'est qu'elle mêle un peu de vapeur à l'air sec qui nous dévore, c'est qu'elle tempère enfin cette chaleur que verse du zénith un soleil de feu.

Le soir est arrivé, et la nuit sera obscure jusqu'à minuit, heure à laquelle se lèvera la lune, qui entre dans son dernier quartier. Les constellations, un peu embrumées, ne projettent pas cet étincellement superbe qui illumine les nuits froides.

En proie à une sorte de délire, sous l'impression d'une faim atroce qui habituellement redouble avec la chute du jour, je vais m'étendre sur un paquet de voiles jeté à tribord, et là, je me penche au-dessus des flots pour en aspirer la fraîcheur.

De mes compagnons qui sont couchés à leur place accoutumée, combien trouvent dans le sommeil un oubli de leurs souffrances? pas un peut-être. Quant à moi, mon cerveau vide est assiégé de cauchemars.

Cependant, un assoupissement maladif, qui n'est ni la veille ni le sommeil, s'est emparé de moi. Je ne saurais dire combien de temps je suis resté dans cet état de prostration. Tout ce que je me rappelle, c'est que, à un certain moment, une sensation particulière m'en a tiré.

Je ne sais si je rêve, mais mon odorat est frappé d'une odeur qu'il ne reconnaît pas d'abord. C'est comme une émanation vague, qu'un reste de brise m'apporte par instants. Mes narines s'enflent et aspirent. « Qu'est-ce que cette odeur? » suis-je tenté de m'écrier... Une sorte d'instinct me retient, et je cherche comme on cherche dans sa mémoire un mot ou un nom oubliés.

Quelques instants se passent. L'intensité de l'émanation, plus vivement accusée, provoque chez moi des aspirations plus vives.

« Mais, dis-je tout à coup et comme un homme qui se souvient, c'est une odeur de chair cuite ! »

Une aspiration plus active m'assure que mes sens n'ont pu m'abuser, et cependant, sur ce radeau...

Je me relève sur les genoux, j'aspire de nouveau, — qu'on me pardonne l'expression, — je renifle l'air ambiant!... La même émanation vient encore frapper mes narines. Je suis donc sous le vent de l'objet qui produit cette odeur, et, par conséquent, cet objet se trouve à l'avant du radeau.

Me voilà donc, quittant ma place, rampant comme un animal, furetant, non des yeux, mais du nez, me glissant sous les voiles, entre les espars, avec la prudence d'un chat, et ne voulant à aucun prix éveiller l'attention de mes compagnons.

Pendant quelques minutes, je rampe ainsi dans tous les coins, me guidant à l'odorat, comme un limier. Tantôt la trace m'échappe, soit que je m'éloigne du but, soit que la brise tombe, et tantôt l'émanation m'arrive avec une intensité nouvelle. Enfin, je la tiens, cette trace, je la suis, et je sens que je vais droit à l'objet!

En ce moment, j'ai atteint l'angle de tribord, à l'avant du radeau, et je reconnais que cette odeur est celle d'un morceau de lard fumé. Je ne me trompe pas. Toutes les papilles de ma langue se hérissent d'envie!

Il me faut alors m'insinuer sous un épais pli de voiles. Personne ne me voit, personne ne m'entend. Je me glisse sur les genoux, sur les coudes. J'allonge le bras. Ma main saisit un objet enfermé dans un morceau de papier. Je le retire rapidement, et je regarde à la clarté de la lune qui jaillit, en ce moment, au-dessus de l'horizon.

Ce n'est point une illusion. J'ai là, dans la main, un morceau de lard, à peine un quart de livre, mais de quoi calmer pour tout un jour mes tortures! Je porte à ma bouche...

Une main saisit la mienne. Je me retourne, retenant à peine un rugissement. Je reconnais le maître d'hôtel Hobbart.

Tout s'explique, la situation particulière d'Hobbart, sa santé restée relativement meilleure, ses plaintes hypocrites. Au moment du naufrage, il a pu sauver quelques provisions, il les a mises en réserve, il s'est nourri, pendant que nous mourions de faim! Ah! le misérable!

Mais non! Hobbart a sagement agi. Je trouve que c'est un homme prudent, avisé, et, s'il a conservé quelque nourriture à l'insu de tous, tant mieux pour lui... et pour moi.

Hobbart ne l'entend pas ainsi. Il saisit ma main et cherche à me reprendre le morceau de lard, mais sans parler; il ne veut pas attirer l'attention de ses camarades.

J'ai le même intérêt que lui à me taire. Il ne faut pas que d'autres viennent m'arracher cette proie! Je lutte donc silencieusement, mais avec d'autant plus de rage que j'entends Hobbart dire entre ses dents : « Mon dernier morceau! ma dernière bouchée! »

Sa dernière bouchée! Il me la faut à tout prix, je la veux, je l'aurai! Je prends à la gorge mon adversaire, qui râle sous ma main et reste bientôt sans mouvement!

Et moi, je broie ce morceau de lard entre mes dents, tandis que je tiens Hobbart renversé...

Puis, lâchant le malheureux, je rampe de nouveau, et je reviens prendre ma place à l'arrière.

Personne ne m'a vu. J'ai mangé !

XLVII

— 18 *janvier.* — J'attends le jour dans une anxiété singulière ! Que dira Hobbart ? Il me semble qu'il aura le droit de me dénoncer ! Non ! C'est absurde. Si je raconte ce qui s'est passé, si je dis comment Hobbart a vécu pendant que nous mourions de faim, comment il s'est nourri à notre insu, à notre préjudice, ses compagnons le massacreront sans pitié.

N'importe ! je voudrais être au grand jour.

La faim a été momentanément arrêtée en moi, quoique ce morceau de lard fût bien peu de chose, — une bouchée, « la dernière », comme a dit ce malheureux. Cependant, je ne souffre plus, et, je le dis du fond du cœur, j'ai comme un remords de ne pas avoir partagé ce misérable débris avec mes compagnons. J'aurais dû penser à miss Herbey, à André, à son père... et je n'ai songé qu'à moi !

Cependant, la lune monte sur l'horizon, et bientôt les premières blancheurs du matin la suivent. Le jour se fera rapidement, car nous sommes sous ces basses latitudes qui ne connaissent ni l'aube ni le crépuscule.

Je n'ai pas fermé l'œil. Dès les premières lueurs, il me semble que je vois une masse informe qui se balance à mi-mât.

Quel est cet objet ? Je ne puis le distinguer encore, et je reste étendu sur le paquet de voiles.

Mais les premiers rayons du soleil glissent enfin sur la mer, et bientôt j'aperçois un corps qui, se balançant à un bout de corde, obéit aux mouvements du radeau.

Un irrésistible pressentiment m'entraîne vers ce corps, et j'arrive au pied du mât...

Ce corps est celui d'un pendu. Ce pendu, c'est le maître d'hôtel Hobbart ! Ce malheureux, c'est moi, oui, moi ! qui l'ai poussé au suicide !

Un cri d'horreur m'échappe. Mes compagnons se relèvent, voient le corps, se précipitent... Mais ce n'est pas pour savoir si quelque étincelle de vie lui reste encore!... D'ailleurs, Hobbart est bien mort, et son cadavre est déjà froid.

En un instant, la corde est coupée. Le bosseman, Daoulas, Jynxtrop, Falsten, d'autres sont là, penchés sur ce cadavre...

Non! je n'ai pas vu! Je n'ai pas voulu voir! Je n'ai pas pris part à cet horrible repas! Ni miss Herbey, ni André Letourneur, ni son père n'ont voulu payer de ce prix un allégement à leurs souffrances!

Pour Robert Kurtis, j'ignore... Je n'ai pas osé lui demander.

Quant aux autres, le bosseman, Daoulas, Falsten, les matelots! Oh! l'homme changé en bête fauve... C'est épouvantable!

MM. Letourneur, miss Herbey, moi, nous nous sommes cachés sous la tente, nous n'avons rien voulu voir! C'était déjà trop d'entendre!

André Letourneur voulait se jeter sur ces cannibales, leur arracher ces horribles débris! Il m'a fallu lutter avec lui pour le retenir.

Et, pourtant, c'était leur droit, à ces malheureux! Hobbart était mort! Ils ne l'avaient pas tué! Et, comme l'a dit un jour le bosseman, « mieux vaut manger un mort qu'un vivant! »

Qui sait, maintenant, si cette scène n'est pas le prologue de quelque drame abominable qui va ensanglanter le radeau!

J'ai fait toutes ces observations à André Letourneur, mais je n'ai pu dissiper l'horreur qui chez lui est portée à son comble!

Cependant, que l'on songe à ceci : nous mourons de faim, et huit de nos compagnons vont peut-être échapper à cette mort affreuse!

Hobbart, grâce aux provisions qu'il avait cachées, était le plus valide de nous. Aucune maladie organique n'avait altéré ses tissus. C'est en pleine santé, par un coup brutal, qu'il a fini de vivre!...

Mais à quelles horribles réflexions mon esprit se laisse-t-il entraîner? Ces cannibales me font-ils donc plus envie qu'horreur?

En ce moment, l'un d'eux élève la voix. C'est le charpentier Daoulas.

Il parle de faire évaporer de l'eau de mer au soleil afin d'en recueillir le sel. « Et nous salerons ce qui reste, dit-il.

— Oui, » répond le bosseman.

Puis, c'est tout. Sans doute la proposition du charpentier a été adoptée, car je n'entends plus rien. Un silence profond s'établit à bord du radeau, et j'en conclus que mes compagnons dorment.

Ils n'ont plus faim.

XLVIII

— *19 janvier.* — Pendant la journée du 19 janvier, même ciel, même température. La nuit arrive sans apporter aucune modification dans l'état de l'atmosphère. Je n'ai pu dormir même pendant quelques heures.

Vers le matin, j'entends des cris de colère qui éclatent à bord.

MM. Letourneur, miss Herbey, qui sont avec moi sous la tente, se relèvent. J'écarte la toile, et je regarde ce qui se passe.

Le bosseman, Daoulas, les autres matelots sont dans une exaspération terrible. Robert Kurtis, assis à l'arrière, se lève, et, s'informant de ce qui excite leur fureur, il essaye de les calmer.

« Non ! non ! nous saurons qui a fait cela ! dit Daoulas, en jetant un regard farouche autour de lui.

— Oui ! reprend le bosseman, il y a un voleur ici, puisque ce qui nous restait a disparu !

— Ce n'est pas moi ! — Ni moi ! » répondent tour à tour les matelots.

Et je vois ces malheureux furetant dans tous les coins, soulevant les voiles, déplaçant les espars. Leur colère s'accroît à voir que ces recherches demeurent sans résultat.

Le bosseman vient à moi.

« Vous devez connaître le voleur ? me dit-il.

— Je ne sais ce que vous voulez dire, » ai-je répondu.

Daoulas et quelques autres matelots s'approchent.

« Nous avons fouillé tout le radeau, dit Daoulas. Il n'y a plus que cette tente à visiter...

— Personne de nous n'a quitté cette tente, Daoulas.

— Il faut voir !

— Non ! laissez en paix ceux qui meurent de faim !

— Monsieur Kazallon, me dit le bosseman en se contenant, nous ne vous accusons pas... Quand l'un de vous aurait pris sa part, dont il n'a pas voulu hier, c'était son droit. Mais tout a disparu, vous entendez bien, tout !

— Fouillons la tente ! » s'écrie Sandon.

Les matelots s'avancent. Je ne puis résister à ces malheureux, que la colère aveugle. Une horrible crainte me saisit. Est-ce que M. Letourneur; non

Ce corps est celui d'un pendu. (Page 149.)

pour lui, mais pour son fils, aurait été jusqu'à prendre... S'il l'a fait, il va être déchiré par ces furieux!

Je regarde Robert Kurtis comme pour lui demander protection. Robert Kurtis vient se placer près de moi. Ses deux mains sont enfoncées dans ses poches, mais je devine qu'elles sont armées.

Cependant, sur l'injonction du bosseman, miss Herbey et MM. Letourneur ont dû quitter la tente, qui est fouillée jusque dans ses coins les plus secrets, — en vain, heureusement.

Il est évident que, puisque les restes d'Hobbart ont disparu, c'est qu'ils ont été jetés à la mer.

Puis, il s'élance, et son corps tombe à la mer. (Page 155.)

Le bosseman, le charpentier, les matelots sont en proie au plus effrayant désespoir.

Mais qui donc a fait cela? Je regarde miss Herbey, M. Letourneur. Leur regard répond que ce ne sont pas eux.

Mes yeux se portent sur André, qui détourne un instant la tête.

Le malheureux jeune homme! Est-ce lui? Et si c'est lui, comprend-il les conséquences de cet acte?

XLIX

— *Du 20 au 22 janvier*. — Pendant les jours suivants, ceux qui ont pris part à l'horrible repas du 18 janvier ont peu souffert, ayant été nourris et désaltérés.

Mais miss Herbey, André Letourneur, son père, moi, est-il possible de décrire ce que nous éprouvons! N'en sommes-nous pas à regretter que ces débris aient disparu? Si l'un de nous meurt, résisterons-nous?...

Le bosseman, Daoulas et les autres ont été bientôt repris par la faim, et ils nous regardent avec des yeux égarés. Sommes-nous donc une proie assurée pour eux?

En vérité, ce qui nous fait le plus souffrir, ce n'est pas la faim, c'est la soif. Oui! entre quelques gouttes d'eau et quelques miettes de biscuit; il n'est pas un de nous qui hésitât! Cela a toujours été dit des naufragés qui se sont trouvés dans les circonstances où nous sommes, et cela est vrai. On souffre plus de la soif que de la faim, on en meurt plus vite aussi.

Et, supplice épouvantable, on a autour de soi cette eau de mer que l'œil voit si semblable à l'eau douce! Plusieurs fois, j'ai essayé d'en boire quelques gouttes, mais elle a provoqué en moi des nausées insurmontables et une soif plus ardente après qu'avant.

Ah! c'en est trop! Voilà quarante-deux jours que nous avons abandonné le navire! Qui de nous peut se faire illusion désormais? Ne sommes-nous pas destinés à mourir l'un après l'autre, et de la pire des morts?

Je sens qu'une sorte de brouillard s'épaissit autour de mon cerveau. C'est comme un délire qui va s'emparer de moi. Je lutte pour ressaisir mon intelligence qui s'en va. Ce délire m'épouvante! Où va-t-il me conduire? Serai-je assez fort pour reprendre ma raison?...

Je suis revenu à moi, — après combien d'heures, je ne saurais le dire. Mon front a été couvert de compresses, imbibées d'eau de mer, par les soins de miss Herbey, mais je sens que je n'ai plus que peu de temps à vivre!

Aujourd'hui, 22, scène affreuse. Le nègre Jynxtrop, subitement pris d'un accès de folie furieuse, parcourt le rade au en poussant des hurlements. Robert Kurtis veut le contenir, mais en vain! Il se jette sur nous pour nous dévorer! Il faut se défendre contre les attaques de cette bête féroce. Jynxtrop a saisi un anspect, et il est difficile de parer ses coups.

Mais soudain, par un revirement qu'une attaque de folie seule explique, sa rage se tourne contre lui-même. Il se déchire de ses dents, de ses ongles, nous jetant son sang à la figure et criant :

« Buvez! Buvez! »

Pendant quelques minutes, il se démène ainsi, et se dirige vers l'avant du radeau, criant toujours :

« Buvez! Buvez! »

Puis, il s'élance, et j'entends son corps tomber à la mer.

Le bosseman, Falsten, Daoulas se précipitent à l'avant du radeau pour reprendre ce corps, mais ils ne voient plus qu'un large cercle rouge, au milieu duquel se débattent des requins monstrueux!

L

— 22 et 23 janvier. — Nous ne sommes plus que onze à bord, et il me paraît impossible que chaque jour, maintenant, ne compte pas quelque nouvelle victime. La fin de ce drame, quelle qu'elle soit, approche. Avant huit jours, ou la terre aura été atteinte, ou un navire aura opéré le sauvetage des naufragés. Sinon, le dernier survivant du *Chancellor* aura vécu.

Le 23, l'aspect du ciel a changé. La brise a notablement fraîchi. Le vent, pendant la nuit, a halé le nord-est. La voile du radeau s'est gonflée, et un sillage assez prononcé indique qu'il se déplace sensiblement. Le capitaine évalue ce déplacement à trois milles à l'heure.

Robert Kurtis et l'ingénieur Falsten sont certainement les plus valides entre nous. Quoique leur maigreur soit extrême, ils supportent d'une façon surprenante ces privations. Je ne saurais peindre à quelle extrémité est réduite la pauvre miss Herbey. Ce n'est plus qu'une âme, mais une âme vaillante encore, et toute sa vie semble s'être réfugiée dans ses yeux, qui brillent extraordinairement. Elle vit dans le ciel, non sur la terre!

Un homme d'une grande énergie, cependant, maintenant complétement abattu, c'est le bosseman. Il est méconnaissable. Sa tête courbée sur sa poitrine, ses longues mains osseuses allongées sur ses genoux, dont les rotules aiguës saillissent sous son pantalon usé, il reste invariablement assis dans un angle du radeau, sans jamais relever les yeux. Bien différent de miss Herbey, lui ne vit plus que par le corps, et son immobilité est telle, que je suppose, parfois, qu'il a cessé de vivre.

Plus de paroles, plus de gémissements même, sur ce radeau. Silence absolu. Il ne s'échange pas dix paroles par jour. D'ailleurs, les quelques mots que notre langue, nos lèvres, tuméfiées et durcies, pourraient prononcer, seraient absolument inintelligibles. Le radeau ne porte plus que des spectres, hâves, exsangues, qui n'ont plus rien d'humain!

LI

— 24 *janvier*. — Où sommes-nous? Vers quelle partie de l'Atlantique le radeau a-t-il été poussé? Deux fois j'ai interrogé Robert Kurtis, et il n'a pu me répondre que vaguement. Cependant, comme il a toujours noté la direction des courants et des vents, il pense que nous avons dû être reportés dans l'ouest, c'est-à-dire du côté de la terre.

Aujourd'hui, la brise est complétement tombée. Cependant, il existe à la surface de la mer une large houle qui indique que quelque trouble des eaux s'est produit dans l'est. Une tempête aura, sans doute, bouleversé cette portion de l'Atlantique. Le radeau fatigue beaucoup. Robert Kurtis, Falsten, le charpentier usent ce qui leur reste de force à en consolider les parties qui menacent de se disjoindre.

Pourquoi se donner cette peine? Qu'elles se disjoignent donc enfin, ces planches. Que cet Océan nous engloutisse! C'est trop lui disputer notre misérable vie!

En vérité, nos tortures ont atteint le plus haut point que l'homme puisse supporter. Il est impossible qu'elles aillent au delà! La chaleur est intolérable. C'est du plomb fondu que le ciel verse sur nous. La sueur nous inonde à travers nos guenilles, et cette transpiration accroît encore notre soif. Non, je ne puis peindre ce que je ressens! Les mots manquent quand il s'agit d'exprimer des douleurs surhumaines!

Le seul mode de rafraîchissement que nous avons pu employer quelquefois nous est maintenant interdit. Aucun de nous ne peut songer à se baigner, car, depuis la mort de Jynxtrop, les requins, arrivant par troupes, entourent le radeau.

J'ai essayé aujourd'hui de me procurer un peu d'eau potable, en faisant évaporer de l'eau de mer; mais, malgré ma patience, c'est à peine si je parviens à
rendre humide un morceau de linge. D'ailleurs, la bouilloire, qui est très-usée,
n'a pu résister au feu; elle s'est fendue, et j'ai été forcé d'abandonner mon
opération.

L'ingénieur Falsten est presque anéanti maintenant, et il ne nous survivra
que de quelques jours. Quand je relève la tête, je ne le vois même plus. Est-il
couché sous les voiles, ou est-il mort? Seul, l'énergique capitaine Kurtis
est debout à l'avant et regarde! Quand je pense que cet homme... espère
encore!

Moi, je vais m'étendre à l'arrière. Là, j'attendrai la mort. Le plus tôt sera le
mieux.

Combien d'heures se sont écoulées, je l'ignore... Tout à coup, j'entends des
éclats de rire. L'un de nous devient fou, sans doute!

Ces éclats de rire redoublent. Je ne relève pas la tête. Peu m'importe. Cependant, quelques paroles incohérentes arrivent jusqu'à moi.

« Une prairie, une prairie! Des arbres verts! Une taverne sous ces arbres!
Vite! vite! du brandevin, du gin, de l'eau à une guinée la goutte! Je payerai!
J'ai de l'or! j'ai de l'or! »

Pauvre halluciné! Tout l'or de la banque ne te donnerait pas une goutte
d'eau en ce moment.

C'est le matelot Flaypol qui, pris de délire, s'écrie:

« La terre! la terre est là! »

Ce mot galvaniserait un mort! Je fais un effort douloureux, et je me redresse.
Pas de terre! Flaypol se promène sur la plate-forme, il rit. Il chante, il fait des
signaux vers une côte imaginaire! Certes, les perceptions directes de l'ouïe, de
la vue, du goût lui manquent, mais un phénomène purement cérébral les supplée.
Aussi parle-t-il à des amis absents. Il les entraîne à sa taverne de Cardiff, *aux
Armes de Georges*. Là, il offre du gin, du wisky, de l'eau, — de l'eau surtout,
de l'eau qui l'enivre! Le voilà marchant sur ces corps étendus, bronchant à
chaque pas, tombant, se relevant, chantant d'une voix avinée. Il semble arrivé
au dernier degré de l'ivresse. Sous l'empire de sa folie, il ne souffre plus, et sa
soif est apaisée! Ah! je voudrais être halluciné comme lui!

Le malheureux va-t-il donc finir comme a fini le nègre Jynxtrop, et se précipiter dans les flots?

Il faut que Daoulas, Falsten, le bosseman l'aient pensé, car si Flaypol veut se
tuer, ils ne le laisseront pas faire « sans profit pour eux! » Aussi, les voilà qui

11

se relèvent, qui le suivent, qui l'épient! Si Flaypol veut se jeter à la mer, cette fois, ils le disputeront aux requins!

Il n'en devait pas être ainsi. Pendant son hallucination, Flaypol est arrivé réellement au dernier degré de l'ivresse, comme s'il se fût enivré des liqueurs qu'il offrait dans son délire, et, tombant comme une masse, il s'est endormi pesamment.

LII

— *25 janvier.* — La nuit du 24 au 25 janvier a été brumeuse, et, par suite de je ne sais quel phénomène, une des plus chaudes que l'on puisse imaginer. Ce brouillard est étouffant. C'est à croire qu'une étincelle suffirait à y mettre le feu, comme à quelque substance explosive. Le radeau est non-seulement stationnaire, mais il ne ressent plus aucun mouvement. Je me demande quelquefois s'il flotte encore.

Pendant cette nuit, j'essaye de compter combien nous sommes à bord. Il me semble que nous sommes encore onze, mais je puis à peine rassembler les idées nécessaires pour établir ce calcul. Tantôt je trouve dix, tantôt douze. Ce doit être onze, depuis que Jynxtrop a péri. Demain, ils ne seront plus que dix, je serai mort.

Je sens bien, en effet, que j'arrive au terme de mes souffrances, car toute ma vie repasse dans mon souvenir. Mon pays, mes amis, ma famille, il m'est donné de les revoir une dernière fois en rêve!

Vers le matin, je me suis éveillé, si toutefois on peut appeler sommeil cet assoupissement maladif dans lequel j'ai été plongé. Que Dieu me pardonne, mais je pense sérieusement à en finir! Cette idée s'incruste dans mon cerveau. J'éprouve une sorte de charme à me dire que ces misères se termineront quand je le voudrai.

Je fais connaître ma résolution à Robert Kurtis, et je lui parle avec une singulière tranquillité d'esprit. Le capitaine se contente de faire un signe affirmatif.

« Pour moi, dit-il ensuite, je ne me tuerai pas. Ce serait abandonner mon poste. Si la mort ne me prend pas avant mes compagnons, je resterai le dernier sur ce radeau! »

La brume persiste. Nous flottons au milieu d'une atmosphère grisâtre. On ne voit même plus la surface de l'eau. Le brouillard s'élève de l'Océan comme une nuée épaisse, mais on sent bien qu'au-dessus brille un soleil ardent, qui aura bientôt pompé toutes ces vapeurs.

Vers sept heures, je crois entendre des cris d'oiseaux au-dessus de ma tête. Robert Kurtis, toujours debout, écoute avidement ces cris. Ils se renouvellent par trois fois.

A la troisième fois, je m'approche, et j'entends le capitaine qui murmure d'une voix sourde :

« Des oiseaux !.. Mais alors... la terre serait donc proche !.. »

Robert Kurtis croit-il donc encore à la terre? Je n'y crois pas, moi ! Il n'existe ni continents, ni îles. Le globe n'est plus qu'un sphéroïde liquide, comme il était dans la seconde période de sa formation !

Cependant, j'attends le lever de la brume avec une certaine impatience, — non que je compte apercevoir la terre, mais cette absurde pensée d'une espérance irréalisable m'obsède, et j'ai hâte de m'en débarrasser.

Vers onze heures seulement, le brouillard commence à se dissiper. Tandis que ses épaisses volutes roulent à la surface des flots, j'entrevois par des trouées supérieures l'azur du ciel. De vifs rayons percent la brume et nous piquent comme des flèches de métal rougies à blanc. Mais cette condensation des vapeurs s'opère dans les hautes couches, et je ne puis encore observer l'horizon.

Pendant une demi-heure, ces tourbillons nous enveloppent, et ils ne se dissipent pas sans peine, car le vent fait absolument défaut.

Robert Kurtis, appuyé sur le bord de la plate-forme, cherche à percer cet opaque rideau de brumes.

Enfin, le soleil, dans toute son ardeur, nettoie la surface de l'Océan, le brouillard recule, la clarté se fait dans un rayon plus étendu, l'horizon apparaît....

Il est, cet horizon, ce qu'il a toujours été depuis six semaines, — une ligne continue et circulaire, sur laquelle se confondent le ciel et l'eau !

Robert Kurtis, après avoir regardé autour de lui, ne prononce pas un seul mot. Ah ! je le plains sincèrement, puisque, de nous tous, il est le seul qui n'ait pas le droit d'en finir quand il le voudra. Pour moi, je mourrai demain, et, si la mort ne me frappe pas, j'irai au-devant de la mort. Quant à mes compagnons, j'ignore s'ils sont encore vivants, mais il me semble que bien des jours se sont écoulés depuis que je ne les ai vus.

La nuit est arrivée. Je n'ai pu dormir un seul instant. Vers deux heures, la

Miss Herbey se traîne vers eux. (Page 164.)

soif m'a causé des douleurs telles que je n'ai pu retenir mes cris. Quoi! avant de
mourir, n'aurai-je pas cette suprême volupté d'éteindre le feu qui me brûle la
poitrine?

Si! Je boirai mon propre sang à défaut du sang des autres! Cela ne me servira
de rien, je le sais, mais, du moins, je tromperai mon mal!

A peine cette idée a t-elle traversé mon esprit, qu'elle est mise à exécution.
Je parviens à ouvrir mon couteau. Mon bras est à nu. D'un coup rapide, je
tranche une veine. Le sang ne sort que goutte à goutte, et me voilà me désalté-
rant à cette source de ma vie! Ce sang repasse en moi, il apaise un instant
mes tourments atroces; puis, il s'arrête, il n'a plus la force de couler!

Que demain est long à venir!

Avec le jour, un brouillard épais s'est encore amassé à l'horizon et a rétréci le cercle dont le radeau forme le centre. Ce brouillard est brûlant comme les buées qui s'échappent d'une chaudière.

C'est aujourd'hui mon dernier jour.

Avant de mourir, je serais content de serrer la main d'un ami. Robert Kurtis est là, près de moi. Je me traine jusqu'à lui et je lui prends la main. Il me comprend, il sait que c'est un adieu, et il semble que, par une dernière pensée d'espoir, il veuille me retenir! C'est inutile.

- J'aurais aussi voulu revoir MM. Letourneur, miss Herbey... Je n'ose pas! La jeune fille lirait ma résolution dans mes yeux! Elle me parlerait de Dieu, de l'autre vie qu'il faut attendre! Attendre, je n'en ai plus le courage.... Dieu me pardonne!

Je reviens vers l'arrière du radeau, et, après de longs efforts, je parviens à me dresser debout près du mât. Une dernière fois, je parcours du regard cette mer impitoyable, cet horizon qui ne se déplace pas! Une terre m'apparaîtrait, une voile s'élèverait au-dessus des flots, que je me croirais le jouet d'une illusion... Mais la mer est déserte!

Il est dix heures du matin. C'est le moment d'en finir. Les tiraillements de la faim, les aiguillons de la soif me déchirent avec une nouvelle violence. L'instinct de la conservation s'éteint en moi. Dans quelques instants, j'aurai fini de souffrir!... Que Dieu me prenne en pitié!

En ce moment, une voix s'élève. Je reconnais la voix de Daoulas.

Le charpentier est près de Robert Kurtis.

« Capitaine, dit-il, nous allons tirer au sort. »

Au moment de me jeter à la mer, je m'arrête. Pourquoi? je ne saurais le dire, mais je reviens à l'arrière du radeau.

LIII

— 26 *janvier*. — La proposition a été faite. Tous l'ont entendue, et tous l'ont comprise. Depuis quelques jours, c'était devenu une idée fixe, que personne n'osait formuler.

On va tirer au sort.

Celui que le sort désignera, chacun en aura sa part.

Eh bien, soit! Si le sort me désigne, je ne me plaindrai pas.

Il me semble qu'une exception est proposée en faveur de miss Herbey, et que c'est André Letourneur qui l'a faite. Mais un murmure de colère court parmi les matelots. Nous sommes onze à bord, chacun de nous a donc dix chances pour lui, une contre, et l'exception proposée changerait cette proportion. Miss Herbey subira le sort commun.

Il est alors dix heures et demie du matin. Le bosseman, que la proposition de Daoulas a ranimé, insiste pour que le tirage soit fait immédiatement. Il a raison. D'ailleurs, nul de nous ne tient à la vie. Celui qui sera désigné ne devancera que de quelques jours seulement, de quelques heures peut-être, ses compagnons dans la mort. On le sait, on ne s'effraye pas de mourir. Mais ne plus souffrir de cette faim pendant un jour ou deux, ne plus ressentir cette soif, voilà ce qu'on veut, et voilà ce qui sera.

Je ne puis dire comment chacun de nos noms s'est trouvé au fond d'un chapeau. Ce ne peut être que Falsten qui les ait écrits sur une feuille détachée de son carnet.

Les onze noms sont là. Il est convenu, sans discussion, que le dernier nom sortant désignera la victime.

Qui procédera au tirage? Il y a une sorte d'hésitation.

« Moi! » répond l'un de nous.

Je me retourne, et je reconnais M. Letourneur.

Il est là, debout, livide, la main étendue, ses cheveux blancs tombant sur ses joues amaigries, effrayant par son calme.

Ah! malheureux père! Je te comprends! Je sais pourquoi tu veux appeler les noms! Ton dévouement paternel ira jusque-là!

« Quand vous voudrez! » dit le bosseman.

M. Letourneur plonge la main dans le chapeau. Il prend un billet, il le déplie, il prononce à haute voix le nom qui est écrit sur le billet, et il le passe à celui que ce nom désigne.

Le premier nom sorti, c'est celui de Burke, qui pousse un cri de joie.

Le second, celui de Flaypol.

Le troisième, celui du bosseman.

Le quatrième, celui de Falsten.

Le cinquième, celui de Robert Kurtis.

Le sixième, celui de Sandon.

La moitié des noms, plus un, ont été appelés.

Le mien n'est pas sorti. Je cherche à calculer les chances qui me restent : quatre bonnes, une mauvaise.

Depuis que Burke a poussé son cri, pas un mot n'a été proféré.

M. Letourneur continue son sinistre office.

Le septième nom, c'est celui de miss Herbey, mais la jeune fille n'a pas tressailli.

Le huitième nom, c'est le mien. Oui! le mien!

Le neuvième nom :

« Letourneur!

— Lequel? demande le bosseman.

— André! » répond M. Letourneur.

Un cri se fait entendre, et André tombe sans connaissance.

« Mais va donc! » s'écrie en rugissant le charpentier Daoulas, dont le nom reste seul dans le chapeau avec celui de M. Letourneur.

Daoulas regarde son rival comme une victime qu'il veut dévorer. M. Letourneur, lui, est presque souriant. Il met sa main dans le chapeau, il tire l'avant-dernier billet, il le déplie lentement, et sans que sa voix faiblisse, avec une fermeté que je n'aurais jamais attendue de cet homme, il prononce ce nom : « Daoulas! »

Le charpentier est sauvé. Un hurlement s'échappe de sa poitrine.

Puis, M. Letourneur prend le dernier billet, et, sans l'ouvrir, il le déchire.

Mais un morceau du papier déchiré a volé vers un coin du radeau. Personne n'y fait attention. Je rampe de ce côté, je ramasse ce papier, et, sur un coin, je lis : And....

M. Letourneur se précipite vers moi, il m'arrache violemment des mains ce bout de papier, il le tord dans ses doigts, puis, me regardant d'un air grave, il le jette à la mer.

LIV

— *Suite du 26 janvier.* — J'avais bien compris. Le père s'est dévoué pour le fils, et, n'ayant plus que sa vie à lui donner, il la lui donne.

Cependant, tous ces affamés ne veulent plus attendre. Les tiraillements de leurs entrailles redoublent en présence de cette victime qui leur est dévolue. M. Letourneur n'est plus un homme pour eux. Ils n'ont encore rien dit, mais leurs lèvres s'avancent en pointe, leurs dents qui se découvrent, prêtes au rapt violent, déchireront comme des dents de carnassiers, avec la voracité brutale des bêtes. Veut-on donc qu'ils se jettent sur leur victime et qu'ils la dévorent vivante?

Qui croira que, en ce moment, un appel est fait au reste d'humanité que ces hommes peuvent avoir encore en eux, et qui croira, surtout, que cet appel a été entendu? Oui! une parole les a arrêtés à l'instant où ils allaient se jeter sur M. Letourneur. Le bosseman prêt à jouer le rôle de boucher, Daoulas la hache à la main, sont demeurés immobiles.

Miss Herbey s'avance ou plutôt se traîne vers eux.

« Mes amis, dit-elle, voulez-vous attendre un jour encore? Rien qu'un jour! Si demain la terre n'est pas là, si aucun navire ne nous a rencontrés, notre pauvre compagnon deviendra votre proie?... »

A ces mots, mon cœur tressaille. Il me semble que cette jeune fille a parlé avec un accent prophétique, et que c'est une inspiration d'en haut qui anime cette noble créature! Un immense espoir me revient au cœur. La côte, le bâtiment, miss Herbey les a peut-être entrevus dans une de ces visions surnaturelles que Dieu fait passer devant certains regards! Oui! il faut attendre un jour encore! Qu'est-ce qu'un jour, après tout ce que nous avons souffert?

Robert Kurtis pense comme moi. Nous joignons nos prières à celles de miss Herbey. Falsten parle dans le même sens. Nous supplions nos compagnons, le bosseman, Daoulas, les autres...

Les matelots s'arrêtent et ne font pas entendre un seul murmure.

Le bosseman jette alors sa hache; puis, d'une voix sourde :

« A demain, au lever du jour! » dit-il.

Ce mot dit tout. Si, demain, ni terre ni navire ne sont en vue, l'horrible sacrifice s'accomplira.

Chacun, maintenant, retourne à sa place et par un reste d'effort comprime ses douleurs. Les matelots se cachent sous les voiles. Ils ne cherchent même plus à observer la mer. Peu leur importe! Demain ils mangeront.

Cependant, André Letourneur est revenu à lui, et son premier regard a été pour son père. Puis, je vois qu'il compte les passagers du radeau... Pas un ne manque. Sur qui le sort est-il tombé? Quand André a perdu connaissance, il n'y avait plus que deux noms dans le chapeau, celui du charpentier et celui de son père! Et M. Letourneur et Daoulas sont tous deux là!

Miss Herbey s'approche alors et lui dit simplement que l'opération du tirage au sort n'a pas été achevée.

André Letourneur n'en demande pas davantage. Il prend la main de son père. La figure de M. Letourneur est calme, presque souriante. Il ne voit, il ne comprend qu'une chose, son fils épargné. Ces deux êtres, si étroitement liés l'un à l'autre, vont s'asseoir à l'arrière du radeau, et ils causent ensemble, à voix basse

Cependant, je ne suis pas revenu sur la première impression que m'a causée l'intervention de la jeune fille. Je crois à un secours providentiel. Je ne saurais dire jusqu'à quel point cette idée s'enracine dans mon esprit. J'oserais affirmer que nous touchons au terme de nos misères, et le navire ou la terre seraient là, à quelques milles sous le vent, que je n'en serais pas plus certain ! Que l'on ne s'étonne pas de cette tendance. Mon cerveau est tellement vide, que les chimères s'y changent en réalités.

Je parle de mes pressentiments à MM. Letourneur. André est confiant comme moi. Le pauvre enfant ! S'il savait que demain !...

Le père m'écoute gravement et m'encourage à espérer. Il croit volontiers — il le dit du moins — que le ciel épargnera les survivants du *Chancellor*, et il prodigue à son fils des caresses qui, pour lui, sont les dernières.

Puis, plus tard, quand je suis seul près de lui, M. Letourneur se penche à mon oreille :

« Je vous recommande mon malheureux enfant, dit-il. Qu'il ne sache jamais que... »

Il n'achève pas sa phrase, et de grosses larmes tombent de ses yeux !

Moi, je suis tout espoir.

Aussi, sans me détourner un instant, je regarde l'horizon, et je le parcours sur tout son périmètre. Il est désert, mais je ne suis pas inquiet. Avant demain, une voile ou une terre seront signalées.

Comme moi, Robert Kurtis observe la mer. Miss Herbey, Falsten, le bosseman lui-même concentrent toute leur vie dans leur regard.

Cependant, la nuit se fait, mais j'ai la conviction que quelque navire s'approchera, dans cette obscurité profonde, et qu'il verra nos signaux au lever du jour.

LV

— 27 *janvier*. — Je ne ferme pas l'œil. J'écoute les moindres bruits, les clapotements de l'eau, le murmure des lames. Une remarque que je fais, c'est qu'il n'y a plus un seul requin autour du radeau. Je vois là un heureux présage.

La lune s'est levée à minuit quarante-six minutes, montrant son demi-disque de quadrature, mais son insuffisante lumière ne me permet pas d'observer la mer dans un rayon étendu. Que de fois j'ai cru entrevoir à quelques encâblures cette voile si désirée !

Mais le matin vient... Le soleil se lève sur une mer déserte !

Le moment terrible approche. Alors, je sens toutes mes espérances de la veille s'effacer peu à peu. Le navire n'apparaît pas. La terre non plus. Je rentre dans la réalité, et je me souviens ! C'est l'heure où va s'accomplir une abominable exécution !

Je n'ose plus regarder la victime, et, lorsque ses yeux, si résignés, se fixent sur moi, je baisse les miens.

Une insurmontable horreur me comprime la poitrine. La tête me tourne comme dans l'ivresse.

Il est six heures du matin. Je ne crois plus à un secours providentiel. Mon cœur bat plus de cent pulsations à la minute, et une sueur d'angoisse m'enveloppe tout entier.

Le bosseman et Robert Kurtis, debout, appuyés au mât, ne cessent d'examiner l'Océan. Le bosseman, lui, est effrayant à voir. On sent bien qu'il ne devancera pas l'heure, mais aussi qu'il ne la retardera pas. Il m'est impossible de deviner quelles sont les impressions du capitaine. Sa face est livide, il semble ne plus vivre que par le regard.

Quant aux matelots, ils se traînent sur la plate-forme, et, de leurs yeux ardents, ils dévorent déjà leur victime !

Je ne puis tenir en place, et je me glisse jusqu'à l'avant du radeau.

Le bosseman est toujours debout, regardant.

« Enfin ! » s'écrie-t-il.

Ce mot me fait bondir.

Le bosseman, Daoulas, Flaypol, Burke, Sandon s'avancent vers l'arrière. Le charpentier serre convulsivement sa hache !

Miss Herbey ne peut retenir un cri.

Soudain, André se redresse.

« Mon père ? s'écrie-t-il d'une voix étranglée.

— Le sort m'a désigné... » répond M Letourneur.

André saisit son père et l'entoure de ses bras

« Jamais ! crie-t-il avec un rugissement. Vous me tuerez plutôt ! Tuez-moi ! C'est moi qui ai jeté à la mer le cadavre d'Hobbart ! C'est moi, moi, qu'il faut égorger ! »

Le malheureux !

Ses paroles redoublent la rage des bourreaux. Daoulas, allant à lui, l'arrache des bras de M. Letourneur, en disant :

« Pas tant de façons ! »

André tombe à 'a renverse, et deux matelots l'étreignent de manière qu'il ne puisse plus faire un mouvement.

En même temps, Burke et Flaypol saisissant leur victime, l'entraînent vers l'avant du radeau

Cette scène épouvantable se passe plus rapidement que je ne la décris. L'horreur m'a cloué sur place ! Je voudrais me jeter entre M. Letourneur et ses bourreaux, et je ne le puis !

En ce moment, M. Letourneur est debout. Il a repoussé les matelots qui lui ont arraché une partie de ses vêtements. Ses épaules sont nues

« Un instant, dit-il d'un ton dans lequel je sens une indomptable énergie , un instant ! Je n'ai pas l'intention de vous voler votre ration ! Mais vous n'allez pas me dévorer tout entier aujourd'hui, je suppose ! »

Les matelots s'arrêtent, ils regardent, ils écoutent, stupéfaits.

M. Letourneur continue :

« Vous êtes dix ! Est-ce que mes deux bras ne vous suffiront pas ? Coupez-les, et demain vous aurez le reste !... »

M. Letourneur étend ses deux bras nus... .

« Oui ! » crie d'une voix terrible le charpentier Daoulas.

Et, rapide comme la foudre, il lève sa hache...

Robert Kurtis n'a pu en voir davantage. Moi non plus. Ce massacre ne s'accomplira pas, nous vivants. Le capitaine s'est jeté au milieu des matelots, pour leur arracher leur victime. Je me suis précipité dans la mêlée .. mais arrivé à l'avant du radeau, j'ai été repoussé violemment par un des matelots, et je suis tombé à la mer...

Je ferme ma bouche, je veux mourir étouffé !... La suffocation est plus forte

La voix de miss Herbey s'élève vers le ciel. (Page 169.)

que ma volonté. Mes lèvres s'ouvrent ! Quelques gorgées d'eau pénètrent !...
Dieu éternel ! Cette eau est douce ! .

LVI

— *Suite du 27 janvier*. — J'ai bu, j'ai bu ! Je renais ! Soudain la vie est ren-
trée en moi ! Je ne veux plus mourir !

Je crie. Mes cris sont entendus. Robert Kurtis apparaît au-dessus du bord, me jette une corde, que ma main saisit. Je me hisse et je retombe sur la plate-forme.

Mes premiers mots sont ceux-ci :

« L'eau douce !

— L'eau douce! crie Robert Kurtis. La terre est là ! »

Il est temps encore ! Le meurtre n'est pas commis ! La victime n'a pas été frappée ! Robert Kurtis et André avaient lutté contre ces cannibales, et c'est au moment où ils allaient succomber eux-mêmes, que ma voix s'est fait entendre !

La lutte engagée s'arrête. Ces mots : l'eau douce ! je les répète, et, me penchant hors du radeau, je bois avidement, à larges gorgées !

Miss Herbey, la première, suit mon exemple. Robert Kurtis, Falsten, les autres se précipitent vers cette source de vie. Chacun en fait autant. Les bêtes féroces de tout à l'heure lèvent les bras au ciel. Quelques matelots se signent en criant au miracle. Chacun s'agenouille au bord du radeau et boit avec ravissement. L'extase a succédé aux fureurs !

André et son père sont les derniers à nous imiter.

« Mais où sommes-nous? me suis-je écrié.

— A moins de vingt milles de terre ! » répond Robert Kurtis.

On le regarde Le capitaine est-il fou ? Il n'y a pas une côte en vue, et le radeau occupe toujours le centre de ce cercle liquide !

Et, cependant, l'eau est douce ! Depuis quand l'est-elle ? N'importe ! Nos sens ne nous ont pas trompés, et notre soif est apaisée.

« Oui, la terre est invisible, mais elle est là ! dit le capitaine, en étendant sa main vers l'ouest.

— Quelle terre? demande le bosseman.

— La terre d'Amérique, la terre où coule l'Amazone, le seul fleuve qui ait un courant assez fort pour dessaler l'Océan jusqu'à vingt milles de son embouchure ! »

— *Suite du 27 janvier.* — Robert Kurtis a évidemment raison. Cette embouchure de l'Amazone, dont le débit est de deux cent quarante mille mètres cubes à l'heure (1), c'est le seul endroit de l'Atlantique où nous ayons pu trouver de l'eau douce. La terre est là ! Nous le sentons ! Le vent nous y porte ! »

En ce moment, la voix de miss Herbey s'élève vers le ciel, et nous mêlons nos prières aux siennes.

André Letourneur est dans les bras de son père, à l'arrière du radeau, tandis qu'à l'avant, tous, nous regardons l'horizon de l'ouest...

Une heure après, Robert Kurtis crie : « Terre ! »

. . . .

_____

(1) C'est 3,000 fois le débit de la Seine.

. . . .

Le journal où j'ai consigné ces notes quotidiennes est fini. Notre sauvetage s'est opéré en quelques heures, et je le raconterai en quelques mots.

Le radeau, vers onze heures du matin, a été rencontré à la pointe Magouri sur l'île Marajo. De charitables pêcheurs nous ont recueillis et réconfortés ; puis, ils nous ont conduits au Para, où nous avons été l'objet des soins les plus touchants.

Le radeau a atterri par 0° 12' de latitude nord. Il a donc été rejeté d'au moins quinze degrés dans le sud-ouest depuis le jour où nous avons abandonné le navire. Je dis « au moins », car il est évident que nous avons dû descendre plus au sud. Si nous sommes arrivés à l'embouchure de l'Amazone, c'est que le courant du Gulf-stream a repris le radeau et l'y a porté. Sans cette circonstance, nous étions perdus.

De trente-deux embarqués à Charleston, soit neuf passagers et vingt-trois marins, il ne reste que cinq passagers et six marins, — en tout, onze.

Ce sont les seuls survivants du *Chancellor*.

Procès-verbal de sauvetage a été dressé par les autorités brésiliennes.

Ont signé : Miss Herbey, J.-R. Kazallon, Letourneur père, André Letourneur, Falsten, le bosseman, Daoulas, Burke, Flaypol, Sandon, et, — en dernier, — Robert Kurtis, capitaine.

Je dois ajouter que, au Para, des moyens de nous rapatrier nous ont été offerts presque aussitôt. Un navire nous a conduits à Cayenne, et nous allons rejoindre la ligne transatlantique française d'Aspinwal, dont le steamer *Ville-de-Saint-Nazaire* nous reconduira en Europe.

Et maintenant, après tant d'épreuves subies ensemble, après tant de dangers auxquels nous avons échappé par miracle, pour ainsi dire, n'est-il pas naturel qu'une indestructible amitié lie entre eux les passagers du *Chancellor* ? En quelque circonstance que ce soit, si loin que le sort les entraîne, n'est-il pas certain qu'ils ne s'oublieront jamais ? Robert Kurtis est et restera toujours l'ami de ceux qui furent ses compagnons d'infortune.

Miss Herbey, elle, voulait se retirer du monde et consacrer sa vie aux soins de ceux qui souffrent.

« Mais mon fils n'est-il pas un malade !...» lui a dit M. Letourneur.

Miss Herbey a maintenant un père dans M. Letourneur, un frère dans son fils André. — Je dis un frère, mais avant peu, dans sa nouvelle famille, cette vaillante jeune fille aura trouvé le bonheur qu'elle mérite, et que nous lui souhaitons de tout cœur !

FIN DU CHANCELLOR

MARTIN PAZ*

I

Le soleil venait de disparaître au delà des pics neigeux des Cordillères; mais sous ce beau ciel péruvien, à travers le voile transparent des nuits, l'atmosphère s'imprégnait d'une lumineuse fraîcheur. C'était l'heure à laquelle on pouvait vivre de la vie européenne et chercher en dehors des verandahs quelque souffle bienfaisant.

Tandis que les premières étoiles se levaient à l'horizon, de nombreux promeneurs allaient par les rues de Lima, enveloppés de leur manteau léger et causant gravement des affaires les plus futiles. Il y avait un grand mouvement de population sur la Plaza-Mayor, ce forum de l'ancienne *Cité des rois*. Les artisans profitaient de la fraîcheur pour vaquer à leurs travaux journaliers, et ils circulaient activement au milieu de la foule, criant à grand bruit l'excellence de leur marchandise. Les femmes, soigneusement encapuchonnées dans la mante qui leur masquait le visage, ondoyaient à travers les groupes de fumeurs. Quelques señoras, en toilette de bal, coiffées seulement de leur abondante chevelure relevée de fleurs naturelles, se prélassaient dans de larges calèches. Les Indiens passaient sans lever les yeux, se sachant trop bas pour être aperçus, ne trahissant ni par un geste ni par un mot la sourde envie qui les dévorait, et ils contrastaient ainsi avec ces métis rebutés comme eux, mais dont les protestations étaient plus bruyantes.

* *Martin Paz* est (avec *Maître Zacharius*, *Un Hivernage dans les glaces* et *Un Drame dans les airs*, publiés dans le volume des Œuvres de M. Verne qui a pour titre général le *Docteur Ox*) une des œuvres de début de l'auteur, antérieures à la publication de *Cinq Semaines en ballon*. L'auteur n'avait pas encore trouvé le genre qu'il a créé et qui a rendu son nom célèbre. Mais il est curieux de le suivre jusque dans ces essais. Ils contiennent déjà quelques-uns des germes qui font de l'œuvre générale de Jules Verne une œuvre à part dans notre littérature, et à ce titre ils méritaient d'être conservés.   J. HETZEL.

Quant aux Espagnols, ces fiers descendants de Pizarre, ils marchaient tête haute, comme au temps où leurs ancêtres fondaient la Cité des rois. Leur mépris traditionnel enveloppait tout à la fois et les Indiens qu'ils avaient vaincus, et les métis, nés de leurs relations avec les indigènes du Nouveau-Monde. Les Indiens, eux, comme toutes les classes réduites à la servitude, ne songeant qu'à briser leurs fers, confondaient dans une même aversion les vainqueurs de l'ancien empire des Incas, et les métis, sorte de bourgeoisie, pleine d'une morgue insolente.

Mais ces métis, Espagnols par le mépris dont ils accablaient les Indiens, Indiens par la haine qu'ils avaient vouée aux Espagnols, se consumaient entre ces deux sentiments également vivaces.

C'était le groupe de ces jeunes gens qui s'agitait près de la jolie fontaine qui s'élève au milieu de la Plaza-Mayor. Drapés dans leur puncho, pièce de coton taillée en carré long et percée d'une ouverture qui donne passage à la tête, vêtus de larges pantalons rayés de mille couleurs, coiffés de chapeaux à vastes bords en paille de Guayaquil, ils parlaient, criaient et gesticulaient.

«Tu as raison, André,» disait un petit homme fort obséquieux, que l'on nommait Millaflores.

Ce Millaflores était le parasite d'André Certa, jeune métis, fils d'un riche marchand qui avait été tué dans une des dernières émeutes du conspirateur Lafuente. André Certa avait hérité d'une grande fortune, et il la faisait habilement valoir au profit de ses amis, auxquels il ne demandait que d'humbles condescendances en échange de ses poignées d'or.

« A quoi bon ces changements de pouvoir, ces pronunciamentos éternels qui bouleversent le Pérou? reprit André à haute voix. Que ce soit Gambarra ou Santa-Cruz qui gouverne, il n'importe, si l'égalité ne règne pas ici!

—Bien parlé, bien parlé! s'écria le petit Millaflores, qui, même sous un gouvernement égalitaire, n'eut jamais pu être l'égal d'un homme d'esprit.

— Comment! reprit André Certa, moi, fils d'un négociant, je ne puis me faire traîner que dans une calèche attelée de mules? Est-ce que mes navires n'ont pas amené la richesse et la prospérité dans ce pays? Est-ce que l'utile aristocratie des piastres ne vaut pas tous les vains titres de l'Espagne?

— C'est une honte! répondit un jeune métis. Et tenez! Voilà don Fernand, qui passe dans sa voiture à deux chevaux! Don Fernand d'Aguillo! C'est à peine s'il a de quoi nourrir son cocher, et il vient se pavaner fièrement sur la place! Bon! En voilà un autre! le marquis don Végal! »

Un magnifique carrosse débouchait, en ce moment, sur la Plaza-Mayor.

C'était celui du marquis don Végal, chevalier d'Alcantara, de Malte et de Charles III. Mais ce grand seigneur ne venait là que par ennui, et non par ostentation. De tristes pensées se concentraient sous son front péniblement courbé, et il n'entendit même pas les envieuses réflexions des métis, quand ses quatre chevaux se frayèrent un passage à travers la foule.

« Je hais cet homme! dit André Certa.

— Tu ne le haïras pas longtemps! lui répondit un des jeunes cavaliers.

— Non, car tous ces nobles étalent les dernières splendeurs de leur luxe, et je puis dire où vont leur argenterie et leurs bijoux de famille !

— Oui! Tu en sais quelque chose, toi qui fréquentes la maison du juif Samuel !

— Et là, sur les livres de compte du vieux juif s'inscrivent les créances aristocratiques, et dans son coffre-fort s'entassent les débris de ces grandes fortunes ! Et le jour où tous ces Espagnols seront gueux comme leur César de Bazan, nous aurons beau jeu !

— Toi surtout, André, lorsque tu seras monté sur tes millions, répondit Millaflores! Et tu vas encore doubler ta fortune!... Ah çà! Quand épouses-tu cette belle jeune fille du vieux Samuel, qui est Liménienne jusque dans le bout des ongles et qui n'a évidemment de juif que son nom de Sarah?

— Dans un mois, répondit André Certa, et dans un mois il n'y aura pas de fortune au Pérou qui puisse lutter avec la mienne !

— Mais pourquoi, demanda un des jeunes métis, ne pas avoir épousé une Espagnole de haut parage?

— Je méprise ces sortes de gens autant que je les hais ! »

André Certa ne voulait pas avouer qu'il avait été pitoyablement éconduit de plusieurs nobles familles dans lesquelles il avait tenté de s'introduire.

En ce moment, André Certa fut vivement coudoyé par un homme de haute taille, aux cheveux grisonnants, mais dont les membres trapus attestaient la force musculaire.

Cet homme, un Indien des montagnes, était vêtu d'une veste brune qui laissait passer une chemise de grosse toile à large col et s'ouvrait sur sa poitrine velue; sa culotte courte, rayée de bandes vertes, se rattachait par des jarretières rouges à des bas d'une couleur terreuse; il avait aux pieds des sandales faites de cuir de bœuf, et sous son chapeau pointu brillaient de larges boucles d'oreilles.

Après avoir heurté André Certa, il le regarda fixement.

« Misérable Indien ! » s'écria le métis en levant la main.

« Misérable Indien ! » s'écria le métis. (Page 173.)

Ses compagnons le retinrent, et Millaflores s'écria :

« André! André! prends garde!

— Un vil esclave, oser me coudoyer!

— C'est un fou! c'est le Sambo! »

Le Sambo continua de fixer des yeux le métis qu'il avait heurté avec intention. Celui-ci, dont la colère débordait, saisit un poignard passé à sa ceinture,
et il allait se précipiter sur son agresseur, quand un cri guttural, semblable
à celui du hnot du Pérou, retentit au millieu du tumulte des promeneurs. Le
Sambo disparut.

« Brutal et lâche! s'écria André Certa.

Le jeune Indien, les bras croisés, attendait... (Page 176.)

— Contiens-toi, fit doucement Millaflores, et quittons la Plaza-Mayor. Les Liméniennes sont trop hautaines ici ! »

Le groupe des jeunes gens se dirigea alors vers le fond de la place. La nuit était venue, et les Liméniennes méritaient bien leur nom de « tapadas (1) », car on ne distinguait plus leur figure sous la mante qui les couvrait étroitement.

La Plaza-Mayor était encore en pleine animation. Les cris et le tumulte redoublaient. Les gardes à cheval, postés devant le portique central du palais du vice-roi, situé au nord de la place, avaient peine à demeurer immobiles au milieu

(1) Cachées.

de cette foule remuante. Les industries les plus variées semblaient s'être donné rendez-vous sur cette place, qui n'était plus qu'un immense étalage d'objets de toutes sortes. Le rez-de-chaussée du palais du vice-roi et le soubassement de la cathédrale, occupés par des boutiques, faisaient de cet ensemble un véritable bazar ouvert à toutes les productions tropicales.

Cette place était donc bruyante ; mais quand l'*Angelus* vint à sonner au clocher de la cathédrale, tout ce bruit s'apaisa soudain. Aux grandes clameurs succéda le chuchotement de la prière. Les femmes s'arrêtèrent dans leur promenade et portèrent la main à leur rosaire.

Tandis que tous s'arrêtaient et se courbaient, une vieille duègne qui accompagnait une jeune fille cherchait à se frayer passage au milieu de la foule. De là, des qualifications malsonnantes à l'adresse de ces deux femmes qui troublaient la prière. La jeune fille voulut s'arrêter, mais la duègne l'entraîna plus vivement.

« Voyez-vous cette fille de Satan, dit-on près d'elle.

— Qu'est-ce que cette danseuse damnée ?

— C'est encore une de ces femmes de « Carcaman (1) ! »

La jeune fille s'arrêta enfin, toute confuse.

Soudain, un muletier la prit par l'épaule et voulut la forcer de s'agenouiller ; mais il avait à peine porté la main sur elle, qu'un bras vigoureux le terrassait. Cette scène, rapide comme l'éclair, fut suivie d'un moment de confusion.

« Fuyez, mademoiselle ! » dit une voix douce et respectueuse à l'oreille de la jeune fille.

Celle-ci se retourna, pâle de frayeur, et vit un jeune Indien de haute taille, qui, les bras croisés, attendait son adversaire de pied ferme.

« Sur mon âme, nous sommes perdues ! » s'écria la duègne.

Et elle entraîna la jeune fille.

Le muletier s'était redressé, tout meurtri de sa chute ; mais, jugeant prudent de ne pas demander sa revanche à un adversaire aussi résolûment campé que le jeune Indien, il rejoignit ses mules et s'en alla en grommelant d'inutiles menaces.

---

(1) Nom injurieux que les Péruviens donnent aux Européens.

II

La ville de Lima est blottie dans la vallée de la Rimac, à neuf lieues de son embouchure. Au nord et à l'est commencent les premières ondulations de terrain qui font partie de la grande chaîne des Andes. La vallée de Lurigancho, formée par les montagnes de San-Cristoval et des Amancaës, qui s'élèvent derrière Lima, vient se terminer à ses faubourgs. La ville s'étale sur une seule rive du fleuve. L'autre est occupée par le faubourg de San-Lazaro et se relie par un pont à cinq arches, dont les piles en amont opposent au courant leur arête triangulaire. Celles d'aval offrent aux promeneurs des bancs sur lesquels les élégants viennent s'étendre pendant les soirs d'été, et d'où ils peuvent contempler une jolie cascade.

La ville a deux milles de long de l'est à l'ouest, et seulement un mille un quart de large du pont jusqu'aux murs. Ceux-ci, hauts de douze pieds, épais de dix à leur base, construits en « adobes », sortes de briques séchées au soleil et faites d'une terre glaise mêlée à une grande quantité de paille hachée, sont propres, dès lors, à résister aux tremblements de terre. L'enceinte, percée de sept portes et de trois poternes, se termine, à son extrémité sud-est, par la petite citadelle de Sainte-Catherine.

Telle est l'ancienne *Cité des rois*, fondée en 1534, par Pizarre, le jour de l'Epiphanie. Elle a été et est encore le théâtre de révolutions toujours renaissantes. Lima était jadis le principal entrepôt de l'Amérique sur l'océan Pacifique, grâce à son port du Callao, qui fut construit en 1779, d'une singulière façon. On fit échouer sur le rivage un vieux vaisseau de premier rang, rempli de pierres, de sable, de débris de toute espèce, et des pilotis de mangliers, envoyés de Guayaquil, et inaltérables à l'eau, furent enfoncés autour de cette càrcasse, qui devint l'inébranlable base sur laquelle s'éleva le môle du Callao.

Le climat, plus tempéré, plus doux que celui de Carthagène ou Bahia, situées sur le côté opposé de l'Amérique, fait de Lima l'une des plus agréables villes du Nouveau-Monde. Le vent a deux directions qui ne varient pas : ou il souffle du sud-ouest et se rafraîchit en traversant l'océan Pacifique, ou il vient du sud-est, tout imprégné de la fraîcheur qu'il a puisée sur le sommet glacé des Cordillères.

Les nuits sont belles et pures sous les latitudes des tropiques ; elles distillent cette bienfaisante rosée qui féconde un sol exposé aux rayons d'un ciel sans nuages. Aussi, le soir venu, les habitants de Lima prolongent-ils leurs réceptions nocturnes dans les maisons rafraîchies par l'ombre ; bientôt les rues sont désertes, et c'est à peine si quelque hôtellerie est encore hantée par les buveurs d'eau-de-vie ou de bière.

Ce soir-là, la jeune fille, suivie de la duègne, arriva sans rencontre fâcheuse au pont de la Rimac, prêtant l'oreille au moindre bruit, que son émotion dénaturait, et n'entendant que les clochettes d'un attelage de mules, ou le sifflement d'un Indien.

Cette jeune fille, nommée Sarah, rentrait chez le juif Samuel, son père. Elle était vêtue d'une jupe de couleur foncée, plissée de plis à demi élastiques, et fort étroite du bas, ce qui l'obligeait à faire de petits pas et lui donnait cette grâce délicate, particulière aux Liméniennes ; cette jupe, garnie de dentelles et de fleurs, était en partie recouverte par une mante de soie, qui se relevait par-dessus la tête et la recouvrait d'un capuchon ; des bas d'une grande finesse et de petits souliers de satin apparaissaient sous le gracieux vêtement ; des bracelets d'un grand prix s'enroulaient aux bras de la jeune fille, dont toute la personne était imprégnée de ce charme qu'exprime si bien le « donayre » en Espagnol.

Millaflores avait bien dit. La fiancée d'André Certa ne devait avoir de juif que le nom, car elle était le type le plus fidèle de ces admirables señoras dont la beauté est au-dessus de toute louange.

La duègne, vieille juive, sur le visage de laquelle se montraient l'avarice et la cupidité, était une dévouée servante de Samuel, qui la payait à sa valeur.

Au moment où les deux femmes entraient dans le faubourg de San-Lazaro, un homme, vêtu d'une robe de moine, la tête recouverte de sa cagoule, passa près d'elles en les regardant avec attention. Cet homme, de grosse taille, avait une de ces excellentes figures qui respirent le calme et la bonté. C'était le père Joachim de Camarones, et, en passant, il jeta un sourire d'intelligence à Sarah, qui regarda aussitôt sa suivante, après avoir fait au moine un gracieux signe de la main.

« Eh bien, señora ? dit aigrement la vieille. Ce n'est pas assez d'avoir été insultée par ces fils du Christ ! il faut encore que vous saluiez un prêtre ? Est-ce que nous vous verrons un jour, le rosaire à la main, suivre les cérémonies d'église ? »

Les cérémonies d'église sont la grande affaire des Liméniennes.

« Vous faites d'étranges suppositions, répliqua la jeune fille en rougissant.

— Étranges comme votre conduite! Que dirait mon maître Samuel, s'il apprenait ce qui s'est passé ce soir?

— Est-ce parce qu'un muletier brutal m'a insultée que je suis coupable?

— Je m'entends, señora, fit la vieille en branlant la tête, et ne veux point parler du muletier.

— Alors ce jeune homme a mal agi en me défendant contre les injures de la populace?

— Est-ce la première fois que cet Indien se trouve sur votre passage? » demanda la duègne.

Le visage de la jeune fille était heureusement abrité par sa mante, car l'obscurité n'aurait pas suffi à dérober son trouble au regard inquisiteur de la vieille suivante.

« Mais laissons l'Indien où il est, reprit celle-ci. C'est mon affaire de veiller sur lui. Ce dont je me plains, c'est que, pour ne point déranger ces chrétiens, vous ayez voulu demeurer à leur oraison. N'avez-vous pas eu quelque envie de vous agenouiller comme eux? Ah! señora, votre père me chasserait à l'instant, s'il apprenait que j'eusse souffert une pareille apostasie! »

Mais la jeune fille ne l'écoutait plus. La remarque de la vieille au sujet du jeune Indien l'avait ramenée à des pensées plus douces. Il lui semblait que l'intervention du jeune homme avait été providentielle, et plusieurs fois elle se retourna pour voir s'il ne la suivait pas dans l'ombre. Sarah avait dans le cœur une certaine hardiesse qui lui seyait à merveille. Superbe comme une Espagnole, si elle avait fixé ses regards sur cet homme, c'est que cet homme était fier et n'avait pas mendié un coup d'œil pour prix de sa protection.

En s'imaginant que l'Indien ne l'avait pas quittée des yeux, Sarah ne se trompait guère. Martin Paz, après avoir secouru la jeune fille, voulut assurer sa retraite. Aussi, lorsque les promeneurs se furent dispersés, il se mit à la suivre, sans être aperçu d'elle.

C'était un beau jeune homme, ce Martin Paz, et qui portait avec noblesse le costume national de l'Indien des montagnes; de son chapeau de paille à larges bords s'échappait une belle chevelure noire, dont les boucles s'harmoniaient avec le ton cuivré de sa figure. Ses yeux brillaient avec une douceur infinie, et son nez surmontait une jolie bouche, ce qui est rare chez les hommes de sa race. C'était un de ces courageux descendants de Manco-Capac, et ses veines devaient être remplies de ce sang plein d'ardeur qui pousse à l'accomplissement des grandes choses.

Martin Paz était fièrement drapé dans son puncho aux couleurs éclatantes; à sa ceinture était passé un de ces poignards malais, terribles dans une main exercée, car ils semblent rivés au bras qui les manie. Dans le nord de l'Amérique, sur les bords du lac Ontario, cet Indien eût été chef de ces tribus errantes, qui livrèrent aux Anglais tant de combats héroïques.

Martin Paz savait que Sarah était fille du riche Samuel et fiancée à l'opulent métis André Certa; il savait que par sa naissance, sa position et sa richesse, elle ne pouvait lui appartenir, mais il oubliait toutes ces impossibilités pour ne sentir que son propre entraînement.

Plongé dans ses réflexions, Martin Paz hâtait sa marche, quand il fut rejoint par deux Indiens qui l'arrêtèrent.

« Martin Paz, lui dit l'un d'eux, tu dois ce soir même revoir nos frères dans les montagnes ?

— Je les reverrai, répondit froidement l'Indien.

— La goëlette l'*Annonciacion* s'est montrée à la hauteur du Callao, a louvoyé quelques instants, puis, protégée par la pointe, a bientôt disparu. Sans doute, elle se sera approchée de terre vers l'embouchure de la Rimac, et il sera bon que nos canots d'écorce aillent l'alléger de ses marchandises. Il faudra que tu sois là !

— Martin Paz sait ce qu'il doit faire, et il le fera.

— C'est au nom du Sambo que nous te parlons ici.

— Et moi, c'est en mon nom que je vous parle !

— Ne crains-tu pas qu'il trouve inexplicable ta présence à cette heure dans le faubourg de San-Lazaro ?

— Je suis là où il me plaît d'être.

— Devant la maison du juif?

— Ceux de mes frères qui le trouveront mauvais me rencontreront cette nuit dans la montagne. »

Les yeux de ces trois hommes étincelèrent, et ce fut tout. Les Indiens regagnèrent la berge de la Rimac, et le bruit de leurs pas se perdit dans l'obscurité.

Martin Paz s'était vivement rapproché de la maison du juif. Cette maison, comme toutes celles de Lima, n'avait que deux étages; le rez-de-chaussée, construit en briques, était surmonté de murs formés de cannes liées ensemble et recouvertes de plâtre. Toute cette partie du bâtiment, propre à résister aux tremblements de terre, imitait, par une habile peinture, les briques des premières assises; le toit, carré, était couvert de fleurs et formait une terrasse pleine de parfums.

Une vaste porte cochère, placée entre deux pavillons, donnait accès dans une cour; mais, suivant la coutume, ces pavillons n'avaient aucune fenêtre percée sur la rue.

Onze heures sonnaient à l'église paroissiale, quand Martin Paz s'arrêta devant la demeure de Sarah. Un profond silence régnait aux alentours.

Pourquoi l'Indien demeurait-il immobile devant ces murs? C'est qu'une ombre blanche avait apparu sur la terrasse au milieu de ces fleurs auxquelles la nuit ne laissait plus qu'une forme vague, sans leur rien enlever de leurs parfums.

Martin Paz leva ses deux mains involontairement et les joignit avec adoration.

Soudain l'ombre blanche s'affaissa, comme effrayée.

Martin Paz se retourna et se trouva face à face avec André Certa.

« Depuis quand les Indiens passent-ils ainsi la nuit en contemplation? demanda André Certa avec colère.

— Depuis que les Indiens foulent aux pieds le propre sol de leurs ancêtres, » répondit Martin Paz.

André Certa fit un pas vers son rival, immobile.

« Misérable ! me laisseras-tu la place libre ?

— Non, » dit Martin Paz, et deux poignards brillèrent au bras droit des deux adversaires. Ils étaient d'égale taille, et ils semblaient d'égale force.

André Certa leva rapidement son bras, qu'il laissa retomber plus rapidement encore. Son poignard avait rencontré le poignard malais de l'Indien, et il roula aussitôt à terre, frappé à l'épaule.

« A l'aide! à moi ! » cria-t-il.

La porte de la maison du juif s'ouvrit Des métis accoururent d'une maison voisine. Les uns poursuivirent l'Indien, qui prit rapidement le large; les autres relevèrent le blessé.

« Quel est cet homme? dit l'un d'eux. Si c'est un marin, à l'hôpital du Saint-Esprit. Si c'est un Indien, à l'hôpital de Sainte-Anne. »

Un vieillard s'approcha du blessé, et à peine l'eut-il vu, qu'il s'écria :

« Que l'on transporte ce jeune homme chez moi. Voilà un étrange malheur ! »

Ce vieillard était le juif Samuel, et il venait de reconnaître dans le blessé le fiancé de sa fille.

Cependant, Martin Paz, grâce à l'obscurité et à la rapidité de sa course, espérait échapper à ceux qui le poursuivaient. Il y allait de sa vie. S'il avait pu gagner la campagne, il eut été en sûreté; mais les portes de la ville, fermées à onze heures du soir, ne se rouvraient que vers les quatre heures du matin.

Il arriva sur le pont de pierre qu'il avait déjà traversé. En ce moment, les Indiens et quelques soldats, qui s'étaient joints à eux, le pressaient de près. Par

« Est-ce la première fois que l'Indien se trouve sur notre passage? » (Page 179.)

malheur, une patrouille débouchait à l'extrémité opposée. Martin Paz, ne pouvant ni avancer, ni revenir sur ses pas, franchit le parapet et s'élança dans le courant rapide qui se brisait sur un lit de pierres.

Les deux troupes coururent vers les berges inférieures du pont, pour saisir le fugitif au moment où il prendrait terre.

Mais ce fut en vain. Martin Paz ne reparut pas.

« Va-t'en ! » répondit durement le vieillard. (Page 186.)

III

André Certa, une fois introduit dans la maison de Samuel et couché dans un lit préparé en toute hâte, reprit ses sens et serra la main du vieux juif. Le médecin, averti par un des domestiques, était promptement accouru. La blessure lui parut être sans gravité ; l'épaule du métis se trouvait traversée de telle façon que l'acier avait seulement glissé entre les chairs. Dans quelques jours, André Certa devait se trouver sur pied.

Lorsque Samuel et André Certa furent seuls, ce dernier lui dit :

« Vous voudrez bien faire murer la porte qui conduit à votre terrasse, maître Samuel.

— Que craignez-vous donc? demanda le juif.

— Je crains que Sarah ne retourne s'y offrir aux contemplations des Indiens! Ce n'est point un voleur qui m'a attaqué, c'est un rival, auquel je n'ai échappé que par miracle!

— Ah! par les saintes Tables, s'écria le juif, vous vous trompez! Sarah sera une épouse accomplie, et je n'oublie rien pour qu'elle vous fasse honneur. »

André Certa se leva à demi sur son coude.

« Maître Samuel, une chose dont vous ne vous souvenez pas assez, c'est que je vous paye la main de Sarah cent mille piastres.

— André Certa, répondit le juif avec un ricanement cupide, je m'en souviens tellement que je suis prêt à échanger ce reçu contre des espèces sonnantes. »

Et ce disant, Samuel tira de son portefeuille un papier qu'André Certa repoussa de la main.

« Le marché n'existe pas entre nous, tant que Sarah ne sera pas ma femme, et elle ne le sera jamais, s'il me faut la disputer à un pareil rival! Vous savez, maître Samuel, quel est mon but. En épousant Sarah, je veux devenir l'égal de toute cette noblesse qui n'a pour moi que des regards de mépris !

— Et vous le pourrez, André Certa, car, une fois marié, vous verrez nos plus fiers Espagnols se presser dans vos salons !

— Où Sarah a-t-elle été ce soir?

— Au temple israélite, avec la vieille Ammon.

— A quoi bon faire suivre à Sarah vos rites religieux?

— Je suis juif, répliqua Samuel, et Sarah serait-elle ma fille, si elle n'accomplissait pas les devoirs de ma religion? »

C'était un homme vil que le juif Samuel. Trafiquant de tout et partout, il descendait en droite ligne de ce Judas qui livra son maître pour trente deniers. Son installation à Lima datait de dix ans. Par goût et par calcul, il avait choisi sa demeure à l'extrémité du faubourg de San-Lazaro, et il se mit dès lors à l'affût de véreuses spéculations. Puis, peu à peu, il afficha un grand luxe; sa maison fut somptueusement entretenue, et ses nombreux domestiques, ses brillants équipages lui firent attribuer des revenus immenses.

Lorsque Samuel vint se fixer à Lima, Sarah avait huit ans. Déjà gracieuse et charmante, elle plaisait à tous et semblait l'idole du juif. Quelques années plus tard, sa beauté attirait tous les regards, et l'on comprend que le métis André

Certa devint épris de la jeune juive. Ce qui eût paru inexplicable, c'était les cent mille piastres, prix de la main de Sarah; mais ce marché était secret. D'ailleurs, il fallait bien que ce Samuel trafiquât des sentiments comme des produits indigènes. Banquier, prêteur, marchand, armateur, il avait le talent de faire affaire avec tout le monde. La goëlette l'*Annonciacion*, qui cherchait à atterrir cette nuit-là vers l'embouchure de la Rimac, appartenait au juif Samuel.

Au milieu de ce mouvement d'affaires, par un entêtement traditionnel, cet homme accomplissait les rites de sa religion avec une superstition minutieuse, et sa fille avait été soigneusement instruite des pratiques israélites.

Aussi, lorsque, dans cette conversation, le métis lui eut laissé voir son déplaisir à ce sujet, le vieillard demeura-t-il muet et pensif. Ce fut André Certa qui rompit le silence, en lui disant:

« Oubliez-vous donc que le motif pour lequel j'épouse Sarah l'obligera à se convertir au catholicisme?

— Vous avez raison, répondit tristement Samuel; mais, de par la Bible, Sarah sera juive tant qu'elle sera ma fille! »

En ce moment, la porte de la chambre s'ouvrit, et le majordome entra.

« Le meurtrier est-il arrêté? demanda Samuel.

— Tout nous porte à croire qu'il est mort! répondit le majordome.

— Mort! fit André Certa avec un mouvement de joie.

— Pris entre nous et une troupe de soldats, il s'est vu forcé de franchir le parapet du pont et de se précipiter dans la Rimac.

— Mais qui vous prouve qu'il n'a pu gagner l'une des rives? demanda Samuel.

— La fonte des neiges a rendu le courant torrentiel en cet endroit, répondit le majordome. D'ailleurs, nous nous sommes postés des deux côtés du fleuve, et le fugitif n'a pas reparu. J'ai laissé des sentinelles qui passeront la nuit à surveiller les rives de la Rimac.

— Bien, dit le vieillard, il s'est fait justice lui-même! L'avez-vous reconnu, dans sa fuite?

— Parfaitement. C'était Martin Paz, l'Indien des montagnes.

— Est-ce que cet homme épiait Sarah depuis quelque temps? demanda le juif.

— Je ne sais, répondit le majordome.

— Faites venir la vieille Ammon. »

Le majordome se retira.

« Ces Indiens, fit le vieillard, ont entre eux des affiliations secrètes. Il faut savoir si les poursuites de cet homme remontent à une époque éloignée. »

La duègne entra et demeura debout devant son maître.

« Ma fille, demanda Samuel, ne sait rien de ce qui s'est passé ce soir ?

— Je l'ignore, répondit la duègue, mais quand les cris de vos serviteurs m'ont réveillée, j'ai couru à la chambre de la señora, et je l'ai trouvée presque sans mouvement.

— Continue, dit Samuel.

— A mes demandes pressantes sur la cause de son agitation, la señora n'a rien voulu répondre ; elle s'est mise au lit sans accepter mes services, et j'ai dû me retirer.

— Est-ce que cet Indien se trouvait souvent sur sa route ?

— Je ne sais trop, maître ! Cependant, je l'ai rencontré souvent dans les rues de San-Lazaro, et, ce soir, il a secouru la senora sur la Plaza-Mayor.

— Secourue ! et comment ? »

La vieille raconta la scène qui s'était passée.

« Ah ! ma fille voulait s'agenouiller parmi ces chrétiens ! s'écria le juif avec colère, et je ne sais rien de tout cela ! Tu veux donc que je te chasse ?

— Maître, pardonnez-moi !

— Va-t'en ! » répondit durement le vieillard.

La vieille sortit toute confuse.

« Vous voyez qu'il faut nous marier promptement ! dit alors André Certa. Mais j'ai besoin de repos, maintenant, et je vous prierai de me laisser seul. »

Sur ces paroles, le vieillard se retira lentement. Toutefois, avant de regagner son lit, il voulut s'assurer de l'état de sa fille, et il entra doucement dans sa chambre. Sarah dormait d'un sommeil agité, au milieu des riches soieries drapées autour d'elle. Une veilleuse d'albâtre, suspendue aux arabesques du plafond, versait sa douce lumière, et la fenêtre entr'ouverte laissait passer, au travers des stores abaissés, la fraîcheur du ciel, tout imprégnée du parfum pénétrant des aloès et des magnolias. Le luxe créole éclatait dans les mille objets d'art que le bon goût avait dispersés sur les étagères précieusement sculptées de la chambre, et, sous les vagues lueurs de la nuit, on eût dit que l'âme de la jeune fille se jouait parmi ces merveilles.

Le vieillard s'approcha du lit de Sarah et se pencha sur elle pour épier son sommeil. La jeune juive semblait tourmentée par une pensée douloureuse, et, une fois, le nom de Martin Paz s'échappa de ses lèvres.

Samuel regagna sa chambre.

Aux premiers rayons du soleil, Sarah se leva en toute hâte. Liberta, Indien noir attaché à son service, accourut près d'elle, et, suivant ses ordres, il sella une mule pour sa maîtresse, un cheval pour lui.

Sarah avait coutume de faire de matinales promenades, suivie de ce serviteur, qui lui était tout dévoué.

Elle revêtit une jupe de couleur brune et une mante de cachemire à gros glands ; elle s'abrita sous les larges bords d'un chapeau de paille, laissant flotter sur son dos ses longues tresses noires, et, pour mieux dissimuler ses préoccupations, elle roula entre ses lèvres une cigarette de tabac parfumé.

Une fois en selle, Sarah sortit de la ville et se mit à courir par la campagne en se dirigeant vers le Callao. Le port était en grande animation ; les gardes-côtes avaient eu à batailler pendant la nuit avec la goëlette *Annonciacion*, dont les manœuvres indécises trahissaient quelque intention frauduleuse. L'*Annonciacion* avait semblé attendre quelques embarcations suspectes vers l'embouchure de la Rimac ; mais avant que celles-ci l'eussent accostée, elle avait pu fuir et échapper aux chaloupes du port.

Divers bruits circulaient sur la destination de cette goëlette. Selon les uns, chargée de troupes colombiennes, elle cherchait à s'emparer des principaux bâtiments du Callao et à venger l'affront fait aux soldats de Bolivar, qui avaient été honteusement chassés du Pérou.

Selon d'autres, la goëlette se livrait simplement à la contrebande des lainages d'Europe.

Sans se préoccuper de ces nouvelles plus ou moins vraies, Sarah, dont la promenade au port n'avait été qu'un prétexte, revint vers Lima, qu'elle atteignit près des bords de la Rimac.

Elle remonta le fleuve jusqu'au pont. Là, des rassemblements de soldats et de métis se tenaient sur divers points de la rive.

Liberta avait appris à la jeune fille les événements de la nuit. Suivant son ordre, il interrogea quelques soldats penchés sur le parapet, et il apprit que, non-seulement Martin Paz s'était noyé, mais qu'on n'avait pas même retrouvé son corps.

Il fallut à Sarah, prête à défaillir, toute sa force d'âme pour ne pas s'abandonner à sa douleur.

Parmi les gens qui erraient sur les rives, elle remarqua un Indien aux traits farouches : c'était le Sambo, qui semblait en proie au désespoir.

Sarah, en passant près du vieux montagnard, entendit ces mots :

« Malheur ! malheur ! Ils ont tué le fils du Sambo ! Ils ont tué mon fils ! »

La jeune fille se redressa, fit signe à Liberta de la suivre. Cette fois, sans s'inquiéter d'être aperçue, elle se rendit à l'église de Sainte-Anne, laissa sa monture à l'Indien, entra dans le temple catholique, fit demander le père Joachim, et, s'agenouillant sur les dalles de pierre, elle pria pour l'âme de Martin Paz.

IV

Tout autre que Martin Paz eût péri dans les eaux de la Rimac. Pour échapper à la mort, il lui avait fallu sa force surprenante, son insurmontable volonté, et surtout ce sang-froid qui est un des priviléges des libres Indiens du Nouveau-Monde.

Martin Paz savait que les soldats concentreraient leurs efforts pour le saisir au-dessous du pont, où le courant semblait impossible à vaincre; mais, par les élans d'une coupe vigoureuse, il parvint à le refouler. Trouvant alors moins de résistance dans les couches d'eau inférieures, il put gagner la rive et se blottir derrière une touffe de mangliers.

Mais que devenir? Les soldats pouvaient se raviser et remonter le cours du fleuve. Martin Paz serait infailliblement capturé. Sa décision fut rapidement prise : il résolut de rentrer dans la ville et de s'y cacher.

Pour éviter quelques indigènes attardés, Martin Paz dut suivre une des plus larges rues. Mais il lui sembla qu'il était épié. Il n'y avait pas à hésiter. Une maison, encore brillamment éclairée, s'offrit à ses yeux; la porte cochère était ouverte pour donner passage aux équipages qui sortaient de la cour et ramenaient à leurs demeures les sommités de l'aristocratie espagnole.

Martin Paz, sans être vu, se glissa dans cette habitation, et les portes furent presque aussitôt fermées sur lui. Il franchit alors prestement un riche escalier en bois de cèdre, orné de tentures de prix; les salons étaient encore éclairés, mais absolument vides; il les traversa avec la vitesse de l'éclair et se cacha enfin dans une sombre chambre.

Bientôt les derniers lustres furent éteints, et la maison redevint silencieuse.

Martin Paz s'occupa alors de reconnaître la place. Les fenêtres de cette chambre donnaient sur un jardin intérieur; il lui sembla donc que la fuite était praticable, et il allait s'élancer, quand il entendit ces paroles :

« Señor, vous avez oublié de voler les diamants que j'avais laissés sur cette table! »

Martin Paz se retourna. Un homme de physionomie fière lui montrait un écrin du doigt.

Martin Paz, ainsi insulté, se rapprocha de l'Espagnol, dont le sang-froid semblait être inaltérable, et, tirant un poignard qu'il tourna contre lui-même :

« Señor, dit-il d'une voix sourde, si vous répétez de semblables paroles, je me tue à vos pieds ! »

L'Espagnol, étonné, considéra plus attentivement l'Indien, et il sentit une sorte de sympathie lui monter au cœur. Il alla vers la fenêtre, la ferma doucement, et, revenant vers l'Indien, dont le poignard était tombé à terre :

« Qui êtes-vous ? lui demanda-t-il.

— L'Indien Martin Paz... Je suis poursuivi par les soldats, pour m'être défendu contre un métis qui m'attaquait et l'avoir jeté à terre d'un coup de poignard ! Ce métis est le fiancé d'une jeune fille que j'aime ! Maintenant, señor, vous pouvez me livrer à mes ennemis, si vous le jugez convenable !

— Monsieur, répondit simplement l'Espagnol, je pars demain pour les bains de Chorillos. S'il vous plaît de m'y accompagner, vous serez momentanément à l'abri de toutes poursuites, et vous n'aurez jamais à vous plaindre de l'hospitalité du marquis don Végal ! »

Martin Paz s'inclina froidement.

« Vous pouvez jusqu'à demain vous jeter sur ce lit de repos, reprit don Végal. Il n'est personne au monde qui puisse soupçonner votre retraite. »

L'Espagnol sortit de la chambre et laissa l'Indien ému d'une si généreuse confiance ; puis, Martin Paz, s'abandonnant à la protection du marquis, s'endormit paisiblement.

Le lendemain, au lever du soleil, le marquis donna les derniers ordres pour son départ et fit prier le juif Samuel de venir chez lui ; mais, auparavant, il se rendit à la première messe du matin.

C'était une pratique généralement observée par toute l'aristocratie péruvienne. Dès sa fondation, Lima avait été essentiellement catholique ; outre ses nombreuses églises, elle comptait encore vingt-deux couvents, dix-sept monastères et quatre maisons de retraite pour les femmes qui ne prononçaient pas de vœux. Chacun de ces établissements possédait une chapelle particulière, si bien qu'il existait à Lima plus de cent maisons affectées au culte, où huit cents prêtres séculiers ou réguliers, trois cents religieuses, frères lais et sœurs, accomplissaient les cérémonies de la religion.

Don Végal, en entrant à Sainte-Anne, remarqua d'abord une jeune fille agenouillée, tout en prières et en pleurs. Elle paraissait éprouver une douleur telle

Elle pria pour l'âme de Martin Paz. (Page 187.)

que le marquis ne put la considérer sans émotion, et il se disposait à lui adresser
quelques bienveillantes paroles, lorsque le père Joachim arriva et lui dit à voix
basse :

« Don Végal, par grâce! n'approchez pas! »

Puis le prêtre fit un signe à Sarah, qui le suivit dans une chapelle sombre et
déserte.

Don Végal se dirigea vers l'autel et entendit la messe; puis, en revenant, il
songea involontairement à cette jeune fille, dont l'image restait profondément
gravée dans son esprit.

Don Végal trouva au salon le juif Samuel, qui s'était rendu à ses ordres.

« Et le jour où mes frères se lèveront en masse... » (Page 194.)

Samuel semblait avoir oublié les événements de la nuit. L'espoir du gain animait son visage.

« Que veut Votre Seigneurie? demanda-t-il à l'Espagnol.

— Il me faut trente mille piastres avant une heure.

— Trente mille piastres!... Et qui les possède?... Par le saint roi David, señor, je suis plus empêché de les trouver que Votre Grâce ne se l'imagine !

— Voici quelques écrins d'une grande valeur, reprit don Végal, sans s'arrêter aux paroles du juif. En outre, je puis vous vendre à bas prix une terre considérable auprès de Cusco...

— Ah! señor, s'écria Samuel, les terres nous ruinent! Nous n'avons plus assez de bras pour les cultiver. Les Indiens se retirent dans les montagnes, et les récoltes ne payent même plus ce qu'elles coûtent!

— Combien estimez-vous ces diamants?» demanda le marquis.

Samuel tira de sa poche une petite balance de précision et se mit à peser les pierres avec une minutieuse attention. Tout en agissant ainsi, il parlait, et, selon son habitude, dépréciait le gage qui lui était offert.

« Les diamants!... mauvais placement!... Que rapportent-ils?... Autant vaut enterrer son argent!... Vous remarquerez, señor, que l'eau de celui-ci n'est pas d'une limpidité parfaite... Savez-vous que je ne trouve point à revendre aisément ces coûteuses parures? Il me faut expédier ces marchandises-là jusqu'aux provinces de l'Union!... Les Américains me les achètent, sans doute, mais pour les céder à ces fils d'Albion. Ils veulent, dès lors, et c'est fort juste, gagner une commission honnête, si bien que cela retombe sur mon dos... Je pense que dix mille piastres contenteront Votre Seigneurie!.. C'est peu, sans doute, mais...

— Ai-je dit, reprit l'Espagnol avec un profond air de mépris, ai-je dit que dix mille piastres ne me suffisaient pas?

— Señor, je ne pourrais mettre un demi-réal de plus!

— Emportez ces écrins et faites-moi tenir la somme à l'instant même. Pour me compléter les trente mille piastres dont j'ai besoin, vous prendrez une hypothèque suffisante sur cette maison... Vous semble-t-elle solide?

— Eh! señor, dans cette ville sujette aux tremblements de terre, on ne sait ni qui vit ni qui meurt, ni qui se tient debout ni qui tombe! »

Et, ce disant, Samuel se laissait aller plusieurs fois sur les talons pour éprouver la solidité des parquets.

« Enfin, pour obliger Votre Seigneurie, dit-il, j'en passerai par où elle voudra, bien que, dans ce moment, je tienne à ne pas me dégarnir d'espèces sonnantes, car je marie ma fille au cavalier André Certa... Vous le connaissez, señor?

— Je ne le connais pas, et je vous prie de m'envoyer à l'instant la somme dont nous sommes convenus. Emportez ces écrins!

— En voulez-vous un reçu?» demanda le juif.

Don Végal ne lui répondit pas et passa dans la chambre voisine.

« Orgueilleux Espagnol! marmotta Samuel entre ses dents, je veux priser ton insolence comme je dissiperai ta richesse! De par Salomon! un habile homme, puisque mes intérêts vont de pair avec mes senti »

Don Végal, en quittant le juif, avait trouvé Martin Paz dans un abattement profond.

« Qu'avez-vous ? lui demanda-t-il avec affection.

— Señor, c'est la fille de ce juif que j'aime !

— Une juive ! » fit don Végal avec un sentiment répulsif qu'il ne put maîtriser.

Mais, voyant la tristesse de l'Indien, il ajouta :

« Partons, ami, nous reparlerons de toutes ces choses ! »

Une heure plus tard, Martin Paz, revêtu d'habits étrangers, sortait de la ville, accompagnant don Végal, qui n'emmenait aucun de ses gens avec lui.

Les bains de mer de Chorillos sont situés à deux lieues de Lima. Cette paroisse indienne possède une jolie église. Pendant les saisons chaudes, elle est le rendez-vous de l'élégante société liménienne. Les jeux publics, interdits à Lima, sont ouverts à Chorillos pendant tout l'été. Les señoras y déploient une ardeur inimaginable, et, en pariant contre ces jolies partners, plus d'un riche cavalier a vu sa fortune se dissiper en quelques nuits.

Chorillos était encore peu fréquenté. Aussi don Végal et Martin Paz, retirés dans un cottage bâti sur le bord de la mer, purent-ils vivre en paix en contemplant les vastes plaines du Pacifique.

Le marquis don Végal, qui appartenait à l'une des plus anciennes familles espagnoles du Pérou, voyait finir en lui la superbe lignée dont il s'enorgueillissait à bon droit. Aussi son visage laissait-il apercevoir les traces d'une profonde tristesse. Après s'être mêlé pendant quelque temps aux affaires politiques, il avait ressenti un inexprimable dégoût pour ces révolutions incessantes, faites au profit d'ambitions personnelles, et il s'était retiré dans une sorte de solitude, que seuls les devoirs d'une stricte politesse interrompaient à de rares intervalles.

Son immense fortune s'en allait de jour en jour. L'abandon auquel ses domaines étaient livrés par le manque de bras l'obligeait à des emprunts onéreux ; mais la perspective d'une ruine prochaine ne l'effrayait pas. L'insouciance naturelle à la race espagnole, jointe à l'ennui d'une existence inutile, l'avait rendu fort insensible aux menaces de l'avenir. Epoux autrefois d'une femme adorée, père d'une charmante petite fille, il s'était vu ravir, par une catastrophe horrible, ces deux objets de son amour !... Depuis lors, aucun lien d'affection ne l'attachait plus au monde, et il laissait sa vie aller au gré des événements.

Don Végal croyait donc son cœur bien mort, lorsqu'il le sentit palpiter de nouveau au contact de Martin Paz. Cette nature ardente réveilla le feu sous la cendre ; la fière prestance de l'Indien allait à l'hidalgo chevaleresque ; puis, lassé des nobles Espagnols, dans lesquels il n'avait plus confiance, dégoûté des métis égoïstes qui voulaient se grandir à sa taille, le marquis eut plaisir à se rattacher à cette race primitive, qui disputa si vaillamment le sol américain aux soldats de Pizarre.

L'Indien passait pour mort à Lima, suivant les nouvelles que le marquis avait reçues ; mais don Végal, regardant l'attachement de Martin Paz pour une juive comme pire que la mort même, résolut de le sauver doublement, en laissant marier la fille de Samuel à André Certa.

Aussi, tandis que Martin Paz sentait une tristesse infinie lui envahir le cœur, le marquis évitait toute allusion au passé et entretenait le jeune Indien de sujets indifférents.

Un jour, cependant, don Végal, attristé de ses préoccupations, lui dit :

« Pourquoi, mon ami, renier par un sentiment vulgaire la noblesse de votre nature ? N'avez-vous pas pour ancêtre ce hardi Manco-Capac, que son patriotisme a placé au rang des héros ? Quel beau rôle aurait à jouer un homme qui ne se laisserait pas abattre par une passion indigne ! N'avez-vous donc pas à cœur de reconquérir un jour votre indépendance ?

« Nous y travaillons, señor, dit l'Indien, et le jour où mes frères se lèveront en masse n'est peut-être pas éloigné.

— Je vous entends ! Vous parlez de cette guerre sourde que vos frères préparent dans leurs montagnes ! A un signal, ils descendront sur la ville, les armes à la main..., et ils seront vaincus, comme ils l'ont toujours été ! Voyez donc enfin combien vos intérêts disparaissent au milieu de ces révolutions perpétuelles dont le Pérou est le théâtre, révolutions qui perdront Indiens et Espagnols au profit des métis !

— Nous sauverons notre pays ! s'écria Martin Paz.

— Oui, vous le sauverez, si vous comprenez votre rôle ! répondit don Végal. Écoutez-moi, vous que j'aime comme un fils ! Je le dis avec douleur, mais, nous autres Espagnols, fils dégénérés d'une puissante race, nous n'avons plus l'énergie nécessaire pour relever un État. C'est donc à vous de triompher de ce malheureux *américanisme*, qui tend à rejeter au dehors tout colon étranger ! Oui, sachez-le ! Il n'y a qu'une immigration européenne qui puisse sauver le vieil empire péruvien. Au lieu de cette guerre intestine que vous préparez et qui tend à exclure toutes les castes, à l'exception d'une seule, tendez donc franchement la main aux populations travailleuses de l'ancien Monde !

— Les Indiens, señor, verront toujours un ennemi dans les étrangers, quels qu'ils soient, et ils ne souffriront jamais que l'on respire impunément l'air de leurs montagnes. L'espèce de domination que j'exerce sur eux sera sans effet le jour où je ne jurerai pas la mort de leurs oppresseurs. — Et d'ailleurs, que suis-je maintenant ? ajouta Martin Paz avec une grande tristesse. Un fugitif qui n'aurait pas trois heures à vivre dans les rues de Lima !

— Ami, il faut me promettre de n'y pas retourner...

— Eh ! puis-je vous le promettre, don Végal ? Je ne parlerais pas selon mon cœur ! »

Don Végal demeura silencieux. La passion du jeune Indien s'accroissait de jour en jour. Le marquis tremblait de le voir courir à une mort certaine, s'il reparaissait à Lima... Il hâtait de tous ses vœux, il eût voulu hâter de tous ses efforts le mariage de la juive !

Pour s'assurer par lui-même de l'état des choses, il quitta Chorillos un matin et revint à la ville. Là, il apprit que, remis de sa blessure, André Certa était sur pied, et que son prochain mariage faisait l'objet de toutes les conversations.

Don Végal voulut connaître cette jeune fille, aimée de Martin Paz. Il se rendit, le soir, sur la Plaza-Mayor, où la foule était toujours nombreuse. Là, il fit la rencontre du père Joachim, son vieil ami. Quel fut l'étonnement du prêtre, quand don Végal lui apprit l'existence de Martin Paz, et avec quel empressement il promit de veiller sur le jeune Indien et de faire parvenir au marquis les nouvelles qui l'intéresseraient !

Tout à coup, les regards de don Végal se portèrent sur une jeune fille enveloppée d'une mante noire, qui était assise dans le fond d'une calèche.

« Quelle est cette belle personne ? demanda-t-il au père Joachim.

— C'est la fiancée d'André Certa, la fille du juif Samuel.

— Elle ! la fille du juif ! »

Le marquis contint à peine son étonnement, et, serrant la main du père Joachim, il reprit le chemin de Chorillos.

Sa surprise s'expliquait, puisqu'il venait de reconnaître, dans la prétendue juive· cette jeune fille qu'il avait vue prier à l'église Sainte-Anne.

V

Depuis que les troupes colombiennes, mises par Bolivar aux ordres du général Santa-Cruz, avaient été chassées du bas Pérou, ce pays, jusqu'alors agité par les révoltes militaires, avait repris quelque calme et quelque tranquil-

lité. En effet, les ambitions particulières ne tendaient plus à se faire jour, et
le président Gambarra paraissait inébranlable dans son palais de la Plaza-
Mayor. De ce côté, il n'y avait donc rien à craindre; mais le danger véritable,
imminent, ne venait pas de ces rébellions, aussi promptement éteintes qu'allu-
mées, et qui semblaient flatter le goût des Américains pour les parades militaires.

Or, ce péril échappait aux regards des Espagnols, trop haut placés pour le
voir, et à l'attention des métis, qui ne voulaient jamais regarder au-dessous
d'eux.

Et cependant, il y avait une agitation inaccoutumée parmi les Indiens de la
ville, qui se mêlaient souvent aux habitants des montagnés. Ces gens semblaient
avoir secoué leur apathie naturelle. Au lieu de se rouler dans leur puncho, les
pieds tournés au soleil, ils se répandaient dans la campagne, s'arrêtaient les
uns les autres, se reconnaissaient à des signes particuliers, et hantaient les
hôtelleries les moins achalandées, dans lesquelles ils pouvaient sans danger s'en-
tretenir.

Ce mouvement pouvait être observé principalement sur une des places écar-
tées de la ville. A l'angle de cette place s'élevait une maison, formée d'un rez-
de-chaussée seulement, et dont l'apparence assez misérable choquait les regards.

C'était une taverne de dernier ordre, tenue par une vieille Indienne, qui offrait
aux plus infimes chalands sa bière de maïs fermenté et une boisson faite avec
la canne à sucre.

Le rassemblement des Indiens sur cette place n'avait lieu qu'à de certaines
heures, lorsqu'une longue perche se dressait sur le toit de l'auberge, comme un
signal. Alors les indigènes de toute profession, conducteurs de convoi, muletiers,
charretiers, entraient un à un et disparaissaient aussitôt dans la grande salle.
L'hôtesse semblait fort affairée, et, laissant à sa servante le soin de la boutique,
courait servir elle même ses pratiques accoutumées.

Quelques jours après la disparition de Martin Paz, il y eut une assemblée
nombreuse dans la salle de l'auberge. C'est à peine si dans les ténèbres, obscur-
cies par la fumée du tabac, l'on pouvait distinguer les habitués de cette taverne.
Une cinquantaine d'Indiens étaient rangés autour d'une longue table : les uns
chiquaient une sorte de feuille de thé, mêlée à un petit morceau de terre odo-
rante; les autres buvaient à même de grands pots de maïs fermenté; mais ces
occupations ne les distrayaient aucunement, et ils écoutaient avec attention la
parole d'un Indien.

C'était le Sambo, dont les regards avaient une étrange fixité.

Après avoir minutieusement examiné ses auditeurs, le Sambo reprit la parole :

« Les fils du Soleil peuvent causer de leurs affaires. Il n'est pas d'oreille perfide qui puisse les entendre. Sur la place, quelques-uns de nos amis, déguisés en chanteurs des rues, attirent les passants autour d'eux, et nous jouissons d'une liberté entière. »

En effet, les sons d'une mandoline retentissaient au dehors.

Les Indiens de l'auberge, se sachant en sûreté, prêtèrent donc une attention extrême aux paroles du Sambo, en qui ils mettaient toute leur confiance.

« Quelles nouvelles de Martin Paz le Sambo peut-il nous donner ? demanda un Indien.

— Aucune. Est-il mort, ou non ?... C'est ce que le Grand-Esprit peut seul savoir. J'attends quelques-uns de nos frères, qui ont descendu le fleuve jusqu'à son embouchure. Peut-être auront-ils trouvé le corps de Martin Paz !

— C'était un bon chef ! dit Manangani, farouche Indien, fort redouté. Mais pourquoi n'était-il pas à son poste, le jour où la goëlette nous apportait des armes ? »

Le Sambo ne répondit pas et baissa la tête.

« Mes frères, reprit Manangani, ne savent-ils pas qu'il y a eu échange de coups de fusil entre l'*Annonciacion* et les gardes-côtes, et que la prise de ce bâtiment eût fait échouer tous nos plans ? »

Un murmure approbateur accueillit les paroles de l'Indien.

« Ceux de mes frères qui voudront attendre pour juger seront les bienvenus ! reprit le Sambo. Qui sait si mon fils, Martin Paz, ne reparaîtra pas quelque jour !... Ecoutez maintenant : les armes qui nous ont été envoyées de Sechura sont en notre pouvoir ; elles sont cachées dans les montagnes des Cordillères, et prêtes à faire leur office, quand vous serez préparés à faire votre devoir !

— Et qui nous retarde ? s'écria un jeune Indien. Nous avons aiguisé nos couteaux, et nous attendons.

— Laissez venir l'heure, répondit le Sambo. Mes frères savent-ils quel ennemi leur bras doit frapper d'abord ?

— Ce sont ces métis qui nous traitent en esclaves, dit un des assistants, ces insolents qui nous frappent de la main et du fouet, comme les mules rétives !

— Non pas, répondit un autre, ce sont les accapareurs de toutes les richesses du sol !

— Vous vous trompez, et vos premiers coups doivent porter ailleurs ! reprit le Sambo en s'animant. Ces hommes ne sont pas ceux qui ont osé, il y a trois

« Quelle est cette belle personne ? » (Page 195.)

cents ans, mettre le pied sur la terre de vos ancêtres! Ces richards ne sont pas
ceux qui ont traîné dans la tombe les fils de Manco-Capac. Non! ce sont ces
orgueilleux Espagnols, les vrais vainqueurs dont vous êtes les vrais esclaves!
S'ils n'ont plus la richesse, ils ont l'autorité, et, en dépit de l'émancipation péruvienne, ils foulent aux pieds nos droits naturels! Oublions donc ce que nous
sommes, pour nous souvenir de ce que nos pères ont été !

— Oui! oui! » s'écria l'assemblée avec des trépignements d'approbation.

Après quelques moments de silence, le Sambo s'assura, en interrogeant divers
conjurés, que leurs amis de Cusco et de toute la Bolivie étaient prêts à frapper
comme un seul homme.

L'hôtesse lui remit un billet. (Page 200)

Puis, reprenant avec feu :

« Et nos frères des montagnes, brave Manangani, s'ils ont tous dans le cœur une haine égale à la tienne, un courage égal au tien, ne tomberont-ils pas sur Lima, comme une avalanche du haut des Cordillères?

— Le Sambo ne se plaindra pas de leur hardiesse au jour marqué, répondit Manangani. Que le Sambo sorte de la ville, il n'ira pas loin sans voir surgir autour de lui des Indiens ardents à la vengeance! Dans les gorges de San-Cristoval et des Amancaës, plus d'un est couché dans son puncho, le poignard à la ceinture, attendant qu'une carabine soit confiée à sa main! Eux aussi n'ont pas oublié qu'ils ont à venger sur les Espagnols la défaite de Manco-Capac.

— Bien, Manangani! reprit le Sambo. C'est le Dieu de la haine qui parle par ta bouche! Mes frères sauront avant peu celui que leurs chefs auront choisi. Le président Gambarra ne cherche qu'à se consolider au pouvoir, Bolivar est loin, Santa-Cruz est chassé. Nous pouvons agir à coup sûr. Dans quelques jours, la fête des Amancaës appellera nos oppresseurs au plaisir. Donc, que chacun soit prêt à se mettre en marche, et que la nouvelle en arrive jusqu'aux villages les plus reculés de la Bolivie! »

En ce moment, trois Indiens pénétrèrent dans la grande salle. Le Sambo marcha vivement à eux :

« Eh bien? leur demanda-t-il.

— Le corps de Martin Paz n'a pu être retrouvé, répondit un de ces Indiens. Nous avons sondé la rivière dans tous les sens, nos plus habiles plongeurs l'ont explorée avec soin, et nous pensons que le fils du Sambo ne peut avoir péri dans les eaux de la Rimac.

— L'ont-ils donc tué! Qu'est-il devenu? Oh! malheur à eux, s'ils ont tué mon fils!... Que mes frères se séparent en silence! Que chacun retourne à son poste, regarde, veille et attende! »

Les Indiens sortirent et se dispersèrent. Le Sambo demeura seul avec Manangani, qui lui demanda :

« Le Sambo sait-il quel sentiment conduisait, ce soir-là, son fils au quartier de San-Lazaro? Le Sambo est-il sûr de son fils? »

Un éclair jaillit des yeux de l'Indien. Manangani recula.

Mais l'Indien se contint et dit :

« Si Martin Paz trahissait ses frères, je tuerais d'abord tous ceux auxquels il a donné son amitié, toutes celles auxquelles il a donné son amour. Puis, je le tuerais lui-même, et je me tuerais ensuite, pour ne rien laisser sous le soleil d'une race déshonorée! »

En ce moment, l'hôtesse ouvrit la porte de la salle, s'avança vers le Sambo et lui remit un billet à son adresse.

« Qui vous a donné cela? dit-il.

— Je ne sais, répondit l'hôtesse. Ce papier aura été oublié à dessein par un buveur, car je l'ai trouvé sur une table.

— Il n'est venu que des Indiens ici?

— Il n'est venu que des Indiens. »

L'hôtesse sortit. Le Sambo déploya le billet et lut à haute voix :

« Une jeune fille a prié pour Martin Paz, car elle n'oublie pas l'Indien qui a « risqué sa vie pour elle! Si le Sambo a quelque nouvelle de son fils, ou quelque

« espoir de le retrouver, qu'il entoure son bras d'un foulard rouge. Il y a des
« yeux qui le voient passer tous les jours. »

Le Sambo froissa le billet.

« Le malheureux, dit-il, s'est laissé prendre aux yeux d'une femme!

— Quelle est cette femme? demanda Manangani.

— Ce n'est pas une Indienne, répondit le Sambo, en regardant le billet. C'est
quelque jeune fille élégante... Ah! Martin Paz, je ne te reconnais plus!

— Ferez-vous ce que cette femme vous prie de faire?

— Non pas, répondit violemment l'Indien. Qu'elle perde tout espoir de jamais
revoir mon fils, et qu'elle en meure! »

Et le Sambo déchira le billet avec rage.

« C'est un Indien qui a dû apporter ce billet, fit observer Manangani.

— Oh! il ne peut être des nôtres! Il aura su que je venais souvent à cette
auberge, mais je n'y remettrai plus les pieds. Que mon frère retourne aux
montagnes, je reste à veiller sur la ville. Nous verrons si la fête des Amancaës
sera joyeuse pour les oppresseurs ou pour les opprimés! »

Les deux Indiens se séparèrent.

Le plan était bien conçu et l'heure de son exécution bien choisie. Le Pérou,
presque dépeuplé alors, ne comptait qu'un petit nombre d'Espagnols et de
métis. L'invasion des Indiens, accourant des forêts du Brésil aussi bien que des
montagnes du Chili et des plaines de la Plata, devait couvrir d'une armée redoutable le théâtre de la rébellion. Une fois les grandes villes, telles que Lima,
Cusco, Puno, détruites de fond en comble, il n'était pas à croire que les troupes
colombiennes, chassées depuis peu par le gouvernement péruvien, vinssent au
secours de leurs ennemis en péril.

Ce bouleversement social devait donc réussir, si le secret demeurait ense-
veli dans le cœur des Indiens, et, certes, il n'y avait pas de traîtres parmi eux.

Mais ils ignoraient qu'un homme avait obtenu une audience particulière du
président Gambarra; ils ignoraient que cet homme lui apprenait que la goëlette
l'*Annonciacion* avait débarqué des armes de toutes sortes dans des pirogues in-
diennes à l'embouchure de la Rimac. Et cet homme venait réclamer une forte
indemnité pour le service qu'il rendait au gouvernement péruvien, en dénonçant
ces faits.

Or, cet homme jouait un double jeu. Après avoir loué son navire aux agents
du Sambo pour un prix considérable, il venait vendre au président le secret des
conjurés.

On reconnaît, à ces traits, le juif Samuel.

VI

André Certa, entièrement rétabli, et croyant à la mort de Martin Paz, pressait son mariage. Il lui tardait de promener à travers les rues de Lima la jeune et belle juive.

Sarah, cependant, lui témoignait toujours une hautaine indifférence ; mais il n'y prenait pas garde, car il ne la considérait que comme un objet de haut prix qu'il avait payé cent mille piastres.

Il faut dire ici qu'André Certa se défiait du juif, et à bon droit. Si le contrat était peu honorable, les contractants l'étaient encore moins. Aussi le métis voulut-il avoir avec Samuel une entrevue secrète, et l'emmena-t-il un jour à Chorillos. Le métis n'était pas d'ailleurs fâché de tenter les chances du jeu avant ses noces.

Les jeux s'étaient ouverts, dans cette station de bains, quelques jours après l'arrivée du marquis don Végal, et, depuis cette époque, il y avait un perpétuel mouvement sur la route de Lima. Tel venait à pied, qui s'en retournait en équipage ; tel autre allait perdre les derniers débris de sa fortune.

Don Végal et Martin Paz ne prenaient aucune part à ces plaisirs, et les insomnies du jeune Indien avaient de plus nobles causes

Après ses promenades du soir avec le marquis, Martin Paz rentrait dans sa chambre, et, s'accoudant sur la fenêtre, il passait de longues heures à songer.

Don Végal se souvenait toujours de la fille de Samuel, qu'il avait vue prier au temple catholique ; mais il n'avait osé confier ce secret à Martin Paz, bien qu'il l'instruisît peu à peu des vérités chrétiennes. Il aurait craint de ranimer dans son cœur les sentiments qu'il voulait y éteindre, car l'Indien proscrit devait renoncer à toute espérance d'obtenir Sarah. Cependant, la police avait fini par abandonner l'affaire de Martin Paz, et, avec le temps et l'influence de son protecteur, l'Indien pouvait un jour prendre rang dans la société péruvienne.

Mais il arriva que, désespéré, Martin Paz résolut de savoir ce que devenait la jeune juive. Grâce à ses vêtements espagnols, il pouvait se glisser dans une salle de jeu et y écouter les propos des habitués. André Certa était un homme assez considérable pour que son mariage, s'il était prochain, fût l'objet de leurs conversations.

Un soir donc, au lieu de tourner ses pas du côté de la pleine mer, l'Indien prit par les hautes roches sur lesquelles reposent les principales habitations de Chorillos, et il entra dans une maison précédée d'un large escalier de pierre.

C'était la maison des jeux. La journée avait été rude pour plus d'un Liménien. Quelques-uns, brisés par les fatigues de la nuit précédente, reposaient à terre, enveloppés dans leur puncho.

D'autres joueurs étaient assis devant un large tapis vert, divisé en quatre tableaux par deux lignes qui se coupaient au centre à angles droits; sur chacun des compartiments se trouvaient les premières lettres des mots *azar* et *suerte* (hasard et sort), A et S. Les joueurs pontaient sur l'une ou l'autre de ces lettres; le banquier tenait les enjeux et jetait sur la table deux dés, dont les points combinés faisaient gagner l'A ou l'S.

En ce moment, les parties du « monté » étaient animées. Un métis poursuivait la chance défavorable avec une ardeur fébrile.

« Deux mille piastres ! » s'écria-t-il.

Le banquier agita ses dés, et le joueur éclata en imprécations.

« Quatre mille piastres ! » dit-il de nouveau.

Il les perdit encore.

Martin Paz, protégé par l'ombre du salon, put regarder le joueur en face. C'était André Certa.

Debout, près de lui, se tenait le juif Samuel.

« Assez joué, señor, lui dit Samuel. La veine n'est pas pour vous aujourd'hui !

— Que vous importe ! » répondit brusquement le métis.

Samuel se pencha à son oreille.

« S'il ne m'importe pas à moi, dit-il, il vous importe de rompre avec ces habitudes pendant les derniers jours qui précèdent votre mariage !

— Huit mille piastres ! » répondit André Certa, en pontant sur l'S.

L'A sortit. Le métis laissa échapper un blasphème. Le banquier reprit :

« Faites vos jeux ! »

André Certa, tirant des billets de sa poche, allait hasarder une somme considérable; il la déposa même sur un des tableaux, et le banquier remuait déjà ses dés, quand un signe de Samuel l'arrêta court. Le juif se pencha de nouveau à l'oreille du métis et lui dit :

« S'il ne vous reste rien pour conclure notre marché, ce soir tout sera rompu ! »

André Certa leva les épaules, fit un geste de rage; puis, reprenant son argent, il sortit.

« Continuez maintenant, dit Samuel au banquier. Vous ruinerez ce señor après son mariage! »

Le banquier s'inclina avec soumission, car le juif était le fondateur et le propriétaire des jeux de Chorillos. Partout où il y avait un réal à gagner, on rencontrait cet homme.

Samuel suivit le métis, et, le trouvant sur le perron de pierre, il lui dit :

« J'ai les choses les plus graves à vous apprendre. Où pouvons-nous causer en sûreté?

— Où vous voudrez ! répondit brusquement André Certa.

— Señor, que votre mauvaise humeur ne perde pas votre avenir ! Je ne me fie ni aux chambres les mieux closes, ni aux plaines les plus désertes pour vous livrer mon secret. Si vous me le payez cher, c'est qu'il vaut la peine d'être bien gardé ! »

En parlant ainsi, ces deux hommes étaient arrivés sur la plage, devant les cabanes destinées aux baigneurs. Ils ne se savaient pas vus et écoutés par Martin Paz, qui se glissait comme un serpent dans l'ombre.

« Prenons un canot, dit André Certa, et allons en pleine mer. »

André Certa détacha du rivage une petite embarcation et jeta quelque monnaie à son gardien. Samuel s'embarqua avec lui, et le métis poussa au large.

Mais, en voyant le canot s'éloigner, Martin Paz, caché dans l'anfractuosité d'une roche, s'était déshabillé à la hâte, et, ne gardant qu'un poignard passé à sa ceinture, il nagea vigoureusement vers le canot.

Le soleil venait d'éteindre ses derniers rayons dans les flots du Pacifique, et de silencieuses ténèbres enveloppaient le ciel et la mer.

Martin Paz n'avait seulement pas songé que des requins de la plus dangereuse espèce sillonnaient ces funestes parages. Il s'arrêta non loin de l'embarcation du métis et à portée de la voix.

« Mais quelle preuve de l'identité de la fille apporterai-je au père? demandait André Certa au juif.

— Vous lui rappellerez les circonstances dans lesquelles il a perdu cette enfant.

— Quelles sont ces circonstances?

— Les voici. »

Martin Paz, se tenant à peine au-dessus des flots, écoutait, mais sans pouvoir comprendre.

« Le père de Sarah, dit le juif, habitait Concepcion, au Chili. C'était le grand seigneur que vous connaissez déjà. Seulement sa fortune rivalisait encore avec sa noblesse. Obligé de venir à Lima pour des affaires d'intérêt, il partit seul, laissant à Concepcion sa femme et sa petite fille, âgée de quinze mois. Le climat du Pérou lui convint sous tous les rapports, et il manda à la marquise de venir le rejoindre. Elle s'embarqua sur le *San-Jose*, de Valparaiso, avec quelques domestiques de confiance. Je me rendais au Pérou par le même navire. Le *San-Jose* devait relâcher à Lima ; mais, à la hauteur de Juan-Fernandez, il fut assailli par un ouragan terrible, qui le désempara et le coucha sur le côté. Les gens de l'équipage et les passagers se réfugièrent dans la chaloupe ; mais, à la vue de la mer en fureur, la marquise refusa d'y mettre le pied ; elle serra son enfant dans ses bras et demeura sur le navire. J'y restai avec elle. La chaloupe s'éloigna et fut engloutie à cent brasses du *San-Jose*, avec tout son équipage. Nous demeurâmes seuls. La tempête se déchaînait avec une extrême violence. Comme ma fortune n'était pas à bord, je ne me désespérais pas autrement. Le *San-Jose*, ayant cinq pieds d'eau dans la cale, dériva sur les rochers de la côte, où il se brisa entièrement. La jeune femme fut jetée à la mer avec sa fille. Heureusement pour moi, je pus saisir l'enfant, dont la mère périt sous mes yeux, et gagner le rivage.

— Tous ces détails sont exacts ?

— Parfaitement exacts. Le père ne les démentira pas. Ah! j'avais fait une bonne journée, señor, puisqu'elle va me valoir les cent mille piastres que vous allez me compter !

— Qu'est-ce que cela veut dire ? se demandait Martin Paz.

— Voici mon portefeuille avec les cent mille piastres, répondit André Certa.

— Merci! señor, dit Samuel en saisissant le trésor. Prenez vous-même ce reçu en échange. Je m'y engage à vous restituer le double de cette somme, si vous ne faites pas partie d'une des premières familles de l'Espagne ! »

Mais l'Indien n'avait pas entendu cette dernière phrase. Il avait dû plonger pour éviter l'approche de l'embarcation, et ses yeux purent voir alors une masse informe glisser rapidement vers lui.

C'était une tintorea, requin de la plus cruelle espèce.

Martin Paz vit l'animal s'approcher de lui, et plongea, mais bientôt il dut venir respirer à la surface de l'eau. Un coup de queue de la tintorea frappa Martin Paz, qui sentit les visqueuses écailles du monstre froisser sa poitrine. Le requin, pour happer sa proie, se retourna sur le dos, entr'ouvrant sa mâchoire armée d'un triple rang de dents ; mais, Martin Paz ayant vu briller le ventre blanc de l'animal, le frappa de son poignard.

14

« Assez joué, señor, lui dit Samuel. » (Page 203.)

Soudain, il se trouva dans des eaux rouges de sang. Il plongea de nouveau,
revint à dix brasses de là, et, n'apercevant plus l'embarcation du métis, il
regagna la côte en quelques brassées, ayant oublié déjà qu'il venait d'échapper à
une mort terrible.

Le lendemain, Martin Paz avait quitté Chorillos, et don Végal, bourrelé
d'inquiétudes, revenait en toute hâte à Lima pour tâcher de l'y rejoindre.

« Puisque la jeune fille est en pleurs... » (Page 209.)

VII

C'était un véritable événement que le mariage d'André Certa avec la fille du riche Samuel. Les señoras n'avaient plus un moment de repos ; elles s'épuisaient à inventer quelque joli corsage ou quelque coiffure nouvelle, et se fatiguaient à essayer les toilettes les plus variées.

De nombreux préparatifs se faisaient aussi dans la maison de Samuel, qui voulait donner un grand retentissement au mariage de Sarah. Les fresques qui paraient sa demeure, selon la coutume espagnole, avaient été somptueusement restaurées ; les tentures les plus riches retombaient en larges plis aux fenêtres et aux portes de l'habitation ; les meubles sculptés, en bois précieux ou odoriférants, s'entassaient dans de vastes salons imprégnés d'une bienfaisante fraîcheur ; les arbustes rares, les productions des terres chaudes serpentaient le long des balustrades et des terrasses.

La jeune fille, cependant, n'avait plus d'espoir, puisque le Sambo n'en avait pas, et le Sambo n'espérait plus, puisqu'il ne portait pas à son bras le signe de l'espérance ! Liberta avait épié les démarches du vieil Indien... il n'avait rien pu découvrir.

Ah ! si la pauvre Sarah eût pu suivre les mouvements de son cœur, elle se fût réfugiée dans un couvent pour y finir sa vie ! Poussée par un irrésistible attrait vers les dogmes du catholicisme, secrètement convertie par les soins du père Joachim, elle s'était ralliée à cette religion qui sympathisait si bien avec les croyances de son cœur.

Le père Joachim, afin d'éviter tout scandale, et, d'ailleurs, lisant plus son bréviaire que le cœur humain, avait laissé Sarah croire à la mort de Martin Paz. La conversion de la jeune fille lui importait avant tout, et, la voyant assurée par son union avec André Certa, il tâchait de l'habituer à ce mariage, dont il était loin de soupçonner les conditions.

Enfin ce jour, si joyeux pour les uns, si triste pour les autres, était arrivé. André Certa avait convié la ville entière à la soirée nuptiale, mais ses invitations furent sans résultat vis-à-vis des familles nobles, qui s'excusèrent par des motifs plus ou moins plausibles.

Cependant l'heure était venue, à laquelle le contrat devait être signé, et la jeune fille ne paraissait pas...

Le juif Samuel était en proie à un secret mécontentement. André Certa fronçait le sourcil d'une façon peu patiente. Une sorte d'embarras se peignait sur le visage des invités, tandis que des milliers de bougies, répétées par les glaces, remplissaient les salons d'éclatantes lumières.

Au dehors, dans la rue, un homme errait dans une anxiété mortelle : c'était le marquis don Végal.

VIII

Sarah, cependant, en proie aux plus vives angoisses, était demeurée seule. Elle ne pouvait s'arracher de sa chambre. Un instant, suffoquée par l'émotion, elle s'appuya au balcon qui donnait sur les jardins intérieurs.

Soudain, elle aperçut un homme qui se glissait entre les allées de magnolias. Elle reconnut Liberta, son serviteur. Liberta semblait épier quelque invisible ennemi, tantôt s'abritant derrière une statue, tantôt se couchant à terre.

Tout à coup Sarah pâlit. Liberta était aux prises avec un homme de grande taille qui l'avait terrassé, et quelques soupirs étouffés prouvaient qu'une main robuste pressait les lèvres du nègre.

La jeune fille allait crier, lorsqu'elle vit se redresser les deux hommes. Le nègre regardait son adversaire.

« Vous ! vous ! c'est vous ! » dit-il.

Et il suivit cet homme, qui, avant que Sarah eût pu jeter un seul cri, lui apparut ainsi qu'un fantôme de l'autre monde. Et, comme le nègre terrassé sous le genou de l'Indien, la jeune fille, courbée sous le regard de Martin Paz, ne put à son tour laisser échapper que ces mots :

« Vous ! vous ! c'est vous ! »

Martin Paz fixa son regard sur elle et lui dit :

« La fiancée entend-elle les bruits de la fête ? Les invités se pressent dans les salons pour voir rayonner le bonheur sur son visage ! Est-ce donc une victime, préparée pour le sacrifice, qui va s'offrir à leurs yeux ? Est-ce avec ces traits pâlis par la douleur que la jeune fille peut se présenter à son fiancé ? »

Pendant que Martin Paz parlait, Sarah l'entendait à peine.

Le jeune Indien reprit alors :

« Puisque la jeune fille est en pleurs, qu'elle regarde plus loin que la maison de son père, plus loin que la ville où elle souffre ! »

Sarah releva la tête. Martin Paz s'était redressé de toute sa hauteur, et, le bras étendu vers le sommet des Cordillères, il montrait à la jeune fille le chemin de la liberté.

Sarah se sentit entraînée par une puissance insurmontable. Déjà le bruit de quelques voix arrivait jusqu'à elle. On s'approchait de sa chambre. Son père allait y entrer sans doute; son fiancé l'accompagnait peut-être! Martin Paz éteignit subitement la lampe suspendue au-dessus de sa tête... Un sifflement, rappelant celui qui s'était fait entendre sur la Plaza-Mayor, perça les ténèbres de la nuit.

La porte s'ouvrit brusquement. Samuel et André Certa entrèrent. L'obscurité était profonde. Quelques serviteurs accoururent avec des flambeaux.. La chambre était vide!

« Mort et furie! s'écria le métis.

— Où est-elle? dit Samuel.

— Vous en êtes responsable envers moi, » lui répondit brutalement André Certa.

A ces paroles, le juif sentit une sueur froide le glacer jusqu'aux os.

« A moi! » s'écria-t-il.

Et, suivi de ses domestiques, il s'élança hors de la maison.

Cependant, Martin Paz fuyait rapidement à travers les rues de la ville. A deux cents pas de la demeure du juif, il trouva quelques Indiens qui s'étaient rassemblés au sifflement poussé par lui.

« A nos montagnes! s'écria-t-il.

— A la maison du marquis don Végal! » dit une voix derrière lui.

Martin Paz se retourna.

L'Espagnol était à ses côtés.

« Ne me confierez-vous pas cette jeune fille? » lui demanda don Végal.

L'Indien courba la tête, et d'une voix sourde :

« A la demeure du marquis don Végal! » répondit-il.

Martin Paz, subissant l'ascendant du marquis, lui avait confié la jeune fille. Il savait qu'elle était en sûreté dans sa maison, et, comprenant à quoi l'honneur l'engageait, il ne voulut point passer la nuit sous le toit de don Végal.

Il sortit donc; sa tête était brûlante, et la fièvre faisait bouillir son sang dans ses veines.

Mais, il n'avait pas fait cent pas que cinq ou six hommes se jetèrent sur lui et, malgré sa défense opiniâtre, parvinrent à le garrotter. Martin Paz poussa un rugissement de désespoir. Il se crut au pouvoir de ses ennemis.

Quelques instants après, il était déposé dans une chambre, et on lui enlevait le bandeau qui lui couvrait les yeux. Il regarda autour de lui et se vit dans la salle basse de cette taverne où ses frères avaient organisé leur première révolte.

Le Sambo, qui avait assisté à l'enlèvement de la jeune fille, était là. Manangani et d'autres l'entouraient. Un éclair de haine jaillit des yeux de Martin Paz

« Mon fils n'a donc pas pitié de mes larmes, dit le Sambo, puisqu'il me laisse si longtemps croire à sa mort ?

— Est-ce à la veille d'une révolte, demanda Manangani, que Martin Paz, notre chef, devait se trouver dans le camp de nos ennemis? »

Martin Paz ne répondit ni à son père ni à l'Indien.

« Ainsi, nos intérêts les plus graves ont été sacrifiés à une femme? »

Et, en parlant ainsi, Manangani s'était rapproché de Martin Paz, un poignard à la main. Martin Paz ne le regarda même pas.

« Parlons d'abord, dit le Sambo. Nous agirons plus tard. Si mon fils manque à ses frères, je saurai maintenant sur qui venger sa trahison. Qu'il prenne garde! la fille du juif Samuel n'est pas si bien cachée qu'elle puisse nous échapper! Mon fils réfléchira, d'ailleurs. Frappé d'une condamnation à mort, il n'a plus dans cette ville une pierre pour reposer sa tête. Si, au contraire, il délivre son pays, c'est pour lui l'honneur et la liberté! »

Martin Paz demeura silencieux, mais un combat terrible se livrait en lui. Le Sambo venait de faire vibrer les cordes de cette fière nature.

Martin Paz était indispensable aux projets des révoltés; il jouissait d'une autorité suprême sur les Indiens de la ville; il les manœuvrait à sa guise, et, rien que d'un signe, il les eût entraînés à la mort.

Les liens qui l'enchaînaient furent détachés par l'ordre du Sambo. Martin Paz se releva.

« Mon fils, lui dit l'Indien, qui l'observait avec attention, demain, pendant la fête des Amancaës, nos frères tomberont comme une avalanche sur les Liméniens désarmés. Voici le chemin des Cordillères, voici le chemin de la ville. Tu es libre.

— Aux montagnes! s'écria Martin Paz. Aux montagnes, et malheur à nos ennemis! »

Et le soleil levant éclaira de ses premiers rayons le conciliabule des chefs indiens au sein des Cordillères.

IX

Le jour de la grande fête des Amancaës, le 24 juin, était arrivé. Les habitants, à pied, à cheval, en voiture, se rendaient sur un plateau célèbre, situé à une demi-lieue de la ville. Métis et Indiens s'entremêlaient dans la fête commune; ils

marchaient gaiement par groupes de parents ou d'amis. Chaque groupe portait
ses provisions, précédé d'un joueur de guitare, qui chantait les airs les plus
populaires. Ces promeneurs s'avançaient par les champs de maïs et d'alfala, à
travers les bosquets de bananiers, et ils traversaient ces belles allées plantées de
saules, pour retrouver les bois de citronniers et d'orangers, dont les parfums
se confondaient avec les sauvages odeurs de la montagne. Tout le long de la
route, des cabarets ambulants offraient l'eau-de vie et la bière, dont les copieuses
libations excitaient aux rires et aux clameurs. Les cavaliers faisaient caracoler
leurs chevaux au milieu de la foule et luttaient de vitesse, d'adresse et d'habileté.

Il régnait dans cette fête, qui tire son nom des petites fleurs de la montagne,
une fougue et une liberté inconcevables ; et, cependant, jamais une rixe n'éclatait entre les mille cris de la joie publique. A peine si quelques lanciers à cheval,
ornés de leurs cuirasses étincelantes, maintenaient çà et là l'ordre parmi la
population.

Et quand toute cette foule arriva enfin sur le plateau des Amancaës, une
immense clameur d'admiration fut répétée par les profondeurs de la montagne.

Aux pieds des spectateurs s'étendait l'ancienne Cité des rois, qui dressait har-
diment vers le ciel ses tours et ses clochers pleins d'étourdissants carillons. San-
Pedro, Saint-Augustin, la cathédrale appelaient le regard sur leurs toitures
resplendissantes des rayons du soleil ; San-Domingo, la riche église dont la
madone n'est jamais vêtue deux jours de suite des mêmes draperies, élevait
plus haut que ses voisines sa flèche évidée. Sur la droite, l'océan Pacifique faisait
onduler ses vastes plaines bleues au souffle de la brise, et l'œil, en revenant du
Callao à Lima, se promenait sur tous ces monuments funéraires qui contenaient
les restes de la grande dynastie des Incas. A l'horizon, le cap Morro-Solar
encadrait les splendeurs de ce tableau.

Mais, pendant que les Liméniens admiraient ces pittoresques points de vue,
un drame sanglant se préparait sur les sommets glacés des Cordillères.

En effet, pendant que la ville était presque désertée par ses habitants ordinaires, un grand nombre d'Indiens erraient dans les rues. Ces hommes, qui
d'ordinaire prenaient une part active aux jeux des Amancaës, se promenaient
alors silencieusement avec de singulières préoccupations. Souvent, quelque chef
affairé leur jetait un ordre sècret et reprenait sa route, et tous se réunissaient
peu à peu dans les riches quartiers de la ville.

Cependant le soleil commençait à baisser à l'horizon. C'était l'heure à laquelle
l'aristocratie liménienne allait à son tour aux Amancaës. Les plus riches toilettes
resplendissaient dans les équipages qui défilaient à droite et à gauche sous les

arbres de la route. Ce fut alors une inextricable mêlée de piétons, de voitures et de cavaliers.

Cinq heures sonnèrent à la tour de la cathédrale.

Un cri immense retentit dans la ville. De toutes les places, de toutes les rues, de toutes les maisons, s'élancèrent des Indiens, les armes à la main. Les beaux quartiers furent bientôt encombrés de ces révoltés, dont quelques-uns se-couaient au-dessus de leur tête des torches enbrasées.

« Mort aux Espagnols! Mort aux oppresseurs! » tel était le mot d'ordre.

Aussitôt, le sommet des collines se couvrit d'autres Indiens qui rejoignirent leurs frères de la ville.

On se figure l'aspect que Lima présentait en ce moment. Les révoltés s'étaient répandus dans tous les quartiers. A la tête d'une des colonnes, Martin Paz agitait le drapeau noir, et, tandis que les Indiens attaquaient les maisons désignées à la ruine, il abordait la Plaza-Mayor avec sa troupe. Près de lui, Manangani pous-sait des hurlements féroces.

Là, les soldats du gouvernement, prévenus de la révolte, étaient rangés en bataille devant le palais du président. Une fusillade effroyable accueillit les in-surgés à leur entrée sur la place. Surpris d'abord par cette décharge inatten-due, qui coucha bon nombre des leurs sur le terrain, ils s'élancèrent contre les troupes avec un emportement insurmontable. Il s'ensuivit une horrible mêlée, où les hommes se prirent corps à corps. Martin Paz et Manangani firent des pro-diges de valeur, et ils n'échappèrent que par miracle à la mort.

Il leur fallait à tout prix enlever le palais et s'y retrancher.

« En avant! » cria Martin Paz, et sa voix entraîna les siens à l'assaut.

Bien qu'ils fussent écrasés de toutes parts, les Indiens parvinrent à faire recu-ler le cordon de troupes enroulé autour du palais. Déjà Manangani s'élançait sur les premières marches du perron, quand il s'arrêta soudain. Les rangs des soldats ouverts avaient démasqué deux pièces de canon, prêtes à mitrailler les assiégeants.

Il n'y avait pas une seconde à perdre. Il fallait sauter sur la batterie avant qu'elle eût éclaté.

« A nous deux! » s'écria Manangani, en s'adressant à Martin Paz.

Mais Martin Paz venait de se baisser et n'écoutait plus, car un nègre lui glissait ces mots à l'oreille :

« On pille la maison de don Végal. On l'assassine peut-être! »

A ces paroles, Martin Paz recula. Manangani voulut l'entraîner, mais à ce moment les canons éclataient, et la mitraille balayait les Indiens.

C'était une rude tâche que de traverser les montagnes. (Page 217.)

« A moi ! » cria Martin Paz, et, quelques dévoués compagnons se joignant
à lui, il put se faire jour à travers les soldats.

Cette fuite eut toutes les conséquences d'une trahison. Les Indiens se crurent
abandonnés par leur chef. Manangani essaya vainement de les ramener au
combat. Une épaisse fusillade les enveloppa. Dès lors il ne fut plus possible de
les rallier. La confusion fut à son comble et la déroute complète. Les flammes qui
s'élevaient de certains quartiers attirèrent quelques fuyards au pillage; mais les
soldats les poursuivirent l'épée dans les reins, et ils en tuèrent un grand nombre.

Pendant ce temps, Martin Paz avait gagné la maison de don Végal, qui était
le théâtre d'une lutte acharnée, dirigée par le Sambo lui-même. Le vieil Indien

avait un double intérêt à se trouver là : tout en combattant l'Espagnol, il voulait s'emparer de Sarah, gage de la fidélité de son fils

La porte et les murailles de la cour, renversées, laissaient voir don Végal, l'épée à la main, entouré de ses serviteurs et tenant tête à une masse envahissante. La fierté de cet homme et son courage avaient quelque chose de sublime. Il s'offrait le premier aux coups, et son bras redoutable l'avait entouré de cadavres.

Mais que faire contre cette foule d'Indiens, qui s'augmentait alors de tous les vaincus de la Plaza-Mayor? Don Végal sentait faiblir ses défenseurs, et il n'avait plus qu'à se faire tuer, lorsque Martin Paz, rapide comme la foudre, chargea les agresseurs par derrière, les força de se retourner contre lui, et, au milieu des balles, il arriva jusqu'à don Végal, auquel il fit un rempart de son corps.

« Bien, mon fils, bien! » dit don Végal à Martin Paz, en lui étreignant la main.

Mais le jeune Indien était sombre.

« Bien, Martin Paz! » s'écria une autre voix, qui lui alla jusqu'à l'âme.

Il reconnut Sarah, et son bras traça un vaste cercle de sang autour de lui.

Cependant, la troupe du Sambo pliait à son tour. Vingt fois, ce nouveau Brutus avait dirigé ses coups contre son fils, sans pouvoir l'atteindre, et vingt fois Martin Paz avait détourné son arme prête à frapper son père.

Soudain, Manangani, couvert de sang, parut auprès du Sambo.

« Tu as juré, lui dit-il, de venger la trahison d'un infâme sur ses proches, sur ses amis, sur lui-même! Il est temps! Voici les soldats qui arrivent! Le métis André Certa est avec eux!

— Viens donc, Manangani, dit le Sambo avec un rire féroce, viens donc! »

Et tous deux, abandonnant la maison de don Végal, coururent vers la troupe qui arrivait au pas de course. On les coucha en joue, mais, sans être intimidé, le Sambo alla droit au métis.

« Vous êtes André Certa, lui dit-il. Eh bien, votre fiancée est dans la maison de don Végal, et Martin Paz va l'entraîner dans les montagnes! »

Cela dit, les Indiens disparurent.

Ainsi, le Sambo avait mis face à face les deux mortels ennemis, et, trompés par la présence de Martin Paz, les soldats s'élancèrent contre la maison du marquis.

André Certa était ivre de fureur. Dès qu'il aperçut Martin Paz, il se précipita sur lui.

« A nous deux! » hurla le jeune Indien, et, quittant l'escalier de pierre qu'il avait si vaillamment défendu, il rejoignit le métis.

Ils étaient là, pied contre pied, poitrine contre poitrine, leurs visages se touchant, leurs regards se confondant dans un seul éclair. Amis et ennemis ne pouvaient les approcher. Ils s'étreignirent alors, et, dans cette terrible étreinte, la respiration leur manqua. Mais André Certa se redressa contre Martin Paz, dont le poignard s'était échappé. Le métis leva son bras, que l'Indien parvint à saisir avant qu'il eût frappé. André Certa voulut en vain se dégager. Martin Paz, retournant le poignard contre le métis, le lui plongea tout entier dans le cœur.

Puis il se jeta dans les bras de don Végal.

« Aux montagnes, mon fils, s'écria le marquis, fuis aux montagnes ! maintenant je te l'ordonne ! »

En ce moment, le juif Samuel apparut et se précipita sur le cadavre d'André Certa, auquel il arracha un portefeuille. Mais il avait été vu de Martin Paz, qui, le lui reprenant à son tour, l'ouvrit, le feuilleta, poussa un cri de joie, et, s'élançant vers le marquis, lui remit un papier où se trouvaient ces lignes :

« Reçu du señor André Certa la somme de 100,000 piastres que je m'engage
« à lui restituer, si Sarah, que j'ai sauvée lors du naufrage du *San-Jose*, n'est
« pas la fille et l'unique héritière du marquis don Végal.

                                                    « SAMUEL. »

« Ma fille ! » s'écria l'Espagnol, et il s'élança vers la chambre de Sarah…

La jeune fille n'y était plus, et le père Joachim, baigné dans son sang, ne put articuler que ces mots :

« Le Sambo!… Enlevée!… Rivière de Madeira!… »

X

« En route ! » s'écria Martin Paz.

Et, sans prononcer un seul mot, don Végal suivit l'Indien. Sa fille!.. Il lui fallait retrouver sa fille!

Des mules furent amenées ; les deux hommes les enfourchèrent; de grandes guêtres furent attachées par des courroies au-dessus de leurs genoux, et de larges chapeaux de paille leur abritèrent la tête. Des pistolets remplissaient les fontes de leur selle ; une carabine était pendue à leur côté. Martin Paz avait enroulé autour de lui son lazo, dont une extrémité se fixait au harnachement de sa mule.

Martin Paz connaissait les plaines et les montagnes qu'ils allaient franchir. Il savait dans quel pays perdu le Sambo entraînait sa fiancée. Sa fiancée! Oserait-il donner ce nom à la fille du marquis don Végal.

L'Espagnol et l'Indien, n'ayant qu'une idée, qu'un but, s'enfoncèrent bientôt dans les gorges des Cordillères, plantées de cocotiers et de pins. Les cèdres, les cotonniers, les aloès restaient derrière eux, avec les plaines couvertes de maïs et de luzerne. Quelques cactus épineux piquaient parfois leurs mules et les faisaient hésiter sur le penchant des précipices.

C'était une rude tâche que de traverser les montagnes à cette époque. La fonte des neiges sous le soleil de juin faisait jaillir des cataractes, et souvent des masses effroyables, se détachant du sommet des pics, allaient s'engouffrer dans les abîmes sans fond.

Mais le père et le fiancé couraient jour et nuit sans se reposer un instant.

Ils parvinrent au sommet des Andes, à quatorze mille pieds au-dessus du niveau de la mer. Là, plus d'arbres, plus de végétation. Souvent, ils étaient enveloppés par ces formidables orages des Cordillères, qui soulèvent des tourbillons de neige au-dessus des cimes les plus élevées. Don Végal s'arrêtait parfois malgré lui, mais Martin Paz le soutenait et l'abritait contre les immenses entassements de neige.

A ce point, le plus élevé des Andes, en proie à cet état maladif qui dépouille l'homme le plus intrépide de son courage, il leur fallut une volonté surhumaine pour résister à la fatigue.

Sur le versant oriental des Cordillères, ils retrouvèrent les traces des Indiens et purent enfin redescendre la chaîne des montagnes.

Ils atteignirent les immenses forêts vierges qui hérissent les plaines situées entre le Pérou et le Brésil, et là, au milieu de ces bois inextricables, Martin Paz fut bien servi par sa sagacité indienne.

Un feu à moitié éteint, des empreintes de pas, la cassure des petites branches, la nature des vestiges, tout était pour lui un sujet d'études.

Don Végal craignait que sa malheureuse fille n'eût été entraînée à pied à travers les pierres et les ronces; mais l'Indien lui montra quelques cailloux incrustés en terre, qui indiquaient la pression du pied d'un animal; au-dessus, des branchages avaient été repoussés dans la même direction et ne pouvaient être atteints que par une personne à cheval. Don Végal se reprenait à espérer. Martin Paz était si confiant, si habile, qu'il n'y avait pour lui ni obstacles infranchissables, ni insurmontables périls!

Un soir, Martin Paz et don Végal furent contraints par la fatigue de s'arrêter. Ils étaient arrivés sur le bord d'une rivière. C'étaient les premiers courants de la Madeira, que l'Indien reconnut parfaitement. D'immenses mangliers se penchaient au-dessus des eaux et s'unissaient aux arbres de l'autre rive par des lianes capricieuses.

Les ravisseurs avaient-ils remonté les rives ou descendu le cours du fleuve? l'avaient-ils traversé en droite ligne? Telles étaient les questions que se posait Martin Paz. En suivant avec une peine infinie quelques empreintes fugitives, il fut amené à longer les berges jusqu'à une clairière un peu moins sombre. Là, quelques piétinements indiquaient qu'une troupe d'hommes avait franchi le fleuve à cet endroit.

Martin Paz cherchait à s'orienter, quand il vit une sorte de masse noire remuer près d'un taillis. Il prépara vivement son lazo et se tint prêt à une attaque; mais, s'étant avancé de quelques pas, il aperçut une mule couchée à terre, en proie aux dernières convulsions. La pauvre bête expirante avait dû être frappée loin de l'endroit où elle s'était traînée, en laissant de longues traces de sang que Martin Paz retrouva. Il ne douta plus que les Indiens, ne pouvant lui faire traverser le fleuve, ne l'eussent tuée d'un coup de poignard. Il ne conçut donc plus de doute sur la direction de ses ennemis et revint près de son compagnon.

« Demain peut-être nous serons arrivés, lui dit-il.

— Partons à l'instant, répondit l'Espagnol.

— Mais il faut traverser ce fleuve!

— Nous le traverserons à la nage! »

Tous deux se dépouillèrent de leurs habits, que Martin Paz réunit en paquet sur sa tête, et ils se glissèrent silencieusement dans l'eau, de peur d'éveiller quelques-uns de ces dangereux caïmans, si nombreux dans les rivières du Brésil et du Pérou.

Ils arrivèrent à l'autre rive. Le premier soin de Martin Paz fut de rechercher les traces des Indiens, mais il eut beau examiner les feuilles, les cailloux, il ne put rien découvrir. Comme le courant assez rapide les avait entraînés à la dérive, don Végal et l'Indien remontèrent la berge du fleuve, et, là, ils retrouvèrent des empreintes auxquelles ils ne pouvaient se tromper.

C'était là que le Sambo avait traversé la Madeira avec sa troupe, qui s'était augmentée sur son passage. En effet, les Indiens des plaines et des montagnes, qui attendaient avec impatience le triomphe de la révolte, apprenant qu'ils avaient été trahis, poussèrent des rugissements de rage, et, voyant qu'ils avaient une victime à sacrifier, suivirent la troupe du vieil Indien.

La jeune fille n'avait plus le sentiment de ce qui se passait autour d'elle. Elle

allait, parce que des mains la poussaient en avant. On l'eût abandonnée au milieu de ces solitudes, qu'elle n'aurait pas fait un pas pour échapper à la mort.
Parfois le souvenir du jeune Indien passait devant ses yeux; puis, elle retombait
comme une masse inerte sur le cou de sa mule. Lorsque, au delà du fleuve, elle
dut suivre à pied ses ravisseurs, deux Indiens la traînèrent rapidement, et une
trace de sang marqua son passage.

Mais le Sambo s'inquiétait peu que ce sang trahît sa direction. Il approchait
de son but, et bientôt les cataractes du fleuve firent entendre leurs assourdis-
santes rumeurs.

La troupe d'Indiens arriva à une sorte de bourgade composée d'une centaine
de huttes faites de joncs entrelacés et de terre. A son approche, une multitude
de femmes et d'enfants s'élancèrent avec de grands cris de joie; mais cette joie
se changea en fureur quand ils apprirent la défection de Martin Paz.

Sarah, immobile devant ses ennemis, les regardait d'un œil éteint. Toutes ces
hideuses figures grimaçaient autour d'elle, et les menaces les plus terribles
étaient proférées à ses oreilles !

« Où est mon époux ? disait l'une. C'est toi qui l'as fait tuer!

— Et mon frère, qui ne reviendra plus à sa cabane, qu'en as-tu fait?

— A mort! Que chacune de nous ait un morceau de sa chair ! A mort! »

Et ces femmes, brandissant des couteaux, agitant des tisons enflammés, soulevant des pierres énormes, s'approchaient de la jeune fille.

« Arrière ! s'écria le Sambo, et que tous attendent la décision des chefs ! »

Les femmes obéirent aux paroles du vieil Indien, en jetant d'effroyables regards à la jeune fille. Sarah, couverte de sang, était étendue sur les cailloux de
la rive.

Au-dessous de cette bourgade, la Madeira, resserrée dans un lit profond, pré-
cipitait ses masses d'eau, avec une rapidité foudroyante, de plus de cent pieds
de hauteur, et ce fut dans ces cataractes que les chefs condamnèrent Sarah à
trouver la mort.

Aux premiers rayons du soleil, elle devait être attachée dans un canot d'é-
corce et abandonnée au courant de la Madeira.

Ainsi le décida le conseil, et s'il avait retardé jusqu'au lendemain le supplice
de la victime, c'était pour lui donner une nuit d'angoisses et de terreurs.

Lorsque la sentence fut connue, des hurlements de joie l'accueillirent, et un
délire furieux s'empara de tous les Indiens.

Ce fut une nuit d'orgie. L'eau-de-vie fermenta dans ces têtes exaltées. Des
danseurs échevelés entourèrent la jeune fille. Des Indiens couraient à travers les

champs incultes, brandissant des branches de pin enflammées.

Ce fut ainsi jusqu'au lever du soleil, et pis encore, quand ses premiers rayons vinrent éclairer la scène.

La jeune fille fut détachée du poteau, et cent bras voulurent à la fois la traîner au supplice. Quand le nom de Martin Paz s'échappait de ses lèvres, des cris de haine et de vengeance lui répondaient aussitôt. Il fallut gravir par des sentiers abrupts l'immense entassement de rochers qui conduisaient au niveau supérieur du fleuve, et la victime y arriva tout ensanglantée. Un canot d'écorce l'attendait à cent pas de la chute. Elle y fut déposée et attachée par des liens qui lui entraient dans les chairs.

« Vengeance! » s'écria la tribu entière d'une seule et même voix.

Le canot fut entraîné rapidement et tournoya sur lui-même...

Soudain deux hommes parurent sur la rive opposée. C'étaient Martin Paz et don Végal.

« Ma fille! ma fille! » s'écria le père, en tombant à genoux sur la rive.

Le canot courait vers la cataracte.

Martin Paz, debout sur un rocher, balança son lazo, qui siffla autour de sa tête. A l'instant où l'embarcation allait être précipitée, la longue lanière de cuir se déroula et saisit le canot de son nœud coulant.

« A mort! » hurla la horde sauvage des Indiens.

Martin Paz se raidit alors, et le canot, suspendu sur l'abîme, peu à peu, vint à lui...

Soudain, une flèche siffla à travers les airs, et Martin Paz, tombant en avant dans la barque de la victime, alla s'engloutir avec Sarah dans le tourbillon de la cataracte.

Presque au même instant, une seconde flèche atteignait don Végal et lui perçait le cœur.

Martin Paz et Sarah étaient fiancés pour la vie éternelle, car, dans leur suprême réunion, le dernier geste de la jeune fille avait imprimé le sceau du baptême au front de l'Indien régénéré.

FIN

SAINT-CLOUD. — IMPRIMERIE BELIN FRÈRES.